Heinrich Graf

Familie Hardcore oder ...
Ratten im Keller

Umschlaggestaltung: Heinrich Graf

Verlag: Tredition GmbH, Hamburg

ISBN: 978-3-8495-7724-7

Printed in Germany

Liebe Leser, ich benutze das Pseudonym Heinrich Graf, um etwaigen Spekulationen um meine wahre Identität oder der in diesem Buch genannten Personen keine Plattform zu bieten. Da die Namen der Beteiligten ebenfalls geändert wurden, sehe ich deren Anonymität rechtlich hinreichend gewahrt.

Ursprüngliche Absicht, dieses Buch zu verfassen, sollte für mich eine Art der Vergangenheitsbewältigung darstellen. Wie es sicherlich nachvollziehbar ist, plaudert niemand gerne mit Außenstehenden über derartige Ereignisse. Aus diesem Grund entschloss ich mich, anonym meine familiären Abgründe offen zu legen in der Hoffnung, dass vielleicht mancher Leser, der an der einen oder anderen Stelle in diesem Werk Parallelen zu sich erkennt, seiner eigenen Situation mit angemessenem Verhalten begegnen kann. Ich möchte vorsorglich in diesem Zusammenhang bemerken, daß sich meine gesamte Erzählung größtenteils auf persönliche Eindrücke beschränkt, die sich für mich jedoch äußerst tiefgreifend festigten.

Dieses Buch widme ich meiner Frau Peggy, die mich während unserer gemeinsamen Jahre mit unendlicher Geduld und liebevoller Zuneigung unterstützt und in jeder Situation meines Lebens bedingungslos zu mir gestanden hat.

Einführung...7
Meine Kindheit...9
Verkorkste Jugend...................................19
Eigenständiges Leben..............................48
Im Ausland...63
Erlebnispark Münsterland 79
Problemzone Kind....................................88
Der ganz normale Wahnsinn......................98
Die Nachbarschaft.................................109
Familienstress.......................................119
Die große Geldgier.................................133
Familienbande.......................................141
Stressfrei geht nicht...............................162
Niedertracht in Vollendung.......................177
Das große Finale 198
Schlußakkord..203

Einführung

W ir schreiben das Jahr 2014. Unendliche Weiten seelischer Abgründe haben sich mir während meines bisherigen Lebens eröffnet. Lieber Ratten im Keller als Verwandte am Teller - dieses Sprichwort wird ohne große Überlegungen und bei unwichtigen Nebensächlichkeiten nur allzu oft gerne zitiert. Dabei sollte unser Verhalten doch von Vernunft und Verzeihen geprägt sein und nicht jedes Wort oder jede Handlung unserer Mitmenschen auf die Goldwaage gelegt werden. Der Klügere gibt nach, heißt ein anderes Sprichwort. Er sollte aber nicht so lange nachgeben, bis er der Dumme ist. So ist es ab und zu nötig, auf den Tisch zu hauen, um sich Gehör zu verschaffen und seinen Mitmenschen zu zeigen, wann die Grenzen des guten Geschmacks erreicht sind. Innerhalb der Familie geht man verständlicherweise etwas behutsamer mit der Wahl seiner Worte und dem Ton um, der bekanntlich die Musik macht. Sollte man dennoch auf mangelnde Akzeptanz treffen, ist es ratsam und notwendig, seine Konsequenzen zu ziehen auch wenn sie einem bitter erscheinen.

Wer eine zum größten Teil solch beschissene Familie hat wie ich, der benötigt keine Feinde mehr im Leben und dem steht ein solches wenn auch hartes Urteil durchaus zu. Es dauert meist eine gewisse Zeit, um sich zu einer Offenbarung wie dieser hinreißen zu lassen, weil man ja viel zu häufig und zu lange an das Gute im Menschen glaubt und es einfach nicht wahr haben will, dass etwas in der eigenen Familie passiert, wo man lange der Auffassung war, dass die kleine private Welt trotz aller Vorkommnisse in Ordnung scheint. Irgendwann ist aber bei Jedem der Punkt erreicht, an dem man aufgibt und einsieht, dass die Bemühungen um einen vernünftigen und harmonischen Umgang miteinander vergeblich waren. Schafft man den erforderlichen klaren Schnitt nicht, geht man mit seiner Einstellung, je nach psychischer Verfassung früher oder später unweigerlich zugrunde. Auch ich habe eines Tages die Notbremse gezogen, um mit dem kleinen verbliebenen

Rest meiner Familie in Ruhe eine schöne und beschauliche Zeit zu verbringen. Eine Zeit, frei von Lügen, Hass und Gier. Eine Zeit, in der sich jeder fürsorglich und respektvoll um den Anderen kümmert und Meinungsverschiedenheiten nicht mit Herzblut in aller Öffentlichkeit ausgetragen werden. Um nicht die wahre Identität der Beteiligten preis zu geben und dafür wegen angeblich übler Nachrede rechtlich belangt zu werden, habe ich mich entschlossen, alle Beteiligten - auch die Guten - mit ihrem Verwandtschaftsgrad bzw. frei erfundenen Namen in Erscheinung treten zu lassen. Es wird mir - sollte diese Erzählung veröffentlicht werden – ein Bedürfnis sein, zumindest die noch lebenden Personen, die den Grundstein hierfür gelegt haben, durch Schenkung eines Exemplares mit persönlicher Widmung an ihr niederträchtiges Verhalten zu erinnern. Ich selbst benutze ein Pseudonym, um die erforderliche Anonymität zusätzlich sicher zu stellen.

Es sei noch gesagt, dass dieses Horrorszenario für mich in den 1950er Jahren begann, mitten im Ruhrgebiet. Damals konnte ich noch nicht ahnen, welche Überraschungen in den kommenden Jahren von meiner Familie aus dem Hut gezaubert würden.

Meine Kindheit

Hauptdarsteller dieser ersten Episode waren meine Eltern und meine Oma Hilde, die auch noch eine geraume weitere Zeit eine besondere Rolle in meinem Leben spielen sollte. Ihr Gatte war schon vor einiger Zeit verstorben und hatte mir gegenüber den Vorteil, die ganzen zukünftigen Querelen nicht ertragen zu müssen. Daher wohnte Oma bei uns und das sollte sich prägend nicht nur auf meine ersten Lebensjahre auswirken.

Am 11.04.1957 erblickte ich das Licht der Welt. Ansonsten erinnere ich mich an meine früheste Kindheit im Allgemeinen- Gott sei Dank, wie ich heute feststellen kann - so gut wie überhaupt nicht mehr. Eingebrannt in mein Gedächtnis hat sich jedoch, dass wir in einem für diese Zeit typischen Mehrfamilienhaus wohnten. In unmittelbarer Nähe verlief eine Eisenbahnlinie und an der angrenzenden Böschung weideten im Sommer ein paar Schafe. Wie es in der damaligen Zeit nicht unüblich gewesen ist, bestand die Wohnung aus mehreren unbeheizten " Nebenräumen " und der guten warmen Wohnstube, die flächenmäßig den Hauptbestandteil der gesamten Wohnung ausmachte und wo sich das Leben abspielte. Wo auf dem Küchentisch freitags die Emaillewanne mit heißem Wasser gefüllt für mein Baderitual parat stand. Wann, wo und wie die Erwachsenen ihrer Körperhygiene nachgingen, blieb bis heute auch nach mehrfachem Hinterfragen ein Mythos, denn ein Badezimmer wie heutzutage üblich gab es zumindest in unserer Wohnung nicht. Im Gedächtnis geblieben ist mir auch noch der ab und zu notwendige Gang zur Toilette, dem Plumpsklo, was von der Wohnung über den Hof in etwa fünfzehn Metern Entfernung gelegen war. Es muss für die Erwachsenen seinerzeit jedes Mal eine wahre Freude gewesen sein, im Winter die festgefrorenen Fäkalien mit der Spitzhacke zu zertrümmern, um wieder neue nachlegen zu können.

Mit den Nachbarskindern zu spielen, hieß allgemein im Dreck zu wühlen, wovon ich durch mein asthmatisches Handikap seitens der Familie in übertriebener Fürsorge meistens schon beim leisesten Windzug abgehalten und deshalb von den anderen Kindern als Weichei gehandelt wurde. Dabei hatten die größten Dreckspatzen die robusteste Gesundheit. Merke: Auch damals konnten Kinder schon grausam sein.

Über meine anderen Großeltern - Opa Hermann und Oma Erna kann ich aus dieser Zeit nur so viel aus der Erinnerung heraus sagen, dass wir immer zu Ostern bei Ihnen zusammen mit meiner Cousine Irma im Garten Eier gesucht haben. Deren Eltern - Tante Gitte und Onkel Rudi habe ich auch erst nach einigen Jahren, die im weiteren Verlauf angesprochen werden, richtig kennen gelernt. Bis dahin spielte sich mein Leben nahezu ausschließlich in unseren vier Wänden mit meinen Eltern und natürlich Oma Hilde ab.

In Erinnerung geblieben sind mir auch Onkel Elmar und Tante Gundi mit meiner zweiten Cousine Britta, ihren Eltern Ernst und Agathe sowie Onkel Elmars Bruder Dieter, einem ewigen Junggesellen. Dann gab es noch Tante Hedwig und Onkel Willi mit ihren Kindern Udo und Rolf sowie deren Eltern Anna und Anton. Last but not Least möchte ich den Bruder Heinz meines Vaters erwähnen mit seinem Sohn Helmut, auf den ich in einem weiteren Kapitel zu meiner beschissenen Familie eingehen werde.

Was den Rest der mir aus den gelegentlichen Besuchen bekannten Personen ausmachte und in welchem Verhältnis alle zueinander standen, habe ich bis zum heutigen Zeitpunkt nicht in Erfahrung bringen können. Da gab es noch Tante Marlies mit Onkel Günter, eine Tante Hilde, eine Tante Marlene, einen weiteren Onkel Hans, eine Tante Elfriede usw. Ob es sich tatsächlich bei den genannten Personen um Onkel oder Tanten handelte, kann ich selbst heute nicht mit Bestimmtheit sagen. Ich wurde jedenfalls immer von meinen Eltern - allen voran meiner Mutter - zu dieser Anrede aufgefordert.

Man kann jetzt als Außenstehender leicht dem Irrtum erliegen, dass es sich um eine harmonische Großfamilie gehandelt haben müsse, wären da nicht die egoistischen Ansichten meiner Eltern gewesen, aus welchem Grund fast alle noch lebenden Personen schon seit Jahren keinen Kontakt mehr zu uns pflegten. Man war halt aus welchem Grund auch immer der Auffassung, dass der Knochen nicht zum Hunde kommt; mit anderen Worten: so ziemlich alle anderen Personen außer meinen Eltern besaßen einen fahrbaren Untersatz und man erwartete, dass sie den auch gefälligst zur Kontaktaufnahme benutzen sollten. Dabei war es meinen Eltern egal, ob sie diejenigen waren, die eine Einladung ausgesprochen hatten oder aber einer solchen folgten.

Mein Vater war zur damaligen Zeit bei der dortigen Stadtverwaltung beschäftigt, nachdem er den ursprünglichen Gedanken Priester zu werden beim Kennen lernen meiner Mutter verworfen hatte. Das muss natürlich Zündstoff in der Familie gegeben haben, zumal in jener Zeit eine Mischehe nicht unbedingt kritiklos von jedermann zumindest in unserer Familie akzeptiert wurde; vor allem nicht von Oma Erna und Opa Hermann. Spätestens jedoch bei der Schwangerschaft meiner Mutter glätteten sich wohl die Wogen und man näherte sich wieder ein wenig an. Meine ersten drei Lebensjahre haben wie gesagt keinerlei große Erinnerungen bei mir hinterlassen. Ich kann lediglich heute noch den Standort unseres damaligen Hauses bestimmen, wo heute eine Autobahnbrücke herführt. Der karge Rest setzt sich aus vereinzelten Erzählungen zusammen, die aber nicht unter die Kategorie " besonders wertvoll " fielen und deshalb auch nicht unbedingt erwähnenswert sind.

Irgendwann im Laufe des Jahres 1960 hatte mein Vater dann wohl einen besser bezahlten Arbeitsplatz bei einer großen Firma in der Nachbarstadt angenommen. Damit war natürlich auch ein Umzug verbunden, damit er seine neue Stelle schneller und einfacher erreichen konnte. Für meine Mutter und Oma Hilde brach mit der Entscheidung umzuziehen eine Welt zusammen. Der Gedanke an den vielzitierten Sprung ins kalte Wasser oder besser gesagt die neue Umgebung und eine Gewöhnung an fremde Menschen ließen die beiden regelrecht an ihrem armseligen Dasein verzweifeln. Oma Hilde zog natürlich trotz allen Jammerns mit uns um. Was mir in diesen frühen Lebensjahren noch aufgrund der Gewohnheit selbstverständlich erschien, sollte sich in den kommenden Jahren vornehmlich als Fluch erweisen.

Unser neues Zuhause befand sich in einer Neubausiedlung, genauer gesagt in einem Wohnblock, bestehend aus vier Einheiten mit jeweils acht Mietparteien. Alles in allem im Grünen gelegen in der Nähe eines Stadtparks und gegenüber einer alten Zechensiedlung mit kleinen Einfamilienhäusern und schmucken Gärten an der Rückseite, die mit Obstbäumen und Gemüsebeeten bestückt waren, wie in der damaligen Zeit das übliche Landschaftsbild die Vorstädte prägte. Die Wohnung befand sich im dritten Geschoss, so dass man über die ganze Stadt hinwegsehen konnte. Schulen waren mit einem Fußweg von 2 Minuten zu erreichen, der großzügig angelegte Park mit dem darin befindlichen Schloss lag ebenfalls direkt vor der Haustür. Ich hatte wieder das Vergnügen, mein Zimmer mit Oma Hilde zu teilen, bzw. meine Großmutter musste mich in ihrem Zimmer dulden. Privatsphäre, die mir anfänglich auch noch nicht so wichtig erschien, wurde von mir in darauf folgenden Jahren jedoch zunehmend stärker vermisst. Das hatte auch einen guten Grund: Ich lebte nicht in einem Kinderzimmer, sondern von der Möblierung und der Mitbewohnerin her in einem Altenheim. Diskussionen darüber wurden immer wieder im Keim erstickt, wenn überhaupt zur Kenntnis genommen. Oma gehörte schließlich dazu, ob es mir passte oder nicht. Ich bin auch heute noch davon überzeugt, dass Oma mir gegenüber einen deutlich höheren Stellenwert in der Familie einnahm. Zwar wurde mir oft genug suggeriert, dass ich für meine Eltern der absolute Glücksfall gewesen wäre, aber die Wirklichkeit sah aufgrund ihrer erzieherischen Maßnahmen wesentlich anders aus.

Mit den zahlreichen Kindern in der neuen Siedlung freundete ich mich ziemlich schnell an. Es wäre noch um ein vielfaches einfacher gewesen, hätte es da nicht Oma Hilde gegeben, die ständig aus dem Fenster sah und mich bei jeder Kleinigkeit vor versammelter Mannschaft wie ein Feldwebel maßregelte. Dies geschah mitunter im Minutentakt und hatte natürlich jede Menge Hänseleien zur Folge, die sich belastend

12

auf meine eigentliche kindliche Unbeschwertheit auswirkten, die im Gegensatz zu heutigen Zeiten nicht so wichtig für die weitere Entwicklung schien und offensichtlich zumindest in unserer Familie keine prägnante Rolle spielte. In heutigen Zeiten undenkbar. Hier übertreiben es meiner Meinung nach vor allem junge Eltern. Vielleicht ziehe ich auch nur aus den eigenen Erfahrungen falsche Schlüsse. Während alle anderen Kinder sichtlich Spaß beim Spielen hatten, wanderte mein Blick routinemäßig immer wieder zu " meinem " Kinderzimmerfenster, ob ich wohl mit meinem momentanen Verhalten nicht bei Oma Hilde in Ungnade fallen könnte. Das hätte nämlich wieder zur Folge gehabt, dass meine Mutter auf den Plan gerufen worden wäre, um meinem ungehörigen Treiben ein Ende zu setzen, indem ich meine Aktivitäten unverzüglich zu unterbrechen hatte und ich den Kindern im weiteren Verlauf vom geschlossenen Fenster aus zusehen durfte. Wie es in früheren Zeiten in den Großstädten üblich war, kam in regelmäßigen Abständen der Eismann durch die Siedlungen gefahren, bimmelte kurz mit seiner Glocke und war Sekunden später von einer riesigen Kinderschar umringt. Zu dieser Menge gehörte ich in den seltensten Fällen, weil mir immer verdeutlicht wurde, dass ich lieber noch ein paar Tage warten solle, um dann beim Gang zum Wochenmarkt die kalten Gaumenfreuden in der dort befindlichen Eisdiele zu bekommen, was auch wesentlich hygienischer wäre. Ausnahmen gab es nur in den Fällen, wo andere Mütter aus unserem Haus Geld auch für mich spendierten. Da wollte meine Mutter sich natürlich nicht die Blöße geben, mit ihrer hygienisch- technischen Fehlbegründung die fassungslosen Blicke der anderen Eltern auf sich zu ziehen. Das Thema "Leckerli in der Eisdiele" war zumeist eh nach einigen Tagen Schall und Rauch, weil ich bis zu dem geplanten Zeitpunkt wieder unzählige Male in irgendeiner Form ungebührlichen Verhaltens zur Rechenschaft gezogen wurde und daraus die Konsequenzen ziehen musste. Schon hatte man wieder das Geld gespart.

Meist war es ein Widerwort oder wie von mir genannt, die Bitte mit meinen Freunden noch eine Weile spielen zu dürfen.

Aus diesen Situationen heraus muss wohl auch der Begriff " Doppelbestrafung " entstanden sein, da in diesen Momenten eine sofortige Aktion angewendet wurde, nämlich das Waschen. Wer jetzt denkt, dass ich nach den jeweilig erwirkten Spielabbrüchen als Tribünengast nach Säuberung meiner durch das Spielen verschmutzten Gliedmaße meine gerechte Strafe "absitzen" müsste, sah sich gründlich getäuscht: Es kam ein Waschlappen zum Einsatz, der mit Kernseife präpariert für die Säuberung meiner Mundhöhle bereit gehalten wurde. Damit die Strafe auch ihre Wirkung zeigen konnte, war das Ausspülen des Mundes oder die Einnahme eines Getränkes gegen den schlechten Geschmack natürlich untersagt. Meine Highlights in dieser Zeit beschränkten sich auf vereinzelte Besuche des Wochenmarktes, wo ich dann beim Fleischer eine Scheibe Wurst geschenkt bekam. Nicht unterschlagen möchte ich in diesem Zusammenhang auch die aufregenden Shoppingtouren, die ich ein bis zweimal jährlich mit meiner Mutter zelebrieren durfte. Dort konnte ich sogar zwischen einem Würstchen oder einem Glas Erdbeermilch wählen, was mich jedes Mal zu Jubelstürmen veranlasste, wenn ich die anderen Kinder an den Nebentischen beobachten konnte, wie sie sich ein komplettes Menü inklusive selbst gewähltem Getränk einverleibten. Was für eine Wahl! Essen oder Trinken - für beides war das Geld zu knapp. Dass ich nicht lache!

Oma Hilde war schon ein Fall für sich. Hakte es wieder einmal mit meiner gesundheitlichen Verfassung, wurde ich einer Rosskur nach altem Hausrezept unterzogen. Bei Erkältungen - schon beim kleinsten Husten oder einer kaum erkennbaren Rotznase - bekam ich ein Dampfbad verordnet. Über die Schüssel mit kochendem Wasser und Kamillezusätzen gebeugt und mit einem Handtuch - hermetisch über dem Kopf verschlossen - kam es bei mir aufgrund der asthmatischen Erkrankung regelmäßig zu Erstickungsanfällen, die durch die Panikattacken hervorgerufen wurden.

Bei quälendem Stoffwechsel war es dann wiederum Zeit für die Kernseife, die mit dem Schälmesser zu Zäpfchen geschnitzt jedoch lediglich höllische Schmerzen im Darm verursachte. Man war also rigoros um meine Gesundheit bemüht, wobei ärztliche Betreuung weitgehend als nicht notwendig erachtet wurde, weil ja die alten überlieferten Hausmittel immer noch die besten Erfolge erzielten.

Nachdem sich jedoch mein Krankheitsbild zunehmend verschlechterte, war die Konsultation einer Kinderärztin selbst in unserer Familie als unumgänglich angesehen worden. Eine Kinderkur an der See war als optimale Heilungschance auserkoren. Obwohl ich, mittlerweile eingeschult und leistungsmäßig als Primus unserer Schulklasse meine feste Größe gefunden hatte, wurde beschlossen, so wenig wie mögliche Schultage zu verpassen. Also hieß es für mich kurz vor Toresschluss: Ab auf die Insel Sylt, wo nur Urlaub machen konnte, der über ein gutes finanzielles Polster verfügte. Heute im Nachhinein betrachtet eine Bombenidee, wenn man berücksichtigt, dass der Beginn der Kur für Mitte November angesetzt war. Aber wie schon erwähnt, waren Widerworte nicht in unserem familiären Alltag vorgesehen und ich wurde mitten in der Nacht für eine sechswöchige Erholung in den Zug gesetzt. Meine Mutter drückte sich auf dem Bahnsteig noch die letzten Krokodilstränen heraus, um den Schein vor den anderen Eltern zu wahren.

Den Hindenburgdamm konnten wir auf der Hinreise noch kurz vor Beginn einer zünftigen Sturmflut hinter uns bringen und was mich dann erwartete, war der Horror schlechthin.

Ein Gemäuer aus Führers Zeiten mit dem gleichen Komfort. Ein Wohlfühl- Feeling, das seinesgleichen suchte und bei der Bundeswehr wohl durchaus bekannt war: Schlafräume mit bis zu acht Betten und eine Verpflegung, bei der sich mir noch heute der Magen umdreht, soweit ich mich an Einzelheiten erinnern kann. Die gourmettechnische Krönung sprich das Sahnehäubchen stellte ein norddeutscher Heringsauflauf dar, den ich nicht einmal meinem ärgsten verhungernden Feind angeboten hätte. Dieses Gericht zeichnete sich durch Salzheringe und anderen herzhaften Zutaten aus gepaart mit einem süßen Teig und Rosinen. Die Begeisterung über diese kulinarische Delikatesse kannte keine Grenzen und schon nach kurzer Zeit lag der Gaumenschmaus in Form einer unverdauten Variante auf dem Fußboden und durfte von den jeweiligen Kostverächtern eigenhändig aufgewischt werden, während alle anderen Kinder gleichzeitig genüsslich weiterschlemmen durften. Auf den Kontakt mit der Heimat sprich Familie wurde ebenfalls in dieser Nobelherberge gesteigerter Wert gelegt vergleichsweise wie in einer deutschen Strafvollzugsanstalt. Briefe konnten eigenständig verfasst werden, wurden aber vor dem Absenden noch einmal vom Stammpersonal auf " Rechtschreibfehler " korrigiert. Es gelang mir in diesem Zusammenhang nur ein einziges Mal kurz vor Ende der Kur einen unzensierten Brief in den Kasten zu bekommen. Mein Gott, war meine arme Mutter im Nachhinein von den dortigen Zuständen erschüttert. Man nahm aber letztendlich davon Abstand, diese Zustände an die Öffentlichkeit zu tragen, weil Kinder ja doch in der einen oder anderen Situation zu Übertreibungen neigten. Eine weitere feste Größe war in diesem Spa die sogenannte Mittagsruhe. Hier durfte man schlafen oder sich einfach nur erholen, ob man wollte oder nicht. Das kürzeste geflüsterte Wort reichte aus, um die Vorzüge eines Einzelzimmers für sich in Anspruch nehmen zu können. Allerdings lag dieses auf dem Dachboden, wobei zur damaligen Zeit noch kein Mensch von Wärmedämmung oder CO_2- Belastung sprach, geschweige denn um die Bedeutung dieser Worte wusste. Ein besonderes Privileg, wenn man die Jahreszeit berücksichtigt. Sehr beliebt waren auch die ausgedehnten Spaziergänge bei Windstärke sieben zunehmend über die Wanderdünen bei List. So hatte das Stammpersonal die Gewissheit, dass man nach Rückkehr zur Schlafenszeit niemandem die Einzelsuite anbieten musste, weil jeder der Gäste todmüde und trotz der ganzen erlebten Horrorszenarien sofort einschlief und höchstens bei Verarbeitung dieser Geschehnasse ab und zu ein paar unartikulierte Laute in Form von wehleidigem Aufstöhnen von sich gab.

Vielleicht hatte man sich seitens des Kundenmanagements dieser Topklinik ernsthafte Gedanken über derartige Abenteuerausflüge gemacht, die nach meinem Empfinden eher dazu gedient hätten, eine Spezialeinheit unserer Streitkräfte auf Vordermann zu bringen. Ziemlich zum Ende der Erholungsmaßnahme wurde beschlossen, uns an einem Schlachtfest teilhaben zu lassen. Eine willkommene Abwechslung für aufstrebende Jungbauern oder deren Nachkommen, die ein solches Event als banal und langweilig ansahen. Weniger geeignet für wohlbehütete Großstadtkinder, denen von den Eltern eher Tierliebe vermittelt wurde. So kam auch, was kommen musste: Schon beim Bolzenschuss und dem folgenden Aderlass kullerten sachte ausgedrückt die ersten Tränen und beim Öffnen des Kadavers, bei dem sich die Innereien des Tieres ihren Weg bahnten, war es mit der Fassung bei fast allen Teilnehmern vorbei und man konnte nicht mehr genau ausmachen, was den Großteil der Sauerei ausmachte - die Gedärme des getöteten Tieres oder das Erbrochene der Anwesenden, die kurz zuvor ein üblich opulentes Mahl nach Art des Hauses zu sich genommen hatten.

Aus heutiger Sicht betrachtet war dieser sogenannte Kuraufenthalt eine komplett negative Erfahrung, vor allem hinsichtlich einer medizinischen Betreuung. Aber das Leben ist ja bekanntlich kein Wunschkonzert. Was ich während des gesamten Kuraufenthaltes nämlich vermisst hatte, war ein Mensch im weißen Kittel - in Fachkreisen Arzt genannt. Treusorgende Eltern hätten sich wohl bei der Entscheidung für diese Art von Kur Gedanken darüber gemacht, ob ihr Kind dort adäquat betreut und untergebracht wäre, wenn gesundheitliche Missstände diese Situation erfordert hätten. Dass ich offensichtlich das einzige kränkelnde Kind in diesem Führerbunker war, konnte das Personal ja nicht ahnen, waren doch auch keinerlei ärztliche Unterlagen verschickt worden. Ich hatte mich lediglich im Kollektiv zu erholen. Die eigentliche ärztlich notwendige Versorgung wurde gänzlich - wahrscheinlich auch unbeabsichtigt vollkommen außer Acht gelassen. Nach all den Jahren und Vorkommnissen kann ich zurückblickend auf die mir entgegen gebrachte Fürsorge meiner Eltern mit Fug und Recht behaupten, dass ihnen nur eines wichtig war: die Ruhe und die damit verbundene Zweisamkeit, wobei es da ja noch einen Störfaktor gab - nämlich Oma Hilde.

Die Wiedersehensfreude war bei mir und meiner Familie nach Rückkehr umso größer, wobei sich meine Mutter wieder die üblichen Krokodilstränen herausdrückte und nach meinem Erfahrungsbericht zwei Sätze von sich gab, die mein weiteres Leben immer wieder begleiten sollten:

1. Das habe ich nicht gewusst... und

2. Das wollte ich nicht.

Aber hierzu werde ich im Verlauf meiner Geschichte noch das eine oder andere Mal intensiver eingehen.

Verkorkste Jugend

Wie schon kurz im vorhergehenden Abschnitt angesprochen, hatte ich seit meiner Einschulung sehr viel Spaß an der ersten Bildungseinrichtung. Meine Noten waren einwandfrei (zwischen 1 und 2, wobei die überwiegende Anzahl beim " Sehr gut " lag). Im Gegensatz zu heutigen Zeiten wurden damals sogenannte Kopfnoten in den Stufen " Verhalten im Unterricht", häuslicher Fleiß" und "Beteiligung am Unterricht" vergeben. Fächer also, wo heute gefühlt mindestens jeder zweite Probleme hätte, überhaupt eine Norm zu erfüllen bzw. eine zufriedenstellende Beurteilung zu erreichen.

Mit meinem Schulfreund Harald, der nur wenige Schritte von uns entfernt wohnte, habe ich mir einen regelrechten Wettkampf geliefert. Wer hatte seine Zeile beim Schönschreibwettbewerb zuerst vollendet oder wer hatte die meisten Fleißkärtchen. Darüber rückte manchmal die Konzentration für das Wesentliche in den Hintergrund, wonach wir mit einem " Befriedigend " wieder auf den Boden der Tatsachen zurückgeholt wurden. In diesen Momenten war Schämen angesagt. Nebenher lagen mir auch die künstlerischen Fächer wie Musik und Zeichnen. Zu den Elternabenden wurden immer die schönsten Bilder im Klassenraum an die Pinnwand gehängt, damit sie jeder bestaunen konnte - da fing dann immer eine Leidenszeit für mich an. Statt dem Alter des Kindes entsprechend ein Bild für gut zu befinden, habe ich etliche Malblöcke verschlissen, weil meiner Mutter immer wieder eine Nuance am Perfektionismus fehlte. War auch ihre Geduld dann irgendwann nach endloser Zeit am Ende, besserte sie selbst die kaum wahrzunehmenden Unzulänglichkeiten aus, um dann bei nächster Gelegenheit wieder einmal vor den anderen Eltern protzen zu können. Und wehe, irgendwer honorierte meine Kunstwerke nicht mit dem erforderlichen Respekt! Da konnte sie auch schon einmal aus der Haut fahren, was - zumindest in der Öffentlichkeit - eigentlich überhaupt nicht ihre Sache war. Die perfekte harmonische Familie sollte eine beeindruckende Außenwirkung haben.

Im Laufe der Zeit fand ich dann auch nach eingehenden Instruktionen meiner Mutter heraus, wer von den anderen Schülern zu mir passte und wer nicht. Die meiste Zeit war ich eh mit den Kindern aus unserem Wohnblock zusammen oder mit meinem Freund Harald, dessen Nachname zu immer neuen Abwandlungen geradezu einlud. Am meisten machte es Spaß zu sehen, wie er dann mit hochrotem Kopf reagierte und wütend abdampfte. Seine Wut war jedoch nie von langer Dauer. Da reichte oft eine kleine Entschuldigung und alles war wieder im Lot.

Um noch einmal auf den anerzogenen Perfektionismus zu sprechen zu kommen: Natürlich hatte ich auch ein Instrument zu lernen. Das fing mit einer Melodika an, heute wohl den Wenigsten ein Begriff und uferte dann in der traditionellen Blockflöte aus, die in erster Linie auf Schulveranstaltungen und natürlich Heiligabend zum Einsatz kam. Dazu waren dann selbstverständlich auch die Nachbarn eingeladen. Zum krönenden Abschluss gab es dann noch ein Weihnachtslied - gesungen von mir, dem Wunderknaben - wobei ich ohne zu protzen behaupte, dass in dieser Zeit meine Stimmqualität durchaus für die Mitgliedschaft in einem Chor ausgereicht hatte. Das sollte sich auch ein paar Schuljahre später verwirklichen. Ich war eben schon immer etwas Besonderes. Das zeigte sich auch bei meinem Wunsch, wie die anderen Kinder ein Fahrrad zu bekommen. Nach Ansicht meiner Eltern war ich für derart gefährliche Spielgeräte viel zu wertvoll, als dass man sich um mich Sorgen machen müsste, weil sich ja auch schon in den früheren 1960er Jahren ein Wahnsinnsverkehr auf den Straßen bewegte. Natürlich - vor allem in unserer Siedlung, wo es nur Einbahnstraßen und Sackgassen gab. Meinen Roller durfte ich allerdings trotz des unkalkulierbaren Risikos weiter benutzen. Ein Go- Kart, wie es damals in Mode kam, war ebenfalls ein absolutes Tabu. So konnte ich immer mit meinem Roller den anderen Kindern hinterher dümpeln, die natürlich auf ihren Fahrrädern viel bequemer und vor allem flotter unterwegs waren. Sollte mir einmal der Fehler unterlaufen sein, den Roller in einer Verschnaufpause auf den Boden zu legen, war dieser Spieltag beendet. Ein Roller wird, damit man ihn nicht nur am Schmutz erkennt, höchstens an der Hauswand angelehnt. Jemand Anderen durfte ich natürlich auch nicht damit fahren lassen, da niemand außer mir wusste, wie man einen solchen Roller behandelt. Wenn der dann aber, aufgrund meiner Gutmütigkeit ausgeliehen, mal von anderen Kindern auf die Seite gelegt wurde, war mein Spieltag ebenfalls zu Ende. Geil wurde es dann immer, wenn mir das Wetter mal beim Spielen einen Strich durch die Rechnung machte. Wo es bei den anderen Eltern kein Problem gab, wenn wir uns zum Spielen in deren Wohnung trafen und uns mit irgendwelchen Brettspielen die Zeit vertrieben, war es bei uns einfach undenkbar, jemanden mit in unsere Wohnung zu bringen, weil es sich ja um Omas Zimmer handelte, was eh unschwer zu erkennen war. Darin gab es kein " Durcheinander " selbst wenn ich allein darin mit meinen heißgeliebten Legosteinen spielte. Vor dem Abendbrot musste wieder alles in peinlicher Genauigkeit weggeräumt sein, was für mich hieß, dass ich das bis dahin Geschaffene wieder auseinander zu bauen hatte. " Dann macht es am nächsten Tag auch viel mehr Spaß, wenn man von vorne beginnt und es auch einfacher ist, weil Du ja schon weist, wie es zusammen gehört " war Mutters ewige Begründung. Aber die oberste Priorität für all diese Verbote hatte die Rückkehr meines Vaters von der Arbeit. " Da können wir keinen Krach gebrauchen, wenn Vati (ihre Lieblingstitulierung übrigens auch heute noch 18 Jahre nach seinem Tod) heimkommt, braucht er seine Ruhe" hieß es regelmäßig. Wie die anderen Kinder darüber dachten und es vielleicht ihren Eltern mitteilten war egal. Vati war bis über sein Ableben hinaus das absolute Familienoberhaupt und der unangefochtene Regent. Mutter hingegen wurde, soweit ich mich erinnern kann, immer nur bei ihrem Vornamen gerufen. Trotzdem wurde Vati in einer Art hofiert, die beispiellos war. Wer gegen Vati etwas Negatives aussprach, war auf gut deutsch gesagt der letzte Arsch und hatte bis in alle Ewigkeit verschissen. Das war ich auch ein ums andere Mal.

In diesem Zusammenhang komme ich auch noch einmal auf die unbeschreibliche Fürsorge zu sprechen, die mir immer deutlicher zuteil wurde. Mit acht Jahren war ich nach den Worten meiner Eltern schon ein großer Junge. Deshalb übertrug man mir auch die Verantwortung, aus dem Keller jeden Tag mehrfach ein paar Eimer Kohlen in die dritte Etage zu schleppen. Wohlgemerkt vor dem Hintergrund meiner asthmatischen Erkrankung, die in solchen Fällen überhaupt keine Rolle spielte, weil es Vati ja nach Feierabend gerne mollig warm hatte. Diese Aufgabe geziemte sich nicht für die erwachsene Frau, weil diese ja genug mit ihrer gehbehinderten Mutter zu schaffen hatte und als reine Hausfrau damit völlig überlastet schien. Komischerweise erzählt sie noch heute gerne davon, wie schwer sie in ihrem Leben immer gearbeitet hatte. Meinte sie damit etwa die paar Jahre im Teenageralter als Hausangestellte in einem angesehenen Ärztehaushalt? Wahrscheinlich hatte sie in dieser Zeit auch das Buckeln und Schleimen gelernt. Dabei war es Oma, die in erster Linie die Mahlzeiten vorbereitete, sich um mich größtenteils trotz ihrer gesundheitlichen Probleme kümmerte, aber auch unter ständigem Selbstmitleid sich immer gut in Szene zu setzen wusste. Hierzu fallen mir noch einige Episoden ein, die ich nicht unerwähnt lassen möchte.

Im Sommer - es hatte schon die Dunkelheit eingesetzt - war Vati auf einer beruflichen Weiterbildung und Mutter machte Oma den Vorschlag, ein paar Schritte um den Block zu spazieren. Ich durfte wegen der Dunkelheit natürlich nicht mit und hatte in der Wohnung zu warten. Zum besseren Verständnis sollte ich vorausschicken, dass Oma Hilde wegen ihres Gehfehlers nicht im Traum daran dachte, vielleicht auch tagsüber sich mit der Unterstützung meiner Mutter die Beine zu vertreten. Da hätten die Leute ja tuscheln können! Nachdem mir die Zeit doch außergewöhnlich lang vorkam, ging ich auf unseren Balkon, um nach den beiden zu sehen. Von meiner Größe her konnte ich nicht über das Balkongitter sehen und versuchte deshalb meinen Kopf durch den schmalen Schlitz zwischen Verkleidung und Handlauf zu stecken. Das gelang auch mit ein wenig Mühe. Der Rückweg war jedoch versperrt. Das Blut sammelte sich in meinem Kopf und ich wollte mir nicht meine Ohren abreißen. Es vergingen gefühlte Stunden, bis die beiden wieder oben in der Wohnung waren, wobei sie erst durch mein Rufen auf mich aufmerksam wurden.

Ein Telefon gab es bei uns noch nicht, wobei man durchaus von den Nachbarn die Feuerwehr hätte benachrichtigen können. Das wiederum wäre vor den anderen Mietern wahrscheinlich peinlich gewesen und man wäre in Erklärungsnöte geraten. Also zogen und drückten die beiden fürsorglichen Frauen an mir herum und irgendwann war ich wieder ein freier Mensch. Es wäre ja auch nicht auszudenken gewesen, wenn Vati das mitbekommen hätte, wo er doch immer davon überzeugt sein sollte, welch perfekte Ehefrau er geheiratet hatte. So konnte die ganze Sache elegant vertuscht werden.

Nicht vertuscht wurden meine fast täglichen Verfehlungen meinem Vater gegenüber, wenn er gestresst von der Arbeit nach Hause kam. Meist sah ich ihn noch vor der Haustür, wo er mich freundlich aber mit gewissem Abstand begrüßte. Es dauerte jedoch in beinah allen Fällen keine fünf Minuten, dass oben aus unserem Fenster ein schriller Pfiff erklang und die schroffe aber unverkennbare Armbewegung mir sagte: Es ist Feierabend für heute. Anfangs noch unbedarft, lernte ich sehr bald, wie ich mich zu verhalten hatte: der Roller wurde im Keller abgestellt und dann ging es nach oben in die dritte Etage. Ein derber Griff an meinen Kragen und das unmittelbar darauffolgende Zuschlagen der Wohnungstür sagten mir, dass es keinen Sinn machte, mich zu rechtfertigen. Im nächsten Moment kam dann der Griff zur Hutablage, wo für diese speziellen Fälle immer ein Spazierstock bereitlag. Der kam dann immer ausgiebig zum Einsatz, bis meine Mutter scheinbar erschrocken über die Vehemenz, mit der mein Vater zu Werke ging, mit theatralisch improvisierter Fürsorge dem Ganzen ein Ende zu bereiten versuchte. Manchmal hatte ich auch Pech.

Wenn ich vorsorglich den Stock versteckt hatte, reichte meine Mutter zur Züchtigung das Krummeisen, womit der Ascheschacht im Kohleherd durchgerüttelt wurde. Bei der Wahl der Schläge wurde auch nicht darauf geachtet, wohin sie mich trafen. Erst nachdem ich meistens heulend am Boden lag und mein Vater von mir abgelassen hatte, tröstete mich meine Mutter : " Wenn Du beim nächsten Mal lieb bist, kommt so etwas auch nicht mehr vor". War die Frau eigentlich noch ganz bei Trost? Da stachelte sie zusammen mit ihrer heißgeliebten Mutter den Herrn des Hauses regelmäßig auf, mich zu verprügeln und redete mir hinterher auch noch ein schlechtes Gewissen ein. In heutiger Zeit wären diese Erziehungsmethoden als ein klarer Fall von Kindesmisshandlung gewertet worden. Der Gipfel ihres erzieherischen Fehlverhaltens lag jedoch in der Forderung, mich vor dem Schlafengehen bei meinem Vater für meinen Ungehorsam auch noch zu entschuldigen! Während meine Knochen noch höllisch schmerzten, versuchte ich gezwungenermaßen meinen Vater davon zu überzeugen, dass ich im Grunde genommen doch ein artiges Kind werden wolle. Der jedoch zeigte sich jedes Mal völlig unbeeindruckt, indem er mich überhaupt nicht zur Kenntnis nahm und unverdrossen sein Fernsehprogramm weiter verfolgte. Für mich kam ein solches Verhalten in diesen Momenten schon seelischer Folter gleich.

Freitags am Badetag, wenn ich in das Schmutzwasser der Erwachsenen steigen durfte damit die Wasserkosten im Rahmen blieben, wurde ich wie auf einer Schönheitsfarm behandelt. Die blutunterlaufenen Striemen auf meinen Beinen und auf dem Rücken wurden sorgfältig gesäubert und eingecremt. Dieses ganze Prozedere erklärt auch die Tatsache, warum ich Sommer wie Winter meist in langen Hosen herumlaufen musste. Wenn in der Schule Turnunterricht anstand, bekam ich meistens eine Entschuldigung mit in den Tornister gelegt, weil zu diesem Anlass vorgeschriebene kurze Kleidung zu tragen war. Ansonsten blieb mir nichts anderes übrig, als mich den Launen meiner Mutter und Oma klaglos zu unterwerfen.

24

In lebhafter Erinnerung geblieben sind mir auch die alljähr-
lichen Karnevalstage. Da wurde mir wieder bewusst, dass ich
etwas Besonderes war. Während alle anderen Kinder aus unseren Wohnblöcken in Rudeln bei den Nachbarn klingelten
und nach dem altbekannten Lied " Ich bin ein kleiner König"
um Süßigkeiten bettelten, durfte ich es mir auf der heimischen
Couch bequem machen und im Fernsehen die Karnevalsum-
züge ansehen. " Wir haben es nicht nötig, um Lebensmittel zu
betteln" war die Begründung meiner Mutter und natürlich die
von Oma Hilde. Die zu Karneval allgemein gebräuchliche
Verkleidung war meiner Mutter ebenfalls für mich zu ge-
wöhnlich. Statt wie alle Kinder als Cowboy oder Indianer
herumlaufen zu müssen, bekam ich mit einem Schminkstift
das Aussehen eines Chinesen verpasst. Völlig daneben, weil
ich verkleidet eh nicht vor die Türe durfte. Außerdem waren
Spielzeugpistolen und Waffen, die zur entsprechenden Verkleidung gehörten , in unserer Familie tabu. Wenn die anderen
Kinder aus unserem Wohnblock dann bei uns klingelten, wurde absolutes Stillschweigen befohlen, weil man nicht einsah,
diese Störenfriede aus sozial schwachen Familien mit Bon-
bons und Schokolade auch noch zu belohnen. Am Tag des
heiligen St. Martin rottete sich die ganze Hausgemeinschaft zu
dem von der Kirche inszenierten Martinsumzug zusammen.
Wenn wir dann nach dessen Ende mit unseren leuchtenden
Laternen singend durch unser Treppenhaus ziehen wollten,
wurde die automatische Flurbeleuchtung bei Erlöschen umgehend durch Oma Hilde wieder in Gang gesetzt, weil sie ja nur
vorsorglich einem möglichen Treppensturz vorbeugen wollte.
Die Spaßbremse machte sich somit auch bei den anderen Kindern immer beliebter. Die Highlights zu dieser Zeit waren die
Waschtage und die bereits erwähnten Gänge zum Wochenmarkt oder zum Einkaufen in der City, wenn es der Schulbesuch wegen ausgefallener Stunden erlaubte.
     Die Waschküche in unserem Haus, die gemeinsam von al-
len Mietern turnusmäßig genutzt wurde, war an sich ein kalter
und dunkler Kellerraum, in dem sich nur die damals halb-
automatischen Waschmaschinen befanden. Holzzuber mit

einem aufklappbaren Deckel, an dem sich eine Art Rührwerk befand. Die Wäsche wurde hineingestopft, Waschpulver und Wasser hinzu gelassen und der Deckel geschlossen. Unter ohrenbetäubendem Lärm verrichtete die Maschine dann ihre Arbeit. Danach kam die frische Wäsche auf die im Keller gespannten Leinen, wobei man diesen Vorgang erst nach einer gewissen Zeit und Lüften der kleinen Fenster beginnen konnte, weil der ganze Raum einer Nebelbank glich. Nach dem Trockenvorgang wurde die Wäsche dann in der Wohnung gestreckt und zusammengelegt, um sie dann am nächsten Tag zur Heißmangel zu bringen. Die Heißmangel lag auch in unmittelbarer Nähe unserer Wohnung. Wenn der Bollerwagen eines Nachbarn für den Transport gerade nicht zur Verfügung stand, wurde mir die Ehre zuteil, den prall gefüllten Wäschekorb mit meiner Mutter dorthin zu schleppen, denn Vati sollte damit nicht belästigt werden. Man gewann sehr schnell den Eindruck, dass er der einzige Mann in unserer ganzen Siedlung war, der körperlich schwer arbeiten musste.

Die Besuche beim Wochenmarkt habe ich immer sehr genossen, weil die Händler für Kinder immer eine Scheibe Wurst oder ein Stückchen Obst zum Probieren übrig hatten, die ich nach Genehmigung durch meine Mutter durch zustimmendes Kopfnicken dankbar annahm. Sollte es dann einmal ein ganz besonderer Tag werden, konnte ich mich noch an einem Eis für 10 Pfennig erfreuen, das dann aber oftmals durch ein Hörnchen mit einer kleinen Portion Sahne ersetzt wurde, wenn der Verdacht bestand, dass bei mir eine Erkältung im Anzug war und das kalte Eis meiner Gesundheit abträglich gewesen wäre.

Ansonsten liefen die Tage jahrein jahraus immer nach dem gleichen bereits erwähnten Schema ab. Abwechslung war angesagt, wenn wir meine Cousine Irma besuchten. Die wohnte mit Tante Gitte und Onkel Rudi in Oberhausen, so dass immer eine Übernachtung eingeplant war. Da wir und auch Onkel Rudi kein Auto besaßen, war erst einmal eine höllische Busfahrt mit etlichen Stationen angesagt. Dort angekommen, gab es zunächst jede Menge Neuigkeiten zu erzählen. Danach ging es dann raus zum Spielen. Komischerweise war es hier kein Problem, wenn man zum Abendbrot etwas angeschmutzt nach Hause kam. Natürlich hatte all dies mit der gespielten Toleranz zu tun, die man in solchen Situationen gerne zur Schau trug. Bei meiner Tante ging es sowieso immer etwas lockerer zu als bei uns zu Hause. In einiger Entfernung gab es dort eine Gaststätte, die im Straßenverkauf auch Pommes Frites anbot. Für mich war das ein Novum, obwohl es sicher bei uns auch so etwas gegeben hat, ich aber nie in den Genuss kam, diesen herrlichen Snack probieren zu dürfen. Also stapften wir beide sogar in der Dunkelheit los, um uns eine Tüte davon einzuverleiben. Danach gingen die Erwachsenen auf Achse. Wohin, blieb mir damals verschlossen, aber es musste irgendetwas mit Alkohol zu tun gehabt haben, weil am nächsten Tag (Sonntag) vor dem frühen Nachmittag nicht mit Aufstehen der Erwachsenen zu rechnen war. Nach einem verspäteten Mittagessen ging es dann wieder zurück nach Hause.

Einige Male besuchten wir auch Onkel Elmar und Tante Gundi mit ihrer Tochter Britta, meiner zweiten Cousine. Hier hatten wir das Privileg, chauffiert zu werden, weil Onkel Elmar seit ich denken kann ein Auto hatte. Warum mein Vater kein Auto besaß, war eigentlich klar: " Wenn ich ein Auto kaufen würde, müsste ich bescheuert sein, weil ich billiger mit öffentlichen Verkehrsmitteln fahren kann", war sein Lieblingskommentar.

Logisch: Wenn man außer Acht lässt, dass man sich gerne bei sämtlichen Nachbarn und Bekannten anbiedert und nicht selbst die Wocheneinkäufe bei Wind und Wetter nach Hause schleppen muss, weil es dafür ja eine treu ergebene Ehefrau gab, die dies ohne jegliches Murren vor ihrem Gebieter über Jahre hinweg auf sich nahm und zudem auch noch die Einstellung ihres Angetrauten vehement verteidigte.

An meinem achten Geburtstag standen plötzlich meine Patentante Marlene und Onkel Herbert vor der Tür. Es war für meine Eltern ebenso eine Überraschung wie für mich, zumindest was das Geschenk anging. Ohne ein Wort vorher darüber zu verlieren, brachten sie mir ein Fahrrad mit, der eigentliche selbsternannte Albtraum meiner Eltern. Nach einem kurzen Wortwechsel, zu dem ich die Wohnung verlassen musste, durfte ich das Geschenk dann aber doch behalten. Stolz wie Oskar drehte ich natürlich sofort damit ein paar Runden um unseren Häuserblock und zog damit die neidischen Blicke der anderen Kinder auf mich, weil das Rad eben ladenneu und zudem auch mit einem fantastischen Tachometer ausgestattet war. Radfahren lernen brauchte ich nicht, weil ich in den Urlauben bei Oma Erna und Opa Hermann schon heimlich fleißig geübt hatte.

Oma Erna und Opa Hermann, die anfangs ebenfalls noch im Ruhrgebiet wohnten, waren mittlerweile in den Schwarzwald umgezogen, weil Opa durch seine langjährige Arbeit im Bergbau eine Steinstaublunge bekommen hatte und mit der klaren Luft dort wesentlich besser zurechtkam. Wir schrieben uns gegenseitig Briefe, weil es ein Telefon in unserem Haushalt immer noch nicht gab. In den Sommerferien besuchten wir die beiden meistens für einige Wochen und konnten bei ihnen übernachten. Mein Vater kam dann einige Tage später nach, wie es sein genehmigter Jahresurlaub gestattete. Diese Zeit habe ich immer sehr genossen, weil ich mich dort ungezwungen bewegen konnte wie es mir gerade passte. Kein Gemeckere von Oma Hilde - nur zu den Mahlzeiten kurz zurückgekehrt und ansonsten den ganzen Tag mit den Bauernkindern durch Felder und Wälder streifen. Oma Hilde hätte mit Sicherheit der Schlag getroffen, wenn sie mich dort auf dem Fahrrad steile Abhänge hinunterfahren gesehen hätte. Die Zeit verging leider immer zu schnell. Es folgte dann jedes mal kurz nach Schulbeginn die Aufgabe, eine Erzählung über die Erlebnisse in den Ferien zu schreiben, die bei mir jedoch immer gleich aussah und die ich nach dem ersten Urlaub eigentlich hätte kopieren können. Aber zumindest war es für mich immer eine Abwechslung, Oma Hilde eine gewisse Zeit nicht ertragen zu müssen und mehr konnte ich eigentlich nicht erwarten. Im Nachhinein betrachtet frage ich mich, wie sie in der Zeit ohne Hilfe mit ihrer Gehbehinderung zurecht gekommen war.

Irgendwann muss es dann Streit zwischen meinen Eltern und Großeltern gegeben haben, denn die alljährliche Urlaubsfahrt fiel plötzlich aus. Was eigentlich passiert war, ist mir bis heute nicht bekannt. Das Thema wurde von meinen Eltern totgeschwiegen. Es wurde mir aber erlaubt, weiterhin Briefe zu schreiben und zu empfangen, nur wurde von meinen Eltern kein Wort mehr über diese beiden Menschen verloren. Irgendwann erschien dann - für mich unerwartet - mein Opa und wollte eine Aussprache, worüber auch immer. Mein Vater hatte es selbstverständlich nicht für nötig befunden, den ersten Schritt zu machen und ließ den alten, gesundheitlich angeschlagenen Mann mit dem Zug die fünfhundert Kilometer lange Strecke anreisen. Danach ging glücklicherweise alles wieder seinen gewohnten Gang und der alljährliche kostengünstige Urlaub war vorerst wieder gesichert.

Etwas später kam dann der zweite Kuraufenthalt auf mich zu. Aufgrund der Verschlimmerung meines Asthmas schlug unsere Kinderärztin einen Sanatoriumsaufenthalt in Bad Reichenhall vor. Bis dahin hatte ich eigentlich gedacht, dass Seeluft für mich das Optimum wäre. Zudem erinnerte ich mich noch an den Aufenthalt in diesem Bootcamp auf Sylt, was in mir eine gewisse Abneigung hervorrief. Natürlich wurde auch diese Kur so weit wie möglich in die Weihnachtsferien gelegt, um nicht zu viel Lernstoff zu verpassen. Dabei war schon vorher geklärt worden, dass ich aufgrund meiner schulischen Leistungen eine Klasse hätte überspringen können. Wie dem auch war, ich trat wohl oder übel die vermeintliche Strapaze an und war schon beim Eintreffen am Kurort angenehm überrascht. Hier ging es tatsächlich wie im Sanatorium zu. Ärzte und Pflegepersonal gehörten zum alltäglichen Bild, ich erhielt über die gesamte Zeit hinweg umfassende Anwendungen und die medizinische Kontrolle war in jeder Hinsicht gegeben.

Nach meinem neunten Geburtstag wurde ich von meinen Eltern darüber in Kenntnis gesetzt, dass wir Familienzuwachs bekommen sollten. Obwohl ich mich riesig über einen Spielkameraden in der eigenen Familie freute, sah ich dieses zumindest räumliche Problem in unserer Wohnung. Oma Hilde, ich und ein kleiner Schreihals in einem Zimmer. Schlimmer hätte es nicht kommen können. Abgesehen davon, dass mir als erstes mitgeteilt wurde, dass sich dadurch meine Geschenke zu meinen Geburtstagen und zu Weihnachten natürlich in ihrem Umfang reduzieren würden, was ich ja wohl verstehen würde. Was sollte sich daran noch reduzieren? Es gab ja ohnehin bis auf zwei Ausnahmen - der Roller und die Grundausstattung von Märklin - immer nur das untere Limit und dann auch meistens auf Zweckmäßigkeit beschränkt. Dann aber hieß es, wir würden wegen der jetzigen Beengtheit umziehen. Na Bravo: keine Freunde mehr, die vertraute Umgebung dahin und alles nur wegen dem zwanghaften Wunsch meiner Eltern, die Erde zu bevölkern und ihre Altersvorsorge sichern zu wollen. Oma Hilde machte direkt aus der Angelegenheit ein bühnenreifes Drama, weil sie sich ebenfalls aus ihrer gewohnten Umgebung herausgerissen fühlte. Aus welcher vertrauten Umgebung? Kein Kontakt zu den Nachbarn und sonst nur auf ihrem Beobachtungsposten. Dazu   sollte sich in der neuen Umgebung wohl auch eine Möglichkeit finden.

Dann durfte ich zum ersten Mal mitkommen, um die neue Wohnung zu besichtigen. Von der Umgebung war ich nicht enttäuscht zumal ich wusste, dass im näheren Umkreis ein paar Schulkameraden aus meiner neuen Schulklasse von der Realschule wohnten. Also war der Sprung ins Wasser doch nicht so kalt wie vermutet. Die Wohnung als solche war im Gegensatz zur alten fast herrschaftlich anzusehen, weil die Ausmaße etwas ganz anderes darstellten obwohl die Anzahl der Räume gleichgeblieben war. Ich hatte zwar mit einem eigenen Zimmer gerechnet, was aber in Anbetracht der Raumaufteilung wieder einmal in den Hintergrund rückte. Die hohen Decken mit ihrem Stuckbesatz ließen darauf schließen, dass hier keine 08/15 - Mieter gewohnt hatten. Tatsächlich waren es ehemalige Werkswohnungen von pensionierten Direktoren der Firma, in der sich auch mein Vater schon einigermaßen hochgearbeitet hatte. Ein großer Garten hinter dem Haus ließ mich schon auf diverse Spielmöglichkeiten spekulieren. Das Beste war jedoch, dass hier nur drei Familien sich eine Wohneinheit teilten, was zumindest für meine Eltern mit mehr Ruhe verbunden war und nicht zu vergessen der riesige Fußballplatz auf der gegenüberliegenden Straßenseite. Hinter den Gärten befand sich zudem ein zweiter kleinerer Bolzplatz, der sogar ohne eine Straße überqueren zu müssen erreichbar war. Die Wohnung selbst war zwar in einem renovierungsbedürftigen Zustand, der aber bis zum Umzug behoben sein sollte. Zwei Schnellimbisse in unmittelbarer Nähe rundeten das gute Gesamtbild ab.

Nach kurzer Eingewöhnungsphase hatte ich auch Kontakt zu den Nachbarskindern gefunden, von denen die meisten mir zugänglich und kumpelhaft erschienen. Die einzige Umstellung war der Schulweg. Während ich vorher 200 Meter zu Fuß gehen konnte, musste ich jetzt auf öffentliche Verkehrsmittel zurückgreifen, um die täglichen 4 Kilometer zu bewältigen. Natürlich war das Thema Radfahren zur Schule immer noch tabu, weil ich weiterhin diesbezüglich überschwänglich bemuttert wurde. Nichts desto trotz änderten sich in meinem Leben jetzt einige Dinge: man sah mich vielleicht in Hinsicht auf meinen kleinen Bruder als reifer geworden an, wo häufige körperliche Züchtigung auch nicht mehr angebracht war. Auch Oma Hilde hielt sich erstaunlicherweise mit ihren Hetzkampagnen etwas mehr zurück.

Oma Erna und Opa Hermann waren mittlerweile wieder in unsere Nähe umgezogen, weil sie im Laufe der Jahre doch bemerkt hatten, dass sie im Schwarzwald nie von den Einheimischen akzeptiert wurden. Die Nähe zur Familie wurde ihnen mit zunehmendem Alter hinsichtlich familiärer Unterstützung ebenfalls wichtiger. In einer Entfernung von ca. 10 Kilometern fanden die beiden dann auch eine schöne 2- Zimmer- Wohnung, an der sich Opa Hermann allerdings nicht mehr allzu lange erfreuen konnte. Die Luftnot, bedingt durch die Berufserkrankung wurde schlimmer und so musste er sich öfters in stationäre Behandlung begeben. Am Tage seiner geplanten Entlassung schrie mein Bruder in seinem Bettchen morgens ohne ersichtlichen Grund plötzlich wie am Spieß und war auch kaum mehr zu beruhigen. Kurze Zeit später klingelte bei uns das Telefon und meine Oma, die sich tagsüber während Opas Krankenhausaufenthaltes bei uns aufhielt, hatte als erste den Hörer in der Hand und schrie dann ebenfalls auf. Opa war kurz vor seiner Entlassung gestorben. Wie im Arztbericht zu lesen war, muss er sich vor der Abschlussvisite plötzlich aufgebäumt haben und war dann erstickt. Ich erfuhr davon, als ich aus der Schule kam und mich auf den Nachmittag freute, weil mit allen Nachbarskindern eine bereits vorbereitete Karnevalsfeier in unserem Keller stattfinden sollte. Daran war mir erst einmal die Lust gründlich vergangen. Auf Drängen meiner Eltern nahm ich trotzdem an der Feier teil, wenn auch meine Gedanken ganz woanders waren. Zumindest war ich für diese Zeit mehr oder weniger abgelenkt, was dann am Abend in einem verstärkten Trauerausbruch endete. Mein Vater versuchte so einfühlsam wie möglich, mich über den Verlust hinweg zu trösten; eine Wesensart, die mir bis dahin ziemlich fremd an ihm war. Es half zunächst sehr wenig, weil ich zu Opa Hermann ein außergewöhnlich gutes Verhältnis hatte, was auch daran lag, dass er immer ziemlich locker drauf war und sich gut in junge Semester hineindenken konnte und auch deren Ansichten respektierte wie auch Oma Erna. Bei seiner Beerdigung war ich natürlich nicht anwesend, da ich ja nach Möglichkeit keine Unterrichtsstunde versäumen sollte. Wer konnte sich aber auf den Unterricht in der Schule konzentrieren, wenn die Gedanken immer wieder bei Opa Hermann waren?

Das Grab lag auf einem Friedhof in greifbarer Nähe der gemeinsamen Wohnung von Oma und Opa, obwohl man von dort noch drei Haltestellen mit der Straßenbahn fahren musste. Der Friedhof war aufgrund meiner Einschätzung von späteren Besuchen auf einem riesigen ehemaligen Weideland entstanden, wo man sich leicht verlaufen konnte, wenn man den Weg zu Opas Grab nicht genau kannte. Nach der ersten Trauerzeit fand ich es immer als eine willkommene Abwechslung, das Wochenende öfter mal bei Oma Erna zu verbringen. Sie war wie gesagt viel lockerer in ihren Ansichten als Oma Hilde, und obwohl ich dort niemanden Gleichaltrigen kannte und auch sonst aufgrund der Lage ihrer Wohnung keine großen Möglichkeiten hatte, um draußen zu spielen, kümmerte sie sich sehr intensiv um mich, vielleicht auch um sich selbst von der ganzen Situation etwas abzulenken. Doch unmittelbar nach meiner jeweiligen Rückkehr am Sonntagnachmittag, gerade dann, wenn man sich den anderen Kindern bezüglich des Erlebten mitteilen wollte, fuhr Oma Hilde mir schon wieder ins Wort und hatte an Gott und der Welt herum zu mäkeln. Mal war es wieder das Wetter, mal die falsche Uhrzeit, weil ja der Sonntag etwas Besonderes war und sich eigentlich kein Kind in gewohnter Weise draußen herum zu treiben hätte. Irgendetwas Absurdes fiel ihr jedes Mal ein. Wenn Oma Erna daraufhin etwas beschwichtigte, zog sie sich unverzüglich schmollend in die Küche zurück, auch sonst ihr auserkorener Lieblingsplatz . In solchen Momenten, und davon gab es viele, konnte man ihren wahren Charakter kennenlernen, soweit man diesen noch nicht verinnerlicht hatte.

Sonntags war die Zeit des Frühschoppens in der Stammkneipe meines Vaters angebrochen und der konnte sich mitunter auch schon mal bis in die frühen Nachmittagsstunden hinziehen, weil die Wirtin es verstand, ihre Stammgäste bei Laune bzw. bei der Theke zu halten. Besonders extrem wurde es jedes Mal, wenn Tante Gitte und Onkel Rudi das Wochenende zu Besuch kamen. Dann entging es selbst mir als unbedarfte kritikunwürdige Person nicht, dass Alkohol die Menschen verändert. Das Mittagessen, mittlerweile zum x-ten Male aufgewärmt schmeckte auch nicht mehr so toll, die zu recht grantigen und aufgebrachten Ehefrauen, eine vor sich hin brabbelnde Oma Hilde und meine teils nervige Cousine Irma versauten mir dann jedes Mal die Zeit, die man unter normalen Umständen noch genießen konnte, bevor es dann am Montag wieder in die verhasste Schule ging - für sechs lange Tage - denn zu dieser Zeit war bis einschließlich Samstag volles Programm geschrieben. Aber auch unter normalen Umständen, wenn das Essen um 13.00 Uhr auf den Tisch kam, um den sich die Familie zu versammeln hatte, sorgte Oma Hilde wieder für Unruhe." Lass mich mal in der Küche bleiben, ich kann auch später essen." Also wurde ein Gedeck wieder abgeräumt und Oma hatte ihren Willen durchgesetzt. Damit nicht genug, meckerte sie dann still und heimlich vor sich hin, nachdem sie ihr Essen serviert bekam, dass es eine Unverschämtheit wäre, ihr kaltes Essen vorzusetzen. Meine Mutter beschwichtigte dann wieder jedes Mal oder ging bewusst zu einem anderen Thema über. Das hätte ich mir mal erlauben sollen. In Gegenwart meines Vaters wurde dann das bittersüße Lächeln aufgesetzt, das die Beiden perfekt beherrschten. Ich glaube auch nicht, dass er sich durch dieses Genörgel hätte aus der bierseeligen Ruhe bringen lassen, zumal er dann eh immer seinen Mittagsschlaf hielt. In der Zeit war für alle Anderen Flüstern angesagt. An Musik, Spiele oder Fernsehen gar nicht zu denken. Da mein Bruder verständlicherweise vom Alter her diesen Zustand nicht einschätzen konnte, wurde sich kollektiv nach dem Abwasch um ihn gekümmert. Vielleicht wäre ich ja auch mal begeistert gewesen, wenn man sich mit mir Zeit für ein Brettspiel genommen hätte, aber dazu war der Kleine ja noch nicht in der Lage und so konnte ich mich dann in " meine " Gemächer zurück ziehen um der Langeweile zu frönen, weil ja Sonntags Ausgehverbot bestand. Meine Gemächer bestanden wie man weiß aus " Omas Wohnzimmer ", das ich jetzt auch noch mit meinem Bruder teilen durfte. Meine Eltern hingegen hatten den zweitgrößten Raum der Wohnung zu ihrem Schlafzimmer deklariert, immerhin satte 25 qm, in denen außer dem XXL- Bett, 2 sechstürigen Kleiderschränken, etlichen anderen Möbelstücken wie Waschkommode, Nachttischen, Schaukelstuhl etc. immer noch eine tanzsaalähnliche Freifläche verblieb. Dieser Raum geteilt durch zwei (für 2 Kinderzimmer) getauscht mit unserem 16 qm- Reich und Oma dorthin verfrachtet, wo sie meiner Meinung nach hingehörte und niemandem auf den Keks ging, nämlich in ein Seniorenwohnheim, hätte meine vollste Zustimmung gefunden.

Weit gefehlt: " Oma hat uns immer so viel Gutes getan" war der Lieblingsspruch meiner Mutter. Damit muss sie sich und meinen Vater gemeint haben. Und mir und meinem Bruder? Erst Jahrzehnte später konnte ich annähernd ahnen, was damit gemeint war. Die ständigen Nörgeleien und Quertreibereien wohl kaum. Nein, es war die nicht unerhebliche Rente, die sich meine Eltern zusätzlich einverleibten, obwohl mein Vater schon damals zu den Besserverdienenden gehörte. Dagegen konnte man als Kind mit unverschämten Forderungen natürlich nicht anstinken. Was brauchte Oma auch schon an Geld? Hier und da mal zu Weihnachten eine neue Kittelschürze, die noch als Geschenk deklariert und womöglich noch von ihrem eigenen Geld beschafft worden war und alle zwei Jahre neue orthopädische Schuhe, deren Kosten von der Krankenkasse übernommen wurden. Wie erbärmlich! Dafür waren jedes Jahr drei Exklusivurlaube angesagt, mit denen man gerne im Kreise der Freunde herumprahlte. Die Urlaube fanden natürlich unter Ausschluss der Kinder statt, weil da die mehr oder weniger beliebte Oma Erna als zweiter Babysitter herangezogen wurde, damit man wenigstens dreimal im Jahre seine wohlverdiente Ruhe genießen konnte. Ich persönlich kann mich nur an einen gemeinsamen Urlaub mit meinen Eltern nach unserem letzten Umzug erinnern, ausgenommen die preisgünstigen Ferien bei meinen Großeltern im Schwarzwald. Mein Bruder musste sich ebenfalls keine Vorwürfe über ein schwaches Erinnerungsvermögen machen, denn dem erging es nicht anders. Aber was war eigentlich für uns schon Urlaub, wenn man sich dort genauso korrekt als perfekte Vorzeigefamilie präsentieren musste?

So gingen allmählich die Jahre ins Land und ich hatte für meine Verhältnisse und nach eigenem Empfinden das Beste aus der ganzen Situation gemacht. Entweder gemeinsame Unternehmungen mit den Nachbarskindern oder zur Abwechslung mit meinen Schulfreunden Uwe, Ernst- Otto oder auch hin und wieder mit Jürgen. Der Knackpunkt war nur, wenn ich diese einmal zum Spielen zu mir einlud, dass sich jeder erstaunt über mein " Reich " äußerte. Denn bei mir befanden sich keine Poster an den Wänden und die Zimmertür musste ständig offenstehen, wie alle anderen im Haus auch, damit nur jeder die fabelhafte Einrichtung bewundern konnte, was uns Kindern natürlich am Arsch vorbei ging. In regelmäßigen Abständen wurden wir zusätzlich von meiner Mutter oder Oma gestört und wenn es nur um die obligatorische Frage ging: " Möchtet ihr noch etwas zu trinken haben?" Mir traten bei diesem Gehabe die Halsschlagadern wie Bleistifte nach außen. Vom Spielen konnte eh keine Rede sein, weil ja nichts unordentlich gemacht werden durfte. Zu allem Ungemach wurde dann auch noch mein Bruder zu unserer allgemeinen Erheiterung ins Zimmer geschickt, damit meine " gestresste " Mutter etwas Entlastung erfahren durfte. Wovon eigentlich? Sie saß im Wohnzimmer herum und häkelte gelangweilt an einer Tischdecke, während Oma Hilde in der Küche die Vorbereitungen fürs Abendbrot traf, zu dem meine Freunde spätestens zu verschwinden hatten. Bei denen zu Besuch, war es allemal eine Selbstverständlichkeit, dass ich mitessen durfte. Also sollte es nur allzu verständlich sein, dass mein Freundeskreis nach und nach auf ein Minimum zusammenschrumpfte.

Der absolute Hammer war jedoch, strikt geheim gehalten und womit man selbst als Kind nie hausieren gegangen wäre, die Tatsache, dass in unserem Zimmer abends ein Nachttopf postiert wurde, um Oma von mehrfach notwendigen nächtlichen Gängen zur Toilette zu entlasten. Bei unruhigem Schlaf hörte man es nachts des Öfteren plätschern und beim Aufstehen im Halbschlaf trat man dann hin und wieder ungewollt gegen einen bis zum Rand gefüllten Behälter, der dann auch einige Male überschwappte. Diese Unachtsamkeit auszubügeln war Aufgabe des jeweiligen Verursachers, der gegen den Topf getreten hatte. War auch das kleinere Übel im Gegensatz zu den Aromen, die sich die ganze Nacht über freisetzen konnten und beim Einatmen ein verdächtiges Kratzen im Hals verursachten. Darauf angesprochen, erfuhr ich von meiner Mutter, dass sich ein artiges Kind nicht anzumaßen hätte, die Gewohnheiten und unantastbaren Verhaltensweisen von Erwachsenen in Frage zu stellen. Wer jetzt der Meinung ist, dass von mir alles in der Familie der Einfachheit halber schlecht geredet wird, soll nun eines Besseren belehrt werden. Obwohl es nur einige Momente in all den Jahren gegeben hat, an die ich mich gerne erinnere, so spiegeln sich diese in der Fürsorge von Oma Hilde wieder.

Mein Asthma war im Laufe der Zeit nicht besser geworden. Bei richtig starken Anfällen glaubte ich, ersticken zu müssen. Der festsitzende Schleim zwang mich zu Hustenanfällen, von denen mir noch Stunden später der Brustkorb schmerzte, als hätte mir jemand mit einem Springerstiefel darauf getreten. An Schlaf war nicht mehr zu denken. So setzte ich mich auf einen Küchenstuhl vor die Spüle und legte meinen Kopf auf die Kante, um einigermaßen Luft zu bekommen. Wären nicht die Erstickungsanfälle gewesen, ich wäre schon nach kürzester Zeit vor Müdigkeit eingeschlafen. Die beiden Handtücher, die ich abends vorsorglich mit ins Bett bekam, waren von dem schleimigen Auswurf mittlerweile total durchnässt. Nach einiger Zeit war es Oma Hilde, die zu mir in die Küche gehumpelt kam, um zu trösten und beruhigend auf mich einzureden. " Ich wünschte, ich könnte Dir die Schmerzen abnehmen " - diesen Spruch hörte ich damals häufig und obwohl dadurch nicht wirklich eine Linderung eintrat, fühlte ich mich zumindest nicht im Stich gelassen. Den gutgemeinten Ratschlägen, ein Dampfbad zu nehmen, konnte ich dabei mit Mühe und Not entgehen. Manchmal erschien auch nach endlos langer Zeit meine Mutter schlaftrunken in der Küche und meinte, ich solle mich doch etwas zusammen nehmen, weil Vati am nächsten Morgen schließlich wieder früh zur Arbeit müsse und seinen wohlverdienten Schlaf brauche. Meinem Vater wollte ich in diesen Momenten gar keine Vorwürfe machen, weil er von meinem ganzen Leiden wahrscheinlich überhaupt nichts mitbekommen hatte. Ich erwähne es nur der Vollständigkeit halber, dass wir zu dieser Zeit bereits über einen Telefonanschluss verfügten, von dem jeder normal denkende und besorgte Elternteil vielleicht den Notarzt gerufen hätte - nicht so meine Mutter. Dann hätte man ja mitten in der Nacht noch einen Hausputz veranstalten müssen, um dem eintreffenden Arzt eine perfekte Wohnung präsentieren zu können. Also wurde am nächsten Morgen die Kinderärztin angerufen, wenn die Wohnung wieder blitzte und blinkte und ich eine Spritze bekommen konnte, die nach ca. zwei Tagen ihre Wirkung zeigte. Bis dahin wiederholte sich das allnächtliche Prozedere, wobei ich bis zum Erbrechen zu hören bekam, dass ich wahrscheinlich mal wieder zu unachtsam mit meiner Gesundheit umgegangen war.

Die Sonntage, an denen man üblicherweise die Seele baumeln lassen konnte, weil kein Besuch auf dem Terminplaner stand, waren nicht nur aufgrund der Ausgehsperre für mich der Horror. Jeder sehnte den Tag herbei, wo mal ordentlich ausgeschlafen wurde. Ich konnte mich davon ausnehmen, weil mich regelmäßig der fast schon militärische Weckruf aus dem Bett springen ließ. Sollte ich einmal diese Aufforderung krampfhaft nicht zur Kenntnis genommen haben, wurde spaßeshalber mein Bruder ins Zimmer geschickt, um laut lärmend daran zu erinnern, dass die ganze Familie auf mich wartete. Fragt sich nur: Womit? Selbst am Sonntag musste das Zimmer so früh wie möglich in seinen ursprünglichen Zustand versetzt werden, weil Oma Hilde ihren sonntäglichen Gottesdienst im Radio hören musste. Zuvor wurde noch der antike Hausaltar aus dem Schrank gekramt, um sich vorab schon einmal in Stimmung zu bringen. Der Papst hätte nicht heiliger sein können wie Oma Hilde. Dabei war die Kirche in etwa 100 Metern zu erreichen. Dieser Kirchgang hätte jedoch zur Folge gehabt, dass Oma Hilde wieder ihren Gehfehler vor fremden Menschen hätte offenbaren müssen. Außerdem wäre der Zeitplan für die Vorbereitung des Mittagessens auf den Kopf gestellt worden und man hätte sich auch noch in die Festtagsrobe stürzen müssen. Dafür allein hasste ich meine heile Familie. Als die Zeit vor der Konfirmation näher rückte, hatte ich sonntags zusätzlich die Order, nach dem regelmäßigen Besuch der Kirche - und zwar alleine - das Kirchenblättchen für Oma mitzubringen, welches nach der Messe am Ausgang verteilt wurde. Während meine Freunde, ebenfalls in Vorbereitung auf die Konfirmation nach dem Gottesdienst noch etwas bis zum Mittagessen unternahmen, hatte ich schnurstracks nach Hause zu eilen, damit Oma Hilde bloß ihr Blättchen in die Hand bekam, um sich die Gemeindemitteilungen zu Gemüte zu führen. Natürlich wurde dem Heftchen grundsätzlich keine große Aufmerksamkeit geschenkt, weil immer etwas Anderes wichtiger war und das Heftchen mit viel Glück ein paar Tage später erst Beachtung fand – wenn überhaupt. Dieses Brimborium sollte auch noch nach meiner Konfirmation Bestand haben, wobei ich es jedoch zeitlich miteinander verbinden konnte, pünktlich um 10.00 Uhr mit meinen Schulkollegen in einer der zahlreichen Kneipen einen zünftigen Skat zu dreschen oder eine Runde " auszuflippern ", um dann Punkt 11.00 Uhr nach der Messe das begehrte Heftchen am Kirchenausgang in Empfang zu nehmen, es nach Hause zu bringen und danach im Laufschritt wieder zum Stammtisch zurück zu eilen. Das alles lockerte sich in den nächsten zwei Jahren, so dass irgendwann das eminent wichtige Blättchen mehr und mehr in den Hintergrund trat und für mich zumindest der Sonntagvormittag zur freien Verfügung stand. Es kam auch schon ab und zu vor, dass mich mein Vater, weil ich ja jetzt schon fast erwachsen war, mit in seine Stammkneipe zum Frühschoppen mitnahm. Meine Kollegen kamen dann auch dorthin, damit wir unsere Kartenrunden fortsetzen konnten. Kurz vor der eigentlichen Essenszeit wurde ich dann mehr oder weniger charmant aufgefordert " schon mal vor zu gehen " um zu Hause Bescheid zu sagen, dass es jetzt nicht mehr lange dauerte, bis sich der gnädige Herr bequemen würde - nach einem letzten Absacker - die Tafel daheim zu eröffnen. Oft zog sich dieser kurze Moment aber dann bis zu einer Zeit hin, wo andere schon wieder zum Dämmerschoppen unterwegs waren. Wie die Wirtin ihre Stammgäste zum Verweilen an der Theke anspornte, war schon in gewisser Hinsicht faszinierend - selbst wenn es so manche Runde Freibier kostete. Nach dem Essen, was im Grunde genommen fast jeder für sich einnahm und keine Freude bei meiner Mutter auslöste sowie Oma Hildes unverständliches Nörgeln zur Folge hatte, ging der gnädige Herr zu Bett, um seinen Rausch auszuschlafen. In dieser Zeit glich unsere Wohnung einem Friedhof, zumindest vom Lärmpegel her. Das Knöttern von Oma Hilde setzte sich - kaum hörbar - in der Küche fort. Selbst wenn es einmal der Zufall erlaubte, dass alle um den gedeckten Mittagstisch hätten sitzen können, war es Oma Hilde, die gegen die Gemütlichkeit schoss. " Ich esse später in der Küche " war jedes Mal von ihr zu hören. Statt sich direkt eine Portion auf den Teller zu laden, wartete sie stets, bis alle gegessen hatten, um dann, wie schon an anderer Stelle erwähnt, die mittlerweile kalt gewordenen Reste argwöhnisch zu begutachten und in ein Meckern zu verfallen:" Das ist ja ungenießbar. Immer muss man hier alleine sitzen und jeder denkt nur an sich." In solchen Momenten hätte ich gerne einmal meinen Kommentar abgegeben, aber Oma Hilde war halt die zweite Heiligkeit in unserer Familie und deshalb war jede Art von Kritik unangebracht. Statt einmal mit der Faust auf den Tisch zu hauen, machte meine Mutter immer gute Miene zum bösen Spiel und kroch ihr weiter in den Hintern. Unsereins hätte bei solchen unmöglichen Manieren schon ein paar aufmunternde Schläge in den Nacken bekommen. Aber seiner Mutter und der damit zweiten Einnahmequelle einmal die Meinung zu geigen und dem egoistischen Treiben ein Ende zu bereiten, war ein absolutes Tabu.

Gegen frühen Abend war dann der Alkoholpegel bei meinem Vater wieder soweit abgesunken, dass meine Mutter zur Entschädigung zu einem Spaziergang eingeladen wurde, der eh wieder in der Stammkneipe endete. Zumindest hatte ich in dieser Zeit meine Ruhe und konnte komischerweise tun und lassen, was ich wollte. Heute - im Nachhinein betrachtet, waren bei diesen Kneipengängen schon beträchtliche Summen in die Kasse der Wirtsleute gewandert, zumal man ja auch das Gesicht wahrte und sich an den Runden beteiligte - man hatte es ja - die es vom finanziellen Standpunkt her gesehen bei meist zehn bis zwölf Stammgästen echt in sich hatten.

Zu Beginn unseres Konfirmandenunterrichts wurde uns das Angebot vom Küster eröffnet, sich einmal pro Woche zum Schachspielen im Jugendheim der Kirche zu treffen. Eine willkommene Abwechslung, zumal mein Schulfreund Uwe ebenfalls Interesse daran zeigte. Da man sich dort nicht schmutzig machte und der Ort des Geschehens direkt vor unserer Haustür gelegen war, hatte ich auch keine Probleme meinen Eltern gegenüber meinen Wunsch, dort teilnehmen zu wollen, in die Realität umzusetzen. Nach einiger Zeit, wir waren fast schon halbe Profis, wurde uns die Möglichkeit angeboten, im Verein, in dem auch unser Küster Mitglied war, die Jugendmannschaft zu verstärken. Das Training fand regelmäßig freitags abends in einer Kneipe im nächstgelegenen Stadtteil statt, zu der wir gemeinsam mit der Straßenbahn hinfuhren - eine Fahrt von etwa fünfzehn Minuten Dauer mit anschließendem zehnminütigen Fußweg. Meist endete das Training gegen 22.00 Uhr, so dass ich spätestens gegen 22.30 Uhr zu Hause eintraf. Gemessen an der Tatsache, dass samstags noch kompletter Schulunterricht absolviert werden musste, standen meine Eltern der ganzen Sache außergewöhnlich tolerant gegenüber. Lag vielleicht auch daran, dass ich schon nach einigen Wochen und gutem Erfolg unserer neu aufgestellten Jugendmannschaft namentlich in der lokalen Zeitung genannt wurde. Da hatte man wieder was zu protzen. Die Betreuung im Verein war einmalig. Wenn wir zum Mannschaftskampf in eine andere Stadt fahren mussten, fanden sich regelmäßig Mitglieder des Vereins, die uns mit dem Auto dorthin brachten, uns dort zur Seite standen und uns wohlbehalten wieder zu Hause ablieferten.

Die Toleranz meiner Eltern wurde dennoch bald auf eine harte Probe gestellt, als wir zu einem Turnierkampf bei einem befreundeten Verein in die Niederlande fuhren. Unser Vorstand kümmerte sich um die logistischen Abläufe, was in erster Linie die Beauftragung eines Busunternehmens bedeutete. Als Treffpunkt war auch ein in unmittelbarer Nähe unserer Wohnung gelegener Platz verabredet worden, die Rückkehr für 23.00 Uhr vorgesehen. Weil der sprichwörtliche Teufel im Detail sitzt, verzögerte ich unsere Rückkehr um ca. 1 ½ Stunden. Handys gab es zu der Zeit noch nicht, um vorab einen Anruf zu tätigen, um die besorgten Eltern beruhigen zu können. Da man mir trotz meines Alters von fünfzehn Jahren keinen Haustürschlüssel anvertraute, blieb mir nichts anderes übrig, als zu klingeln. Es wurde auch unvermittelt aufgedrückt und mein Vater erschien im Schlafanzug. Ich hatte gerade auf der Fußmatte meine Erklärung für die Verspätung abgegeben, als ich auch schon einen derben Tritt in den verlängerten Rücken erhielt, der mich auf direktem Weg in mein Kinderzimmer beförderte. Die Worte " Das machst Du nicht noch einmal " nahm ich dann kaum noch zur Kenntnis. Jedenfalls hatte ich es mal wieder geschafft, den Zorn meiner Eltern auf mich zu ziehen, der eine einwöchige Ausgangssperre zur Folge hatte. Das Einzige, was mir bei diesem herzlichen Empfang noch durch den Kopf schoss, war der Gedanke: " Beim nächsten Mal werde ich mich wehren". Aber das wäre von meinem Vater, hätte er Gedanken lesen können, entweder ignoriert oder aber tatsächlich aufgrund seiner augenscheinlichen Müdigkeit nicht mehr zur Kenntnis genommen worden. Dem erheblichen Harndrang mochte ich mich nun auch nicht mehr durch einen Gang auf die Toilette entledigen im Bewusstsein, dass ich dann vielleicht noch einmal ausgezählt werden würde. Also gab ich mich mit der Variante Omas Nachttopf in unserem Zimmer zufrieden. War ja selbst in der völligen Dunkelheit nicht allzu schwer - man brauchte sich nur am Geruch orientieren und schon konnte es losgehen. Nicht bedacht hatte ich in der ganzen Aufregung, dass besagtes Gefäß um diese Uhrzeit schon ziemlich gut gefüllt war. Also musste ich mir die letzte Erlösung doch noch verkneifen und den nächsten Morgen abwarten, an dem ich mit mittelstarken Unterleibsschmerzen wach wurde.

In den folgenden Tagen wurde mir erst bewusst, wie sehr ich durch meine Verspätung meine Eltern in Panik versetzt hatte. Die Fürsorglichkeit der letzten Jahre setzte sich wieder durch und meine Bitte, am kommenden Wochenende eine musikalische Darbietung in Form eines Rockkonzertes in der Grugahalle besuchen zu dürfen, wurde kategorisch abgelehnt. Also versuchte ich, meinen Freigang mit einem Meisterschaftsspiel unserer Mannschaft zu begründen. Leider war auch dieser Versuch nicht von Erfolg gekrönt, weil mir sofort entgegen gehalten wurde: " Erfahre ich, dass Du zu diesem Konzert gehst, kannst Du Dein blaues Wunder erleben". Somit war dieses Event für mich gestorben und ich hatte mal wieder das ganze Wochenende Zeit, über meine Sünden nachzudenken. Vielleicht sollte es ja doch nicht ganz so trist werden, weil ich kurze Zeit später erfuhr, dass sich Tante Gitte und Onkel Rudi zu Besuch angesagt hatten. Zunächst einmal versucht man ja alles, um der perfekt gespielten Familie trotzdem zu entkommen. Als kein Versuch den gewünschten Erfolg brachte, begab ich mich in mein Schicksal und hoffte auf einen abwechslungsreichen Nachmittag. Die ganze Sache zog sich dann wider Erwarten sehr schleppend hin, wobei auch mein Onkel, scheinbar sehr genervt von der eisigen Atmosphäre vorschlug, ein paar Runden Skat zu spielen. Als dann mein Vater mit den Worten abwiegelte: " Der - sein Blick war auf mich gerichtet - ist dafür doch zu blöde ", war es mit meiner Fassung vorbei und ich rannte in mein Zimmer, um diese Verunglimpfung erst mal zu verdauen. Mein Bruder hatte mit seinen zwischenzeitlichen Störversuchen bei mir in dieser Situation ganz schlechte Karten. Am liebsten hätte ich ihm einen Tritt in den Arsch verpasst, womit ich dann wahrscheinlich durch sein Geschrei erneut bei meinen Eltern in Ungnade gefallen wäre. Ein paar Tage später sollten sich die Wogen wieder allmählich geglättet haben, dachte ich zumindest, als ich wieder einen Versuch startete - diesmal bei meiner Mutter - etwas von meiner verlorenen Freiheit zurück zu gewinnen. Ich hätte aufgrund ihres mir bekannten Charakters gewarnt sein sollen und damit rechnen müssen, dass Entscheidungen von derartiger Tragweite nur von meinem Vater gefällt wurden, denn ich bekam auf meine Bitte zu hören: " Frag Vati". Der befand sich mal wieder in der Kellerbar, zu der ich mich dann auf den Weg machte. Nach einigem Herumdrucksen trug ich auch bei ihm meine Bitte vor und erntete ein klangloses aber durchdringendes " Nein!" Als ich nach dieser unverständlichen Abfuhr nach oben in die Wohnung zurückkam und meiner Mutter mitteilte: " Der Kerl lässt mich einfach nicht gehen", stellte sie ruhig das Bügeleisen zur Seite um mich dann im nächsten Moment mit der Faust mitten im Gesicht zu treffen. Ihr knapper Kommentar:" Meinen geliebten Mann bezeichnest Du nicht als Kerl ", ließ mich vollends an ihrem Verstand zweifeln. Nach diesen Worten und ihrer überzogenen Reaktion verließ ich augenblicklich das Zimmer, eine Hand unter die Nase haltend, um nicht auch noch den wertvollen Teppich mit meinem Blut zu besudeln, dass im hohen Bogen aus meiner Nase schoss. Spätestens hier hatte ich für mich entschieden, dass meine Eltern Scheiße waren.

Im Allgemeinen traf ich mich mit meinen Freunden, um bei musikalischer Untermalung eines Kassettenrekorders über alle Probleme dieser Welt zu diskutieren. Ein solches Gerät gehörte damals als Stimmungsmacher zu jedem Meeting. Ich hatte auch so ein Teil, dass ich mir in mühevoller Kleinarbeit über Jahre hinweg von meinem Taschengeld - immerhin zwei Deutsche Mark pro Woche - und einigen Münzen, die ich von Oma Erna bei ihren wöchentlichen Besuchen geschenkt bekam, zusammen gespart hatte. Meine Eltern hatten letztendlich jedoch entschieden, dass ich das Gerät nicht mit auf die Straße mitnehmen durfte. Ich sollte schließlich nicht wie ein asozialer Penner herumlaufen. Mein Gott, was war damals Deutschland von diesen Gestalten überflutet, weil Anfang der 1970er Jahre fast jeder zweite Jugendliche mit so einer Ausrüstung auf der Straße anzutreffen war. Wer so ein Ding nicht sein Eigen nennen konnte, war schon out wie heute jemand ohne Smart-Phone.Wie dem auch sei hatten wir bei jedem Treffen unseren Spaß, wälzten Probleme und tauschten die aktuellsten Neuigkeiten des Musikmarktes aus. Hauptsache wir konnten gemeinsam gegen die spießigen Erwachsenen wettern. Die Zeit, wo man Zigaretten und Alkohol probierte, war angebrochen. Da mir der Genuss von Alkohol aus dem Elternhaus bekannt und auch die bis dahin heimlich gepaffte Zigarette nicht mehr fremd war, fand ich darin keine allzu große Neuerung. Natürlich gab es in unseren Kreisen nicht die heute üblichen Besäufnisse mit Alkopops oder " harten Drogen", aber die eine oder andere Flasche Bier auf dem Spielplatz - vornehmlich in der Dunkelheit - gab einem doch das Gefühl, ein vollwertiger Teil der Gesellschaft zu sein. In dieser Zeit wurde in unserer Nähe ein Treffpunkt für Jugendliche namens Teestube eröffnet, wo man sich zu gemeinsamen Gesprächen treffen und Gedankenaustausch betreiben konnte. Natürlich gab es auch unter den Jugendlichen, die diese Plattform aufsuchten, ein paar schwarze Schafe. Einige von ihnen waren mir aus meiner Schulzeit bekannt. Interessant war es, wenn vor allem einige ehemalige Hauptschüler, die man ja ein paar Jahre nicht mehr gesehen hatte, aus dem Nähkästchen plauderten und man sich manches Mal wunderte, dass die trotz einer gewissen Null Bock Einstellung und ohne Perspektive für die Zukunft einfach nur in den Tag hinein lebten. Aber eine bestimmte Faszination weckten die ganzen Erzählungen doch, zumal man sofort merkte, dass hier ein mir völlig fremdes Elternhaus ihre gegenwärtige Einstellung geprägt hatte. Für mich beinhalteten die Erzählungen der ehemaligen Schulfreunde ein gewisses Gefühl von Freiheit und Abenteuer. Oftmals sprach auch aus den Schilderungen eine gewisse Erfahrung mit Drogen. Eine Welt, die ich zu diesem Zeitpunkt höchstens von Warnungen meiner Eltern kannte. Die Neugier stellte dann jedoch zu viele Fragen und man wollte ja irgendwie dazu gehören, um mitreden zu können. Also bekam ich mit der Zeit leichte Einblicke, wie es außerhalb des Kontrollpunktes Familie aussah. Zu meiner Verwunderung ließen es meine Eltern mit zunehmender Zeit auch etwas liberaler angehen. Vielleicht aus der Sicht, einen Heranwachsenden vor sich zu sehen, wobei die Pubertierenden seinerzeit im Gegensatz zu heute als äußerst pflegeleicht zu bezeichnen waren.

Es ergaben sich vor allem an den Wochenenden immer öfter Möglichkeiten, in das bis dahin fremde Leben hinein zu riechen. Ich traf mich mit den "richtigen" Leuten, um dann in eine bis dahin unbekannte Welt einzutauchen. Die Umgebung und vor allem die dort befindlichen Gestalten machten mir am Anfang etwas Angst, aber je öfter man sich mit der Situation konfrontierte, schien alles vertrauter zu werden. Schließlich war die Zeit gekommen, um den ersten Joint zu probieren. Die richtige Umgebung und Musik trugen zu einem Großteil der völligen Gelöstheit bei, ein Gefühl, von dem man irgendwie fasziniert war. Dass der Besitz dieser Drogen eine kriminelle

Handlung darstellte, dachte von uns in diesen Momenten niemand - warum auch? Für meine Freunde Uwe, Udo und mich gab es allerdings eine gewisse Hemmschwelle, die von uns nie überschritten werden sollte. Der Versuch, harte Drogen zu konsumieren. Dieser Vorsatz blieb für uns auch ein Tabu, weil wir zwischenzeitlich auch von sogenannten " Unfällen " gehört hatten, wo Bekannte tagelang auf dem gefürchteten Trip geblieben waren. So gehörte es dann alsbald zum wöchentlichen Ritual, einen Joint am Wochenende zu genießen, um dann nach anschließender Erholungsphase nach Hause zu gehen, um dann ohne große Diskussionen ins Bett zu fallen und sich mit psychedelischer Musik per Kopfhörer in absoluter Gedankenlosigkeit zu verlieren.

Der Schulabschluss rückte immer näher und ich versuchte noch Einiges zu korrigieren, wo ich in der Vergangenheit Versäumnisse verzeichnete. Dabei war mein Abschlusszeugnis gar nicht übel. Von dem Musterschüler der ersten Grundschuljahre war zwar nicht mehr so viel übrig geblieben, aber die Noten reichten noch locker für eine Bewerbung im kaufmännischen Bereich. Die Betreuung durch einen Berufsberater vom Arbeitsamt war alles andere als befriedigend. Trotzdem gelang es mir durch Stöbern in der örtlichen Presse einige interessante Angebote zu finden. Nachdem ich die erste Zusage für eine Ausbildung erhalten hatte, befand mein Vater, ich solle doch in der gleichen Firma wie er meine berufliche Zukunft finden. Bei einem persönlichen Vorstellungsgespräch, an dem er natürlich ebenfalls teilnahm, bekam ich - wahrscheinlich wegen des sogenannten Vitamin B - ebenso eine Zusage, die ich beim besten Willen jetzt nicht mehr ablehnen konnte. Ein alles in allem interessanter Job, bei dem man mit vielen Menschen im Publikumsverkehr zu tun hatte und der auch aufgrund der netten Kollegen nicht langweilig zu werden schien. Bezüglich der von mir zu verrichtenden Tätigkeiten möchte ich keine ausschweifenden Ausführungen machen, es sei nur so viel gesagt, dass ich bei jeder Gelegenheit mit meinem Vater verglichen wurde, der hinsichtlich seiner Karriere einzigartig unter Hunderten wenn nicht Tausenden war. Das musste ich wohl oder übel neidlos anerkennen, denn mittlerweile hatte er sich tatsächlich bis in die Chefetage hochgearbeitet. Trotzdem hatte man das Gefühl, der letzte Arsch vom Dienst zu sein und die eigenen Leistungen und Bemühungen nicht ausreichten, um die Gunst der Vorgesetzten zu erlangen. Ganz allmählich kam die Zeit, wo man sich für das andere Geschlecht interessierte. Irgendwann traf ich dann auch meine Traumfrau. Am Wochenende verabredete ich mich mit zwei Freunden, um im nahegelegenen Stadtpark ein paar ruhige Stunden zu verbringen. Durch einen Zufall trafen wir auf zwei wirklich gutaussehende Mädels, die wie wir wohl die gleiche Absicht hatten. Nach einigem Zögern stellten wir uns gegenseitig vor und verabredeten uns für kurze Zeit später in einem Biergarten. Als mehr oder wenig Unerfahrener war dann doch eine gewisse Hemmschwelle nicht von der Hand zu weisen, um mit der Angebeteten ins Gespräch zu kommen, zumal man ja auch nicht alleine war. Es dauerte wohl einige Wochen, bis ich auf dem gewünschten Level angekommen war. Erschwerend kam hinzu, dass auch meine damalige Freundin und jetzige Frau eine starke Bindung ans Elternhaus hatte - allerdings anders als in meinem bisherigen Leben. Wohlbehütet im wahrsten Sinne des Wortes aber im liebevollen Umgang miteinander musste ich öfter zur Kenntnis nehmen, dass sie wieder mit zu einem Besuch ihrer Verwandtschaft fahren musste, was bei mir unterschwellig den Verdacht verstärkte, abserviert zu werden. Dem war letztendlich nicht so. Nach einigen Wochen stellte ich sie im Beisein meines Freundes und des anderen Mädels meinen Eltern vor, um dann in unserem Keller ein bisschen Party zu machen. Meine Eltern waren natürlich wie immer bei Neuankömmlingen übertrieben freundlich, was aber zumindest keinen negativen Eindruck vermittelte. Jedenfalls stellten wir beide zu diesem Zeitpunkt für uns fest, dass wir unseren weiteren Lebensweg gemeinsam gehen würden.

Eigenständiges Leben

Neben dem notwendigen Pflichtprogramm von Arbeit bzw. Berufsschule traf ich meinen Stern täglich, es sei denn, dass ihre Eltern wieder einmal einen Verwandtenbesuch geplant hatten. Wir hatten sie zu diesem Zeitpunkt noch nicht über unsere Beziehung in Kenntnis gesetzt, weil meine Freundin Peggy noch eine private Handelsschule besuchte und den Schulabschluss erfolgreich zu gestalten hatte - für ihre Eltern allerhöchste Priorität. Da sollte es noch keinen Platz für das andere Geschlecht geben. Trotzdem schafften wir es durch den einen oder anderen Tag Spontanurlaub bzw. Schulschwänzen, ein paar Stunden für uns zu buchen. Ob es an mäßigen schulischen Leistungen meiner Freundin oder anderen Umständen lag, kann ich heute nicht mehr genau sagen. Jedenfalls wurde ihr immer öfter der Ausgang untersagt, um sich stärker auf die Schule zu konzentrieren. Da halfen auch nicht mehr die Ausreden vom gemeinsamen Lernen mit der besten Freundin, mit der ja jetzt mein Kumpel Jörn zusammen war. Die beiden genossen zu der Zeit in Bezug auf ihr jeweiliges Elternhaus ein sorgenfreies Leben.

Irgendwann hatte ich dann die Faxen dicke und schlug Peggy ein Gespräch mit ihren Eltern vor. Nachdem wir Vor- und Nachteile dieser geplanten Unterredung eingehend diskutiert hatten, kamen wir überein, dass es wohl am besten wäre, reinen Tisch zu machen und nicht immer auf die bis dahin notwendige Heimlichtuerei zu vertrauen. Also rief ich am nächsten Tag noch von meinem Arbeitsplatz bei ihr zu Hause an in der Hoffnung, dass zunächst die Mutter dieses Gespräch mit mir führen würde zumal der Vater die strengere Person von beiden schien und vielleicht zu meinem Glück gerade arbeiten musste.Aber warum sollte ich eigentlich auch einmal Glück haben?

Nachdem ich mich namentlich artig vorgestellt hatte, wurde ich an den Herrn des Hauses weitergereicht. Allein der ablehnende Tonfall in seiner Stimme ließ meinen gesammelten Mut wieder schwinden. Trotzdem konnte ich ihn zu

einer Audienz überreden, bei der ich mir allerdings keine großen Erfolgschancen ausrechnete. Im besten Sonntagszwirn
machte ich mich also einen Tag später mit einem ziemlich
mulmigen Gefühl auf den Weg und wurde eigentlich recht
freundlich von der Mutter empfangen. Im Vorfeld hatte ich
schon erfahren, dass Peggys Vater handwerklich sehr begabt
war und hobbymäßig einen Werkraum im Keller des Hauses
eingerichtet hatte. Mit den Worten: " Immer dem Lärm nach "
wurde ich dann nach unten geschickt - und zwar allein! Mein
Klopfen an der besagten Tür ging im ohrenbetäubenden Lärm
einer Kreissäge völlig unter und so entschloss ich mich, ohne
auf das übliche " Herein " zu warten, die Tür zu öffnen. Der
Mann, der so geschäftig vor sich hin werkelte, drehte sich
plötzlich instinktiv und leicht erschrocken um und stellte das
Gerät ab. Nachdem ich auch ihm in einer endlos erscheinen-
den Zeitspanne zu erklären versuchte, dass ich mich von anderen Jungen positiv unterscheiden würde, weil mir ein unsteter
Lebenswandel keine Erfüllung verschaffen könnte, bekam ich
immer wieder seine abfällige Bemerkung zu hören: " Ich ken-
ne mich mit Typen wie Dir aus. Lange Haare, keine Arbeit
und nur in den Ecken herumstehen." Also blieb mir keine
andere Wahl, als richtig vom Leder zu ziehen. Ich erzählte von
einem gutbürgerlichen Elternhaus (welch ein Unsinn), von
einer soliden Ausbildung und meinen weiteren Plänen, wie ich
mir die Zukunft mit seiner Tochter vorstellte. Allmählich
merkte ich, dass er einen etwas positiveren Eindruck von mir
gewann, weil er mir anbot, zurück in die Wohnung zu gehen,
um sich dort weiter bei einer Tasse Kaffee zu unterhalten.
Oben angekommen, hatten sich schon mehrere Personen um
den Tisch geschart, denen ich jetzt kurz vorgestellt wurde. Da
war die im Haus lebende ältere Schwester Karola, die damals
bezogen auf ihr Aussehen nicht einmal unansehnlich war; ihr
Mann Falk, der Juniorchef eines großen Pharmazeutischen
Vertriebes und die Großeltern väterlicherseits, die ebenfalls
eine Etage im Haus bewohnten. Es folgte eine endlose Befra-
gung zu meiner Person, wobei ich stets mit skeptischen Blicken von oben bis unten gemustert wurde. Aber auch diese

Prozedur war irgendwann vorbei und ich hatte wenigstens erreicht, dass wir uns nicht mehr heimlich treffen mussten und ich dort mehr oder weniger ein- und ausgehen konnte. Eine traute Zweisamkeit gab es während dieser Besuche natürlich nicht, da Peggys Zimmer als Durchgangsraum zum elterlichen Schlafzimmer diente und man mit Argusaugen unsere Aktivitäten überwachte. Bei den ersten Einladungen zu Familienfeiern hielt ich mich bezüglich meiner Wortwahl und meiner Ansichten zu allgemeinen Themen wohlweislich zurück, wobei jedoch zu merken war, dass die restliche Verwandtschaft eine ziemlich lockere Einstellung zu unserer Beziehung hatte. So gingen einige Monate ins Land und allmählich merkte ich wieder, dass von elterlicher Seite nach und nach eine gewisse Skepsis aufgebaut wurde. Nachdem Peggy und ich uns ausgiebig in den wenigen Stunden des Alleinseins unseren weiteren gemeinsamen Lebensweg vor unserem geistigen Auge ausgemalt hatten, entschlossen wir uns dazu, eine eigene Familie zu gründen. In Anbetracht der Tatsache, dass ich mich zu dieser Zeit erst im zweiten Ausbildungsjahr befand, war unser finanzieller Spielraum zwar auf ein Minimum beschränkt, dennoch sollte ein Kind, dass wir uns eh wünschten, unser Vorhaben beschleunigen. Die Kosten für den eigenen Hausstand würden wir schon irgendwie stemmen, und sei es durch die Unterstützung des Staates und vielleicht auch unserer Eltern .

Irgendwann stellte Peggys behandelnder Arzt die ersehnte Schwangerschaft fest. Jetzt galt es nur noch, die Eltern schonend mit den Neuigkeiten zu konfrontieren. Bei meiner Familie sollte es verhältnismäßig unkompliziert von statten gehen. Ich nahm zuerst meine Mutter beiseite und eröffnete ihr vorsichtig, dass sie Großmutter werden würde. Nachdem der erste Schock gewichen und die Vorhaltungen und zaghaften Vorwürfe gewichen waren, sollte nun auch mein Vater davon erfahren. Also ging es zusammen ins Wohnzimmer und nach meiner Bekanntmachung bekam ich nur zwei Worte zu hören: " Dummes Arschloch! " Dann ging es zur Bar und man genehmigte sich auf den Schreck erstmal einen Weinbrand. Die

Frage auf die Reaktion der " Schwiegereltern " erübrigte sich durch das Klingeln des Telefons. Wir beide hatten ja vorher vereinbart, dass wir unsere Eltern über das "freudige" Ereignis zeitgleich in Kenntnis setzen wollten. Dass die Kontaktaufnahme der beiden Elternpaare, die sich bis dahin auch nicht kannten, so zügig über die Bühne gehen sollte, hatte ich allerdings nicht erwartet. Es wurde ein kurzes Gespräch und ich wurde davon in Kenntnis gesetzt, dass in zehn Minuten eine Zusammenkunft in unserer Wohnung stattfinden würde, um über das "Problem" zu reden. Es kam, wie es kommen musste, in dem man sich kurz und höflich gegenseitig vorstellte und dann zur großen Krisensitzung im Wohnzimmer Platz nahm. Während der gesamten Verhandlung saßen Peggy und ich wie zwei arme Sünder auf der Couch und kamen nicht ein einziges Mal zu Wort. Schnell war abgefrühstückt, wer was zur Unterstützung beisteuert. Oma Frieda saß wie üblich in der Küche und betete für unser Seelenheil.

Der erste Beitrag von ihr fiel dementsprechend knapp und bestimmend aus: " Das Kind muss umgehend getauft werden, damit es kein Heide bleibt!" Die Sorgen hätte ich auch gerne gehabt - da lagen noch sechs Monate bis zur Geburt vor uns und ich dachte höchstens an die zu erwartenden widrigen Umstände, die beginnend mit der Wohnungssuche auf uns zukommen würden. Die Hochzeit war auch schon in aller Kürze durchgeplant worden inklusive der Flitterwochen, die bei einer Tante meiner Freundin an der Mosel stattfinden sollten. Die Wochen gingen ins Land und Peggys Bauch wurde runder, als wir dann nach Bemühungen meines Vaters unsere erste Wohnung ansehen konnten.

Eine schnuckelige 2 ½ Zimmer - Wohnung im Erdgeschoß einer Wohnsiedlung in unmittelbarer Nähe meines Elternhauses. Mein Schwiegervater in spe legte plötzlich einen Gesundheitsfimmel an den Tag, den ich nie für möglich gehalten hätte. Da folgte ein Kampfshopping dem Anderen, wobei er immer noch sichtlich irritiert auf kindgerechte Schwangerschaftsbekleidung pochte, die von der Passform einem Elefanten gut zu Gesicht gestanden hätten. Aber sei es drum - wer die Musik bezahlt, bestimmt auch, was gespielt wird. In unserem nun gemeinsamen Freundeskreis ging die Nachricht natürlich um wie ein Lauffeuer. Alle freuten sich mit uns und wünschten alles Gute für die gemeinsame Zukunft. Was an Behördengängen folgte, nervte dann irgendwann. Meine Zukünftige musste aufgrund ihres Alters noch vom Amtsgericht für volljährig erklärt werden, der Brautunterricht von der Kirche sollte noch auf uns zukommen und die Wohnung musste sich auch noch ausgiebigen Renovierungsarbeiten unterziehen. Wir konnten aber trotz aller Bedenken unseren Zeitplan einhalten, waren letztlich jedoch fix und fertig.

Dann kam am Tag der standesamtlichen Trauung der berühmt berüchtigte Polterabend. Dazu waren sämtliche Arbeitskollegen aus meiner Firma eingeladen. Außer unseren Eltern ließen sich keine anderen Verwandten aus unseren Familien blicken! Ort des Geschehens war unsere Kellerbar, die bei der Menge der geladenen Gäste aus allen Nähten platzte. Zuerst ging es natürlich vor der Haustür fürchterlich zur Sache. Das übliche Ritual wie Böller werfen und Mülltonnen umkippen nachdem man schon den Unrat von der Straße gefegt hatte, schien endlos zu dauern. Einer der dicksten Böller verirrte sich in unseren Hausflur, so dass die Detonation einem die Ohren fast platzen ließ. Danach ging es in die heiligen Hallen, wo schon vorbereitete Häppchen und jede Menge Alkohol auf die Meute warteten. Irgendwann im Laufe des Abends vermisste ich meine Frau und fand sie bei einem Gang zur Toilette in unserer Wohnung wie ein Häufchen Elend in der Küche sitzen weil sie mit dem ganzen Trubel etwas überfordert war. Da ich auch natürlich mit jedem der Gäste angestoßen hatte, fühlte ich mich mittlerweile wie ein Dachdecker beim Richtfest und beschloss ebenfalls ins Bett zu kriechen und der lautstark feiernden Gesellschaft das Schlachtfeld zu überlassen. Schließlich war am nächsten Morgen um 10.00 Uhr die kirchliche Trauung, zu der ich auch wieder einsatzbereit sein wollte.

Vor der Kirche am nächsten Morgen angekommen, sah ich zum ersten Mal die gesamte bucklige Verwandtschaft meiner

Frau auf einen Haufen. Von unserer Seite waren lediglich meine beiden Omas und natürlich meine Eltern sowie mein Bruder Eike anwesend. Das Brautkleid meiner Frau war selbstverständlich nicht in jungfräulich weiß gehalten, was ja schon beim Anblick der mittlerweile gewaltigen Kugel ein Witz gewesen wäre. Dafür hatte es jedoch einen nicht zu übersehenden Ausschnitt, bei dem der alte Pfarrer sichtlich nervös wurde. Hatte aber den Vorteil , dass wir ziemlich zügig die Zeremonie hinter uns brachten. Danach ging es zum traditionellen Kaffeetrinken zum Haus meiner Schwiegereltern. Obwohl man sich dort alle Mühe mit der Festtafel gegeben hatte, herrschte eine Enge wie in einer überfüllten Straßenbahn. Noch am gleichen Nachmittag wurden wir in das Auto meines Schwagers eingeladen, um die Flitterwochen anzutreten. Die Gegend an der Mosel lag mir unter anderem von Postkarten als sehr beschaulich in Erinnerung. Vielleicht lag es auch an der Jahreszeit (März), dass von der erwarteten Romantik nichts zu spüren war, denn das Örtchen strahlte eine Gemütlichkeit aus wie seinerzeit Golgatha. Kahle Rebstöcke und eine unwirkliche Umgebung nahmen uns die Lust hier eine Woche zu verbringen. Peggys Tante war als Kindergärtnerin im Ort tätig und zu alledem auch wie es sich in den kleinen Kuhdörfern gehörte, äußerst strenggläubig. Der Onkel, gebürtig aus dem Ruhrgebiet, war da aus einem ganz anderen Holz geschnitzt. Neben einer Kellereibesichtigung, die mir noch zwei Tage später zu schaffen machte, gab es als einziges Highlight die altbackene Dorfkneipe, wo lediglich Flaschenbier mit Zimmertemperatur zum Ausschank kam. Glücklicherweise erfuhren wir nur drei Tage später, dass im örtlichen Kindergarten die Röteln ausgebrochen waren und Peggys Schwangerschaft Grund zur Abreise war. Wieder zu Hause angekommen, nutzten wir die restlichen Urlaubstage, um uns von all dem Stress etwas zu erholen. Außerdem stand meine Abschlussprüfung kurz bevor und eine schwangere Frau stellt allein für sich gesehen eine ziemliche Herausforderung dar, obwohl meine bessere Hälfte trotz ihrer jungen Jahren in keiner Weise wehleidig war wie man es schon häufig von gestandenen Frauen gehört und gelesen hatte. Die Schwangerschaft zog sich dann doch länger als erwartet hin - wahrscheinlich war dem Arzt bei der Berechnung des Geburtstermins ein Fehler unterlaufen. Jedenfalls dauerte es bis zu einem Samstagabend Mitte August, als wir eigentlich nach einem Schützenfestbesuch in aller Ruhe das Wochenende genießen wollten. Innerhalb kürzester Zeit nach meinem Anruf stand dann auch mein Schwiegervater mitten in der Nacht auf der Matte, um uns in das nächstgelegene Krankenhaus zu fahren. Meine Eltern, die eigentlich " um die Ecke " wohnten, hatten ja keinen fahrbaren Untersatz. In den frühen Morgenstunden des Sonntags war es dann soweit: Unsere Tochter Birte erblickte das Licht der Welt. Das Glücksgefühl in diesem Moment war einfach unbeschreiblich! Welche Probleme uns dieser kleine Wurm noch im Leben bescheren würde, konnte zu diesem Zeitpunkt niemand in seinen kühnsten Albträumen erahnen. Doch damit sollte es aber noch eine Weile dauern.

Nachdem Peggy aus dem Krankenhaus entlassen wurde, häuften sich die unangemeldeten Besuche der Schwiegereltern - vornehmlich in den frühen Morgenstunden. Man war halt besorgt, dass die junge Mutter und Hausfrau mit der ganzen Situation überfordert war. Als man dann aber zum wiederholten Male feststellen musste, dass auch schon am frühen Morgen die Wohnung komplett aufgeräumt und die Kleine abgefüttert in frischen Windeln den Schlaf der Gerechten schlief, ließen die Überwachungsrituale allmählich nach und das Gefühl der inneren Ruhe machte sich bei den besorgten Schwiegereltern breit. Ohnehin waren sämtliche bis dahin eh unbegründeten großelterlichen Bedenken und Prophezeiungen verstummt bis auf einige erträgliche Anstandsbesuche, die sich tatsächlich im Rahmen hielten. Jetzt war der bislang unbequeme Schwager Falk, der in der Vergangenheit allein durch anerzogene Protzerei aufgefallen war, zu einem durchaus segensreichen Sponsor in Bezug auf unsere spärliche finanzielle Situation aufgestiegen. Wie schon erwähnt, bekleidete er als Juniorchef eines pharmazeutischen Großhandels die ideale Position eines Lieferanten für Babynahrung und -

zubehör. Da wurde er seinem Ruf als guter Patenonkel in allen Belangen gerecht. Meine Eltern hatten sich bereit erklärt, uns mit einem monatlichen Obolus zu unterstützen, was dem Außenstehenden als noble Geste erscheinen konnte. Hintergrund war jedoch die Tatsache, dass es als Makel anzusehen war, wenn ein Familienmitglied Wohngeld oder andere soziale staatliche Leistungen beantragt hätte. Wir kamen also mehr schlecht wie recht durch den Alltag und hatten trotzdem ein zufriedenes und erfülltes Familienleben.

Nach Abschluss meiner Ausbildung wurde ich als Angestellter zwar übernommen, aber da die mir vorher zugestandenen außertariflichen Leistungen aufgrund meiner beendeten Ausbildung ab diesem Zeitpunkt ersatzlos gestrichen wurden, traten wir irgendwie wieder auf der Stelle. Um uns ab und zu etwas außer der Reihe erlauben zu können, verbrachte ich meinen Urlaub mit Hilfsarbeitertätigkeiten im Bekanntenkreis, was auch die eine oder andere D-Mark in die Haushaltskasse spülte. Als Anerkennung für mein Engagement spendierten uns meine Eltern eine zweiwöchige Flugreise nach Mallorca. Unsere Kleine war mittlerweile schon ziemlich pflegeleicht und wir konnten die Reise unter der Voraussetzung antreten, dass während dieser Zeit meine Schwiegereltern sich um unsere Tochter kümmerten. Das war wieder einmal typisch für meine Bagage. Es sollte jetzt nicht der Eindruck erweckt werden, dass ich ihnen gegenüber undankbar erscheinen wollte, aber das war nun mal ihre Masche: Mit Geld glänzen aber die Arbeit Anderen überlassen. So war das in unserer Familie. Mutter war ja wie schon häufig erwähnt mit Oma Hilde total überlastet und konnte zusätzlichen Stress von einem kleinen Hosenscheißer überhaupt nicht gebrauchen.

Die zwei Wochen waren die reinste Erholung für uns, wenn ich auch teilweise gesundheitliche Probleme zu beklagen hatte. Es war wie eine wieder gewonnene Freiheit und Unbekümmertheit, die wir nur für uns beide auskosten konnten. Natürlich sehnten wir uns am Ende des Urlaubs auch wieder nach den eigenen vier Wänden und unserer kleinen

Tochter, aber die vergangenen Tage konnte uns niemand mehr nehmen.

Der Alltag hatte uns schnell wieder eingeholt und irgendwann war ich mit unserem Leben nicht mehr zufrieden. Das lag mehr oder weniger an der finanziellen Situation. Weit und breit war mir jede Möglichkeit genommen, mich beruflich weiter zu bilden, um etwas mehr in der Tasche zu haben. Es waren zu viele junge Mitarbeiter in unserer Firma, die schon einen gesicherten Arbeitsplatz mit der dazu gehörenden Weiterbildung inne hatten. Frust im Berufsleben wirkt sich auch auf das familiäre Umfeld aus, sodass es auch einige Male zum Streit hinter unserer Wohnungstür kam. Peggy versuchte ebenfalls, ins Berufsleben einzusteigen, wobei dies ohne Ausbildung auch in der damaligen Zeit ein schwieriges Unterfangen darstellte. Als sie jedoch das Glück hatte, im nahegelegenen Krankenhaus als Hilfskraft eine Stelle zu erlangen, war es wieder einmal meine Mutter, die sich nicht bereit erklärte, in diesen wenigen Stunden unsere Tochter zu beaufsichtigen. Dabei wäre alles optimal gewesen, weil meine elterliche Wohnung auf dem Weg zum Krankenhaus gelegen war und keine größeren Umstände für meine Frau verursacht hätte. Aber da war ja noch Oma Hilde, die meine Mutter anscheinend komplett mit ihrer bloßen Anwesenheit vereinnahmte. Was für ein Blödsinn! Letztendlich erklärte sich meine Schwiegermutter bereit, in die Bresche zu springen, was für meine Frau bedeutete, in den Bus zu steigen, mehrere Haltestellen am Krankenhaus vorbei zu fahren und dann die überflüssige Wegstrecke wieder zurück zu laufen, um ihren Dienst dort zu verrichten. Dieselbe Prozedur wiederholte sich dann natürlich zum Dienstschluss. Eine Lösung auf Dauer war dies irgendwie auch nicht.

Irgendwann machte mich ein Arbeitskollege auf die Annonce einer deutschen Bundesbehörde in der Tageszeitung aufmerksam, die Anwärter für den mittleren nichttechnischen Beamtendienst suchte. Obwohl ich nicht wusste, was dort im Einzelnen auf mich wartete, schickte ich meine Bewerbung ab und erhielt tatsächlich einige Wochen später eine positive

Antwort, dass ich mich zu einem Einstellungstest dort einfinden solle.

Unsere aber vor allen Dingen meine Eltern standen meinen Plänen ziemlich skeptisch gegenüber, da ich ihrer Ansicht nach eine unkündbare Stellung in der Firma hätte und es eine gewisse Art von Undankbarkeit meinem Vater gegenüber darstellte, jetzt einfach alles hinzuschmeißen. Einer angeblichen Undankbarkeit hielt ich jedoch entgegen, dass mir frühere gutgemeinte Bemühungen meines Vaters auf jeden Fall auch keine Schnitte Brot mehr auf den Teller brächten. Also zog man sich vornehm schmollend in sein Schneckenhaus zurück und beendete auf bekannte Art und Weise eine stinknormale Diskussion.

Der Einstellungstest beinhaltete zunächst einen schriftlichen Teil, bei dem ich schon angesichts der vielen Mitbewerber ein mulmiges Gefühl hatte. Immerhin waren zu diesem Test - wie ich später erfuhr - über 1000 Bewerber geladen und man konnte nur 50 berücksichtigen. Als mir dann die Nachricht über die Teilnahme zum mündlichen Test zugestellt wurde, wuchs meine Zuversicht und ich konnte den Termin kaum erwarten. Hier war gefordert, nach kurzem Lesen eines politischen Artikels in der aktuellen Tageszeitung vor einer fünfköpfigen Prüfungskommission ein kurzes Referat aus dem Stegreif abzurufen. Mit klatschnassen Händen brachte ich die Prozedur hinter mich und sofort im Anschluss daran wurde mir die Zusage gemacht, ab Januar des folgenden Jahres in den Staatsdienst wechseln zu können. Allerdings musste ich noch am gleichen Tag in meiner bisherigen Firma kündigen, um die Frist einhalten zu können. Am gleichen Nachmittag sprach ich bei unserem Geschäftsführer vor und eröffnete ihm meine Zukunftspläne. Er schien ziemlich verdattert oder hatte die ganze Situation nicht wirklich begriffen, als er mir vorschlug, in den nächsten Tagen in aller Ruhe noch einmal über mein Vorhaben zu reden. Als ich ihm jedoch meine schriftliche Kündigung überreichte, wurde es still im Raum und man konnte merken, dass er unser vorangegangenes Gespräch erst jetzt verinnerlichte. Für mich war jedenfalls die Zeit des Verglichenwerdens mit meinem Vater vorbei und nach meinem Ausstand am 30. Dezember konzentrierte ich mich nur noch auf den 2. Januar und auf das, was mich wohl erwarten würde.

Pünktlich wie ein Maurer stand ich am besagten Tag vor der neuen Dienststelle und wurde zusammen mit acht weiteren Aspiranten in einen Sitzungssaal gebeten. Die deutsche Flagge mit dem Bundesadler strahlte schon eine gewisse Bedeutsamkeit aus. Nach der Vereidigungsformel erhielten wir unsere Ernennungsurkunden und durften unsere Bezüge in der ansässigen Zahlstelle für den kommenden Monat in Empfang nehmen. Das war einerseits eine freudige Überraschung, weil in der alten Firma die Bezüge zum ersten des Monats für den abgelaufenen Zeitraum gezahlt wurden und hier jetzt im Voraus. Andererseits war es doch eine ziemliche Enttäuschung, weil ich in der Anzeige seinerzeit scheinbar übersehen hatte, dass nicht die volle Summe ausgezahlt wurde, sondern nur sogenannte Anwärterbezüge, die um einiges niedriger waren. Wie wir davon die nächsten 18 Monate leben sollten, wollte sich mir in dem Moment noch nicht erschließen. Dann kam die nächste Hiobsbotschaft als wir uns wieder im Sitzungssaal einfanden. Die Ausbildung beinhaltete, dass ich schon in zwei Wochen für ein Vierteljahr zu einem Lehrgang abgeordnet werden sollte und weitere drei mehrwöchige Weiterbildungen folgen würden. Den Abschluss dieser Ausbildung sollte ein halbjähriger Lehrgang mit integrierter Prüfung bilden.

Zu Hause angekommen, erwarteten mich statt aufmunterndem Zuspruch krasse Vorwürfe, meinen " gutbezahlten " Job hergegeben zu haben. Das war zusätzlich Motivation pur " made in Elternhaus ". Sie verstanden es einfach immer wieder, auf jemanden einzutreten, der bereits am Boden lag. Aber wenn ich eine Sache durchziehen wollte, dann tat ich es auch. Und so musste in den nächsten Monaten ein Kredit herhalten, um die finanziell klamme Zeit zu überbrücken. Fest in der Annahme, den Abschluss erfolgreich zu gestalten, sollte dieser spätestens danach umgehend wieder getilgt werden.

Die Ausbildung erwies sich weitaus schwieriger und umfangreicher als vermutet. Irgendwie schaffte ich es aber doch, ein respektables Prüfungsergebnis zu erzielen. Ab diesem Zeitpunkt hatten meine Eltern wieder allen Grund, bei ihren Bekannten zu protzen. Obwohl mir diese Art von Prahlerei auf den Zwirn ging, muss ich im Nachhinein gestehen, dass ich auf mich auch ein wenig stolz war, weil ich gezeigt hatte, auf eigenen Beinen ohne die Hilfe meines Vaters stehen zu können.

Meine erste folgende Festanstellung hatte ich in einer Mittelbehörde in Düsseldorf, zu der ich meistens in einer Fahrgemeinschaft mit einem anderen motorisierten Kollegen gelangte. Nach einem Jahr hatte ich das Glück, zu meiner Ausbildungsdienststelle versetzt zu werden. Hier kannte ich das gesamte Personal und fühlte mich schnell wie in einer gut bekannten Familie aufgenommen. Der Job machte mir von Anfang an viel Spaß, denn das spezielle Fachgebiet über bauliche Unterhaltung von Liegenschaften war schon eines meiner Lieblingssparten während der Ausbildung. Man hatte mit vielen Menschen zu tun und kam auch jeden Tag aus dem Büro, um mit Firmen Preise von Baumaterialien auszuhandeln. Internet gab es ja damals noch nicht.

Die Monate vergingen und irgendwann sah ich mir eine der Stellenausschreibungen an, die von Zeit zu Zeit in den Dienststellen die Runde machten. Normalerweise interessierte ich mich kaum dafür, weil ich meinem Empfinden nach den optimalen Dienstposten erwischt hatte. Wenn man aber einer Beförderung entgegenstrebte, musste man sich unter Umständen schon einmal örtlich verändern. Was mir in dieser Ausschreibung sofort ins Auge stach, war ein Dienstposten im Ausland. Gesucht wurde Personal für die gleiche Tätigkeit in den Niederlanden. Der Vorteil war die Grenznähe und auch die Tatsache, dass dort zu den normalen Bezügen eine Auslandszulage fällig wurde, die nicht von schlechten Eltern war. Mein Vorgesetzter drängte mich förmlich dazu, mich auf diesen Dienstposten zu bewerben. " Bei der ersten Bewerbung hat man eh so gut wie keine Chance, aber die da oben sehen Dein Interesse und erkennen eine gewisse Flexibilität", machte er mir Mut. Also verfasste ich eine sachgerechte Bewerbung und wartete ab.

Als ich schon nicht mehr an meine Bewerbung dachte, flatterte mir ein Fernschreiben auf den Tisch, in dem ich zu einem Personalgespräch nach Bonn gebeten wurde. Im normalen Dienstalltag aufgrund der Gegebenheiten des Jobs in lässiger und zweckmäßiger Kleidung unterwegs, holte ich meinen besten Zwirn aus dem Schrank und setzte mich voller Erwartung und Neugier in den Zug, um den Termin wahr zu nehmen. Ein Regierungsdirektor führte ein sehr lockeres Gespräch mit mir und hinterfragte mein Interesse an diesem Dienstposten. Nachdem ich ihm erklären konnte, dass mich neue Herausforderungen reizen würden, eröffnete er mir, dass der angestrebte Posten zwar nicht mehr vakant sei, er mir aber eine andere Verwendung in Belgien nahe der französischen Grenze anbieten könne. Hier wären auch die Zulagen um Einiges lukrativer und man bräuchte trotzdem nicht unbedingt Fremdsprachenkenntnisse, über die ich aber laut meiner Bewerbung glücklicherweise ebenfalls verfügen würde. Für eine Versetzung dorthin wäre allerdings ein Führerschein und ein eigenes Auto Voraussetzung. Da hatte ich wieder ein Problem dazu bekommen. Ich erbat mir eine kurze Bedenkzeit von ein paar Tagen, um die Angelegenheit mit meiner Frau besprechen zu können.

Wieder zu Hause angekommen, erwartete ich natürlich keine überschwängliche Freude. Meine Frau verhielt sich allerdings wider Erwarten sehr professionell und meinte, wir sollten diese Gelegenheit ergreifen auch ohne zu wissen, was uns dort erwartet. Meine Probleme waren wieder bis auf das Auto und den noch zu erwerbenden Führerschein geschrumpft. Allerdings hatten wir auch unsere Eltern noch nicht über unserem Entschluss eingeweiht. Nach einem übereinstimmenden " Um Himmels willen! " in beiden Elternhäusern war man bei meinen Schwiegereltern doch einigermaßen gefasst, als wir sie etwas näher über alle berücksichtigten Details informierten. Auch meine Eltern konnten gegen die zu erwartenden höheren Einkünfte keine überzeugenden Argumente hervorbringen und so konnten wir uns alle darauf einigen, dass Belgien ja schließlich auch nicht aus der Welt war. Die Kosten für den Führerschein wollte Oma Erna zu unserem Neustart beisteuern und das Auto wollte uns mein Schwiegervater ermöglichen. Damit war für mich klar: Wir werden Belgier.

Die Führerscheinprüfung bestand ich nach drei Monaten und hatte dann nach einer weiteren Woche das Auto vor der Türe stehen. Die Zusage war in der Tasche, dass mir niemand mehr den Dienstposten wegschnappen konnte und so begannen die Vorbereitungen für den Umzug. Der Dienstantritt in der neuen Dienststelle war zum Juli des laufenden Jahres festgelegt, sodass unsere Tochter nicht mitten im Schuljahr die Klasse wechseln musste. Nach einem zwischenzeitlichen Besuch in der neuen Heimat erkundigten wir uns mit Hilfe eines dortigen Mitarbeiters auf dem Wohnungsmarkt und fanden auch gleich ein Haus, dass wir zur Miete bewohnen konnten. Einige Mitarbeiter der neuen Dienststelle lebten in unmittelbarer Nähe, der Vermieter sprach deutsch- was wollte man mehr? In dem ganzen durchgeplanten Umzugstrubel passierte dann doch noch etwas Unvorhergesehenes. Oma Hilde, die schon seit einiger Zeit in einem Alten- und Pflegeheim untergebracht war, verstarb wie es oft heißt plötzlich und unerwartet. So unerwartet schien es für mich wegen ihres Alters von 84 Jahren jedoch nicht, wenn man mehrere vorangegangene Operationen berücksichtigte, bei der ihr nahezu beide Beine komplett amputiert werden mussten. Für meine Mutter brach verständlicherweise damals eine Welt zusammen, hatte sie Oma doch über die ganzen Jahre hinweg immer um sich gehabt. Aber die Trauer hielt sich zeitlich gesehen in Grenzen, da man jetzt zusätzlichen Freiraum in der Wohnung zur Verfügung hatte und ein ungestörtes Leben führen konnte. Andererseits war natürlich eine gut sprudelnde Einnahmequelle versiegt, denn die Rente gab es ja jetzt nicht mehr. Es wäre für mich naheliegend gewesen, wenn das ursprüngliche Kinderzimmer zu einer Gästeunterkunft umfunktioniert worden wäre, weil wir uns in nächster Zukunft des Öfteren als Besuch bei meinen Eltern anmelden würden. Weit gefehlt - aus dem Raum wurde ein weiteres Esszimmer aus dem Boden gestampft. Verständlich, wenn man überlegt, dass ja nur ein geräumiger Esstisch mit sechs Stühlen im weitläufigen Wohnzimmer seinen Platz gefunden hatte. Das war für zwei Personen genau das Richtige, was bisher noch gefehlt hatte, denn mein Bruder Eike war mittlerweile ebenfalls ausgezogen und lebte mit seiner späteren ersten Frau Annelie zusammen. Eigentlich hätte mich diese Aktion gar nicht überraschen dürfen, kannte ich doch seit Jahren die Schwerpunkte, auf die meine Eltern immer großen Wert gelegt hatten und dazu gehörten die Bedürfnisse der Kinder jedenfalls beileibe nicht.

Im Ausland

Wie die Abreise in Essen geendet hatte, so begannen die ersten Tage am neuen Wohnort - mit Stress. Gott sei Dank hatte sich unser Vermieter die Zeit genommen, mich bei den notwendigen Behördengängen tatkräftig zu unterstützen. Es stürmten anfangs einige Neuerungen auf uns ein, die es erst einmal zu bewältigen galt. So war mir zum Beispiel fremd, dass in einem unserer Nachbarländer eine Fahrradsteuer zu entrichten war, konnte man einen Drahtesel sein Eigen nennen. Fernsehen in deutscher Sprache war nur möglich, wenn entweder bereits ein Kabel zum Haus verlegt war oder man selbst den italienischen Handbagger angeworfen hatte. Zum ersten Mal ein Haus zu bewohnen, verlangte schon unter anderem die Kontrolle des Öltanks, damit man sich nicht im Winter den Hintern abfrieren würde. Es musste also auf Einiges geachtet werden und die eben angesprochene Ölheizung machte uns trotz ständiger Kontrollen das Leben schwer. Dass unser Haus so gut wie überhaupt nicht isoliert war, konnte man an den schweren Fenstervorhängen erkennen, die sich bei starkem Wind auf die Front leicht bewegten. Dadurch steigerte sich natürlich auch der Heizölverbrauch, den man durch Pumpen eines Druckknopfes genau ablesen konnte. Klemmt aber die Anzeige, nutzt einem das schönste Messinstrument herzlich wenig. So kam es dann, dass sich nach heftigem Klopfen auf das Abdeckglas der Zeiger schlagartig Richtung Null verabschiedete. Die Nacht sollte also für uns etwas kühler werden. Am nächsten Morgen neues Heizöl zu bestellen, was in der Regel am gleichen Tag geliefert würde, sollte kein allzu großes Problem hinsichtlich der Gefahr des Erfrierens darstellen. Zur Not konnte man sich bis auf das warme Wasser zum Waschen mit einem elektrischen Heizofen behelfen. Als uns dann jedoch mitgeteilt wurde, dass sich durch eine Vielzahl von Bestellungen die Lieferung um eine Woche verzögern würde, brachte uns das nicht wirklich auf die Sonnenseite des Lebens. Der Heizofen kämpfte ebenfalls erfolglos gegen die zunehmende

Kälte an. Ein geiles Gefühl, im Mantel das abendliche Fernsehprogramm zu verfolgen! Und erst das Schlafzimmer! Die Betten kalt und hart wie eine Skipiste und die morgendlichen rituellen Waschungen mit eiskaltem Wasser waren auch nicht gerade ein Vergnügen. Mitten in einer der folgenden Nächte knallte es ziemlich laut im Wohnzimmer. Die Onyxplatte unseres Tisches hatte bei mittlerweile erreichten Null Grad die Segel gestrichen und war in etliche Einzelteile zersprungen. Ein netter Arbeitskollege half uns mit einem simplen Trick zur Überbrückung weiter. Wir beschafften uns eine Mülltonne, die mit Dieselkraftstoff gefüllt an die Heizungsanlage angeschlossen wurde und uns auf diese Weise wieder zu erträglichen Temperaturen verhalf, bis unser Heizöl geliefert wurde. Also waren wir wieder um eine Erfahrung reicher.

Mit der Zeit hatte man sich an die Mentalität der Menschen gewöhnt, nur die Sprache warf ein paar Schwierigkeiten auf. Die vollmundigen Versprechen, die mir beim Personalgespräch zugesagt wurden, hielten sich in Grenzen. Bis auf die einzelnen deutschen Mitarbeiter aus meiner Dienststelle lebten wir mitten unter Belgiern, deren Amtssprache, da wir uns in der tiefsten Wallonie befanden, natürlich Französisch war. Wer sich jetzt sicher wähnte, dass die erworbenen Schulkenntnisse ausreichten, sah sich gründlich getäuscht. Die Mundart, die dort gesprochen wurde, ähnelte dem Schulfranzösisch wie bayerisch der plattdeutschen Mundart. Vorsichtig tasteten wir uns an die Materie heran und kamen von Mal zu Mal besser zurecht. Die Besitzer des kleinen Tante Emma Ladens erwiesen sich als äußerst nett und geduldig und ermöglichten uns einen angenehmen Start. Die meisten Einkäufe wurden eh in den Supermärkten getätigt, die im Gegensatz zu Deutschland schon bis 23 Uhr geöffnet hatten. Ansonsten bekam man alle Dinge des täglichen Lebens auf der " Base ", wo sich auch meine Dienststelle befand. Dort allerdings war die Amtssprache - dienstlich wie privat - englisch, weil die Herrschaft über das Gelände die amerikanischen Streitkräfte hatten. Allerdings hätte man dort auch die gesamten vier Jahre des Aufenthaltes diese kleine Stadt von insgesamt 15.000

Bediensteten und ihren Angehörigen niemals verlassen müssen, um für sein tägliches Wohlergehen sorgen zu müssen. Vom Postamt über Supermärkte, einem eigenen Krankenhaus, verschiedenen Kirchen, Kindergärten, Schulen, Bowling- Center, Sportanlagen und weiteren anderen notwendigen Einrichtungen des täglichen Lebens war dort alles vorhanden, was das Herz begehrte. Außerdem hatte man hier den Vorteil, steuerfrei Alkohol, Tabak und Gebrauchsgegenstände sowie Benzin zu einem äußerst günstigen Preis kaufen zu können, was die ganze Situation noch lukrativer machte. Wenn der Amerikaner etwas anfasst, dann im großen Stil und vor allem ist an Alles gedacht. Am Wochenende konnte man sich nach den Einkäufen bei schönem Wetter in die Freizone des BBQ-Centers setzen, um einen kleinen Imbiss zu sich zu nehmen und den Menschen der anderen Nationen zusehen, wie sie es sich z. B. bei einer Portion Pommes Frites mit Honig gut gehen ließen. Das ganze Flair war jedoch zu Beginn erst einmal gewöhnungsbedürftig, weil man dieses Treiben nur aus amerikanischen Filmen kannte und in der Wirklichkeit nie für möglich gehalten hätte.

Was mich am meisten faszinierte, war die Gelassenheit der Belgier im privaten Leben. Wer in Deutschland beim Einkaufen in der Schlange an der Kasse schon nach fünf Minuten nervös wurde, hatte hier keine Lebensberechtigung. Hier waren gemessen an der Größe der Supermärkte sämtliche 15 - 20 Kassen geöffnet und an jeder hatte sich eine Riesenschlange gebildet. Trotzdem hörte man hier keinen Ton des Unmuts, weil sich die Einheimischen mit dem teilweisen Verzehr der eingekauften Waren die Zeit vertrieben und/ oder ein Pläuschchen mit dem Vorder- oder Hintermann hielten. Es war eine relaxte Atmosphäre, an die sich der stressgewohnte Deutsche erst einmal gewöhnen musste. Diese allgemeine Ruhe und Gelassenheit lief dann für meinen Geschmack doch einige Male aus dem Ruder. Die Gasleitung, die zu unserem Haus führte, musste überprüft und zu diesem Zweck freigelegt werden. Eigentlich kein Problem, wenn man nicht berücksichtigt, dass die Mitarbeiter der hierzu beauftragten Firma während dieser Arbeiten im aufgeworfenen Graben standen und genüsslich eine Zigarette rauchten, was uns sofort zu einem spontanen Kurzausflug veranlasste.

Dienstlich lief es einfach super. Die Kolleginnen und Kollegen waren sehr bemüht, mich mit den Besonderheiten vertraut zu machen. Da die gesamte Dienststelle nur aus 20 - 25 Mitarbeitern bestand, hatte ich schon nach kurzer Zeit das Gefühl, eine neue Familie gefunden zu haben. Soziales Engagement wurde hier noch groß geschrieben. Auch nach Dienst traf man sich mit den Leuten, damit auch die Ehegatten in die Gemeinschaft einbezogen wurden. Nicht selten verabredete man sich nach Dienstschluss oder am Wochenende mit der gesamten Belegschaft in der Dienststelle, wo dann ein gemeinsames Essen oder ein Klönabend veranstaltet wurde. Die Kinder - sofern vorhanden - waren natürlich mit von der Partie und konnten sich bei entsprechender Witterung auch draußen vergnügen. Insgesamt eine soziale Komponente, wie man sie bisher im Inland nie für möglich gehalten hätte. Hier war einfach alles bis ins Detail durchgeplant. Die Schulbusse holten die Kinder morgens direkt vor der Haustür ab und brachten sie mittags auch wieder zurück. Wenn nachmittags Unterricht auf dem Plan stand, mussten die Eltern für die erforderlichen Fahrten selbst einspringen, wobei man sich dann mit der Fahrerei abwechselte und die dadurch entstehenden Abwesenheitszeiten großzügig vom Vorgesetzten geregelt wurden. Dafür wurde auch von niemandem nach einem Freizeitausgleich gefragt, wenn einmal Mehrarbeit angefallen war.

Zumindest in den ersten Monaten nach dem Umzug waren wir so ziemlich jedes Wochenende in Deutschland, um der Verwandtschaft von den neuen und zahlreichen Eindrücken zu erzählen. Alle waren sichtlich beeindruckt und so manche Geschichte aus dem alltäglichen Leben versetzte doch den Einen oder Anderen in absolutes Erstaunen. Hatten wir das große Glück, während dieser Wochenenden in der Kellerbar meiner Eltern mit einer Matratze auf dem Boden zu schlafen, nachdem das übliche gemütliche Gelage beendet war, dass zum Wochenendritual meiner Eltern gehörte und bei dem auch in hohem Maße dem Tabak zugesprochen wurde, verbrachten wir immer öfter die Zeit bei unseren ehemaligen Nachbarn Armin und Isolde, zu denen wir immer noch Kontakt hatten. Hier hatte man sich die Mühe gemacht, für uns in der eh kleinen Wohnung das Kinderzimmer herzurichten, damit wir nicht auf dem Boden nächtigen mussten. Außerdem waren wir dort unter Gleichgesinnten, die uns zeigten, dass wir wirklich willkommen waren.

Die tägliche Lebenssituation in Belgien erforderte es meiner Ansicht und den Erzählungen der übrigen Mitarbeiter nach, dass wir uns einen Wachhund anschaffen sollten. Das Gewohnheitsrecht war ein Anderes als in Deutschland. Hier waren Schreckschuss- und Gaspistolen verboten, dafür konnte man problemlos in speziellen Läden scharfe Waffen erwerben, was folgerichtig bedeutete, dass bei einem Einbruch durchaus mit Waffengewalt zu rechnen war. Nach dem Erwerb zweier Handfeuerwaffen und dem Hund als zusätzlichen Wächter fühlten wir uns deshalb um Einiges sicherer. Dass der Hund - ein Collie übrigens - im Zusammenhang mit unseren Besuchen bei meinen Eltern ein Problem darstellen würde, hatte ich bis dahin gar nicht auf der Schippe. Eigentlich sollte es eine Überraschung werden, als wir an einem angekündigten Wochenendbesuch bei ihnen auf der Matte standen. Mein Vater war bei einem seiner Bekannten zum Frühschoppen und meine Mutter schlug nach dem Öffnen der Tür die Hände über dem Kopf zusammen und teilte uns mit, dass ein Hund in ihrem Haus nichts zu suchen hätte. Was für eine geschickte Äußerung, die vor allem bei unserer Tochter Wirkung zeigte, wollte sie doch stolz ihren neuen Spielkameraden präsentieren. Als wir dann beim Bekannten meines Vaters ankamen, hatten wir ebenfalls ohne ein Wort zu sagen die goldene Arschkarte gezogen. Auch hier wurde uns unmissverständlich mitgeteilt, dass wir ohne Hund jederzeit willkommen wären und um des lieben Friedens Willen das Tier doch besser wieder zurückgeben sollten. Für mich stand zu dem Zeitpunkt der Entschluss fest, auf die Besuche bei meinen Eltern ab sofort zu verzichten und diese mit meiner Entscheidung konfrontiert, mussten letztendlich zur Kenntnis nehmen, dass der Hund zur Familie gehörte.

Der Hund verrichtete in der Zukunft sehr gute Dienste, als jemand versuchte, in unser Haus einzubrechen. Bis zum Eintreffen der Polizei hatten wir gewissermaßen ein Gefühl der Sicherheit, da der Hund den Täter in der Dunkelheit regelrecht in die Flucht geschlagen hatte. Von den Schusswaffen wollte ich dann doch keinen Gebrauch machen, auch wenn sie für derartige Notfälle angeschafft worden waren. Konnte ich nach einiger Zeit meine Eltern überreden, dass sie uns auch einmal besuchen könnten, ärgerte ich mich schon nach kurzer Zeit selbst über meinen Vorschlag. Obwohl es eine sehr gute Zugverbindung gab, setzten sie natürlich voraus, dass sie von mir abgeholt und auch wieder zurückgebracht würden, wie es in ihren Köpfen seit Menschengedenken fest verankert war. Das Wochenende war dann erwartungsgemäß nicht sonderlich prickelnd, weil sie ja etwas von der Umgebung sehen wollten und Fußmärsche eigentlich nicht zu ihrem Repertoire gehörten. Ohne körperliche Gebrechen mit Anfang 50 war das für mich ein absolutes Armutszeugnis. Also hatte ich den Chauffeursjob für das gesamte Wochenende zu übernehmen. Bei der Abreise erwähnte ich kurz die hervorregende Anbindung mit öffentlichen Verkehrsmitteln, was jedoch lediglich eine gewisse Empörung hervorrief nach dem Motto: Sind wir das nicht mehr wert gefahren zu werden? Sie verteidigten allen Ernstes ihren Einwand, dass man doch einige Zeit in unbequemen Zugabteilen unterwegs wäre und dass vor Allem die Verständigung für sie ein Problem sei. Was für ein Humbug! Dabei konnte sich jeder mit dem Zugpersonal in deutscher Sprache verständigen, zumindest aber auf Englisch, womit gerade mein Vater immer gerne prahlte, sich doch ganz gut unterhalten zu können. So blieb es dann auch in den gesamten vier Jahren, die Kommunion von Birte nicht mitgerechnet, bei diesem einen Besuch. Auf der Heimfahrt fiel mir dann ein, Oma Erna besuchen zu können, wenn man eh schon einmal in der Nähe war. Also nahm ich kurz entschlossen die paar Kilometer mehr in Kauf, weil auch schon eine ganze Weile durch den ganzen Trubel und die Neuerungen der Kontakt zu ihr etwas in Vergessenheit geraten war. Zu meinem Erstaunen hatte sie bereits an diesem Tag schon Besuch und zwar von ihrem jüngsten Sohn - meinem Onkel Heinz. Der wurde vor allem von meinem Vater totgeschwiegen, weil nach seiner Ansicht Onkel Heinz nichts weiter als ein Schmarotzer und Taugenichts war. Das Einzige, was ich von ihm überhaupt wusste, war seine Jahre zurückliegende Scheidung von einer Frau, die ich persönlich kaum kannte und dass er einen Sohn hatte, der im gleichen Alter wie mein Bruder gewesen sein müsste. Ansonsten war mir nur bekannt, dass er seine Brötchen als Busfahrer verdiente. Ein sehr netter und aufgeschlossener Mensch, wie sich mir eröffnete. Da meine Zeit jedoch ziemlich knapp bemessen war, weil ich ja auch noch die Rückfahrt vor mir hatte, einigten wir uns darauf in Kontakt zu bleiben.

Nachdem meine Eltern zu Hause wohl ihre ersten Eindrücke über unsere neue Heimat verbreitet hatten, wollte mein Bruder natürlich auch einmal einen preisgünstigen Urlaub verbringen. Zum ersten Zusammentreffen brachte er es tatsächlich zustande, selbst im eigenen Fahrzeug zu uns zu finden. Der zweiwöchige Aufenthalt war ziemlich entspannt und er stellte in Aussicht, uns demnächst mit seiner Angebeteten zu besuchen. Für diesen zweiten Besuch ließ ich mich wieder breitschlagen, den Shuttle- Service zu übernehmen, da mein Bruder mittlerweile über keinen fahrbaren Untersatz verfügte und ihm die Bequemlichkeit meiner Eltern augenscheinlich in Fleisch und Blut übergegangen war. Seine damalige Verlobte und spätere erste Frau Annelie konnte neben ihrem eingeschränkten Horizont perfekt die Deutsche Bundesbahn präsentieren, zumindest was ihre Lahmarschigkeit anbelangte. So verzögerte sich nahezu jede geplante Unternehmung, weil die Haare nach dem Waschen noch nicht in der gewünschten Form lagen oder die Schminke doch noch nicht perfekt aufgetragen war. Man stelle sich vor: die Haare - gerade frisch gewaschen - wurden noch einmal einer Behandlung unterzogen, um dann die gleiche Prozedur des Föhnens wieder über sich ergehen lassen zu müssen. Dabei hatte sie eigentlich den ganzen Tag nichts anderes zu tun als sich für die Ausflüge herzurichten, denn im Haushalt meiner Frau vielleicht etwas zur Hand zu gehen, schien sie für absolut unnötig zu halten. Allerdings beherrschte sie ohne Anleitung und großen Aufwand, bei Nacht und Nebel den Inhalt des Osterkörbchens unserer Tochter zu vernichten, da die beiden im Kinderzimmer untergebracht waren. Auch bei diesem Besuch hatte sich also nichts an ihrem allseits bekannten Benehmen geändert. Dies wurde auch bei der Rückfahrt offensichtlich. Bis auf ihre Gepäckstücke, die vom Umfang her einen Komplettumzug vermuten ließen, war am frühen Vormittag alles im Auto verstaut und wir warteten wieder einmal auf die gnädige Frau, der kurz vor der Abreise doch noch einfiel, sich ordentlich stylen zu müssen. Als mir dann nach endlos langer Warterei allmählich der Kragen platzte und ich daran erinnerte, dass ich am gleichen Tage die gesamte Strecke auch noch zur Rückfahrt bewältigen musste, konterte sie beleidigt: " Ich lasse mich nicht hetzen und außerdem ist es ja auch noch früh!" Also stieg sie, nachdem auch mein Bruder zum Aufbruch drängte, mit unendlich langem Gesicht und einem Turban um die noch feuchten Haare gewickelt ins Auto und bat doch höflich darum, den Rückspiegel auf ihre Position einzustellen, damit sie zumindest während der Fahrt ihren rituellen Schminkprozess vollziehen konnte, um einigermaßen ansehnlich zuhause anzukommen. Ich schwankte bei diesem Spruch zwischen den Möglichkeiten, ihr eine Wendeltreppe in den dicken Hals zu drehen oder die Locken mit einem Kantholz zu legen. Hatte sie sich doch in der Vergangenheit bei gemeinsamen Abenden in unserer Kellerbar nahezu jedes Mal meinen Unmut zugezogen, weil sich mir von ihren geistlosen und hanebüchenen Erzählungen mittlerweile der Magen umdrehte, setzte sie jetzt dem Ganzen die Krone auf. Meine offene Kritik an ihrem planlosen Handeln verursachte zu meiner innerlichen Freude einen Schmollvorgang, der bis vor unsere Haustür andauerte. Während der Fahrt hielt auch ich mich in der Hoffnung vornehm still, dass nicht doch noch einige unspektakuläre Äußerungen ihrem Mund entspringen würden. Eigentlich hatte ich mir schon vor Beginn der Fahrt von meinem Bruder erhofft, dass er nur ein einziges Mal sein Unverständnis über ihr Verhalten zum Ausdruck bringen würde. Aber was soll man auch schon von einem Weichei erwarten? Stattdessen erfolgte nach einem unmerklichen Augenrollen wieder die übliche Arschkriecherei. Zumindest konnte ich für mich insgeheim notieren, dass ihm die ganze Show seiner Angebeteten ebenfalls auf den Sack ging. Außerdem stand für mich fest, dass kein weiterer Besuch dieser Person mit meinem Einverständnis stattfinden würde.

Einigermassen recht gut in dem mir gesetzten Zeitplan an der Wohnung meiner Eltern angekommen, hatte ich eh noch ein gewisses Programm zu absolvieren, als da der Gang zur Bank war, um meine Kontoauszüge abzuholen und, wenn man schon mal vor Ort war, ein paar gute Bekannte kurz aufzusuchen. Meine Fastschwägerin, die mir auf der gesamten Fahrt die Sicht nach hinten genommen hatte, weil sie zwecks besserer Schminkmöglichkeiten in meinem Rückspiegel ihre füllige Figur auf die Mitte der Sitzbank verlagert hatte, sorgte sofort wieder dafür, meinen Adrenalinhaushalt in die Höhe schnellen zu lassen. " Du könntest uns doch wenigstens zu Hause absetzen!" Als mein Bruder dann doch bemerkte, dass ich kurz vor dem Platzen stand, versuchte er zu beschwichtigen und meinte, dass man auch den Bus nehmen könne. Was für ein Umstand für die feine Dame, lagen doch die Haltestellen unmittelbar vor den Haustüren der jeweiligen Wohnungen. Spätestens jetzt hatte sich mein Entschluss endgültig gefestigt, weitere Besuche der beiden während meiner verbleibenden Dienstzeit in Belgien unter Inanspruchnahme von Notlügen abzublocken. Gott sei Dank hatte ich mir vorausschauend für die anschließende Woche noch ein paar Urlaubstage gegönnt, die ich auch nach diesem Event bitter nötig hatte.

Bei den folgenden Heimfahrten in den kommenden Monaten beschränkten wir uns nur auf kurze Verwandtschaftsbesuche und verbrachten die meiste Zeit bei Armin und Isolde, die zwischenzeitlich ebenfalls schon einige Male mit ihren Bekannten bei uns zu Gast waren. Diese Gesellschaft machte, obwohl es sich um zehn Leute handelte, wesentlich weniger Stress, da jeder im Haushalt mit anpackte und nichts wie meine Schwägerin herumliegen ließ, wo er sich gerade bewegte.

Zur heiligen Erstkommunion unserer Tochter Birte war natürlich unsere Verwandtschaft eingeladen. Wir hatten uns viel Mühe damit gemacht, die Feier in einem adäquaten Rahmen auszurichten. Ich hatte Fotos unserer Tochter im aufwändigen Kleid auf Speisekarten in deutscher und französischer Sprache aufgebracht, mittags und abends gab es eine umfassende warme und kalte Speisenabfolge - den Nachmittagskaffee nicht zu vergessen. Die Feier fand nach vorheriger Genehmigung in unserer Dienststelle statt und wenn wir mit ehrlichen Menschen gefeiert haben sollten, hörten wir nicht einen Kritikpunkt zum gesamten Ablauf, wobei das Wetter auch in vorbildlicher Manier dem Anlass entsprechend mitgespielt hatte. Mein innerer Vorbeimarsch fand kurze Zeit später statt, als mein Bruder mir eröffnete, dass er heiraten würde und wir zur Hochzeit eingeladen wären. Den Ablauf konnte ich mir schon bildlich vorstellen: gequälte Freundlichkeit zumindest seitens meiner Eltern, dummer Smalltalk und eine Schwägerin, zu der ich aufgrund ihres kindischen Verhaltens noch nie einen besonderen Draht hatte. Was meinen Bruder betraf, hatte ich erst ein schlechtes Gewissen, aber nach Abwägung aller Umstände aus den bisherigen Anlässen konnte ich dann doch mit Gelassenheit meine Notlüge anbringen, dass ich ausgerechnet an diesem Tage von allerhöchster Stelle Alarmbereitschaft verordnet bekommen hätte. Nach mehreren Überredungsversuchen meiner Schwägerin hatte auch wohl diese die Flinte ins Korn geworfen und ich meine gewunschte Ruhe. Allerdings sollte es dafür irgendwann noch eine Retourkutsche geben. Ich kannte zwar noch nicht den Zeitpunkt, aber ich wusste um das Verhalten meiner Fastschwägerin auf Kritik an ihrer Person . Zwischenzeitlich erreichte uns ein Anruf, dass Onkel Heinz verstorben sei. Die Guten gehen halt immer zu früh und ich hatte eine weitere Genugtuung, meinen Eltern die Vorwürfe unter die Nase zu reiben, die sie dem armen Mann ständig gemacht hatten, wenn überhaupt von ihm in unserem Hause gesprochen wurde: Der Simulant ist zu faul zum arbeiten (weil er zwischenzeitlich Frührentner geworden war).

In den folgenden Monaten war dann wieder der gewöhnliche Alltag, der abwechslungsreich aber auch teilweise nervenaufreibend war. So hatten wir bis zu diesem Zeitpunkt schon Einiges erlebt. Beispielsweise der fremde Mann vor der Haustür, der seinen Mantel lupfte, als ich mich auf Dienstreise befand. Zu erwähnen auch der versuchte Übergriff auf meine Frau, dessen Verlauf durch unseren Hund schmerzhaft für den Angreifer beendet wurde oder auch der hautnah erlebte Totschlag auf dem Wochenmarkt, weil man sich unter Händlern nicht einigen konnte. Hinzu kamen auch unvorhergesehene Schießereien, da einige Male versucht wurde, aus dem örtlichen Gefängnis, in dem auch später der bekannte Kindermörder Dutroux einsaß, auszubrechen. In diesen Momenten konnte man sehr gut die Unterschiede zwischen deutscher und belgischer Polizei erkennen, die in amerikanischer Manier operierte und ohne Rücksicht auf Verluste gegen Kriminelle vorging. Nicht zu vergessen wäre da noch die sogenannte " Brabant- Bande ", die allerdings etwas nördlich von unserem Standort ihr Unwesen trieb und bei Überfällen auf eine bestimmte Supermarktkette wahllos mit Schrotflinten und automatischen Waffen auch gegen die normale Bevölkerung sprich den zufällig anwesenden Kunden und Passanten vorging. Aber wie sagte ich immer: Uns hat es Gott sei Dank nicht erwischt - wir leben noch. Allein für diese Umstände, die sich im Laufe der vier Jahre doch häuften, war die Auslandszulage gerechtfertigt, wenn man hier von Rechtfertigung überhaupt noch reden konnte. Gefahrenzulage wäre bestimmt die bessere Bezeichnung gewesen. Dazu kamen auch terroristische Anschläge auf Dienststellen meines Arbeitgebers, die glücklicherweise nur materiellen Schaden anrichteten. Dafür war man angehalten, jeden Tag andere Fahrstrecken zur Dienststelle zu wählen und vor Abfahrt sein Auto zu inspizieren, damit die Gewissheit bestand, dass dort kein explosiver

Gegenstand unbemerkt blieb. All diese Umstände bewirkten, dass unsere Verwandtschaft von weiteren Besuchen Abstand nahm.

Dann kam irgendwann der Tag, an dem es auch uns treffen sollte. Wir hatten gerade meine monatlichen Bezüge einschließlich des Weihnachtsgeldes in unserer Zahlstelle in Empfang genommen, wollten bei Einbruch der Dunkelheit noch ein paar Besorgungen vornehmen und fuhren zum nächstgelegenen Supermarkt. Auf einem weitläufigen Gelände, dass etwas außerhalb gelegen war, wurde meine Frau überfallen, wovon ich in den ersten Momenten überhaupt nichts mitbekam. Alles ging furchtbar schnell von Statten und bis wir überhaupt begriffen hatten, was eigentlich passiert war, war der Täter auch schon entkommen. Das gesamte Geld für den kommenden Monat inklusive zu bezahlender Rechnungen wie Heizöl und die laufenden Kosten, die wir größtenteils in bar bezahlten, war weg. Die Ermittlungen seitens militärischer und ziviler Polizei blieben aufgrund der mangelhaften Täterbeschreibung ergebnislos. Wer weiß in einem solchen Moment - abgesehen vom ausgelösten Trauma - wie es weitergehen soll? Also erhofft man sich Unterstützung und Beistand von der Familie. Von welcher Familie? Die Reaktionen reichten von" Selbst schuld" über " Da seht ihr uns nie wieder" bis zu " Alles nur Lüge " obwohl alles in Polizeiberichten schriftlich niedergelegt und aus ärztlicher Sicht in Bezug auf die Verletzungen, die ein Baseballschläger hinterlässt, nachvollziehbar war. Das war wieder einer dieser Momente, wo ich für mich feststellen konnte: Meine Familie ist Scheiße - und diese Feststellung würde ich zukünftig noch einige Male treffen.

Irgendwann rückte dann das Ende meiner dortigen Verwendung immer näher und der gleiche Stress wie beim damaligen Umzug bestimmte wieder unseren Tagesrhythmus. Ich hatte gewisse Möglichkeiten, meine dortige Verwendung um zwei Jahre zu verlängern, aber auf Bitten meiner Frau und Angesichts der Tatsache, dass ich in einem solchen Falle die Inlandsdienststellen bei ihrer Personalplanung verärgern würde, schloss auch ich mit dem Kapitel " Belgien " ab. Immerhin war man dann auch wieder daheim in sicheren Gefilden und es würde sich ein verdienter ruhigerer Abschnitt anschließen. Mir war damals schon ein Dienstposten im Münsterland angeboten worden und weil wir in der Großstadt keine Möglichkeit sahen, wieder in absehbarer Zeit auf ein Eigenheim zurückgreifen zu können, nahm ich dieses Angebot dankend an. Zunächst sollten wir uns aber mit dem üblichen Umzugsstress auseinander gesetzt fühlen. Die Behördengänge waren da noch das geringste Übel.

Da in Belgien qualitativ hochwertige Möbel zu einem wahren Spottpreis zu erwerben waren, bestellten wir uns zum Umzugstag - mit dem Spediteur abgesprochen - ein komplettes Schlafzimmer und einige andere Accessoires für die Wohnung. Der Kampf um die Rückzahlung unserer hinterlegten Mietkaution auf ein Sperrkonto mit dem Vermieter war auch nicht ohne. Ich weiß bis heute nicht, ob er diese Kaution überhaupt erhalten hat, weil unsere Auffassungen über Wohnraumabnutzung so weit auseinander klafften, dass Welten dazwischen lagen und ich nicht auf seine Forderung einging.

Vorab war jedoch die Wohnungssuche am neuen Standort für uns vorrangig. Da hierfür einige hundert Kilometer zu bewältigen waren, dachten wir uns, dass wir in dieser Situation Unterstützung von unserer Familie erfahren würden. Also fuhren wir erst einmal die gesamte Strecke ab - natürlich ohne Navigationsgerät - denn das gab es damals noch nicht -, um uns vor Ort einen Überblick über die allgemeine Wohnungssituation machen zu können. Der Mietspiegel, so hieß es, sei recht annehmbar und wir waren deshalb auch voller Hoffnung, eine passende Immobilie zum Kauf erwerben zu können. Weit gefehlt! Das Hausangebot war zu dem Zeitpunkt ziemlich erschöpft und passender Wohnraum war ebenfalls Mangelware. Es blieb uns nichts anderes übrig, als einen Makler zu beauftragen und in Eigenregie weiter zu suchen. Hierzu hatte ich mir gedacht, um ein wenig Stress ausräumen zu können, bei meinem Bruder zum Wochenende zu übernachten, um dann die wesentlich kürzere Strecke aus dem Ruhrgebiet zum Münsterland bewältigen zu müssen. Hier kam dann endlich die Retourkutsche zur versäumten Hochzeit ins Spiel. Mit fast weinerlicher Stimme erklärte er mir, dass ausgerechnet an diesem Wochenende ein Videoabend mit seinem Schwager und dessen Freundin stattfinden sollte und die Wohnung nicht mehr Platz hergab um unsere Anwesenheit auch noch zu bewältigen. Auf meinen Vorschlag, dass wir abends Freunde in unserer Stammkneipe besuchen könnten und nur ein Nachtlager benötigten, wofür auch ein paar Decken auf dem Wohnzimmerteppich genügen würden, erhielt ich zur Antwort: "Dann müssten wir die Möbel verrücken und es würden neue Abdrücke in dem guten Teppich entstehen". Über so viel Frechheit konnte ich nur staunen, hatte meine Ausrede damals zu seiner Hochzeit doch eine ganz andere Qualität, die durchaus glaubhaft erschien. Da meine Eltern ebenfalls zu der Zeit urlaubten, war uns auch die Möglichkeit verwehrt, dort die Nacht zu verbringen. Für weitere Umfragen war es mittlerweile zu spät, so dass wir in den sauren Apfel beißen mussten und an zwei aufeinander folgenden Tagen quer durch Belgien bis ins Münsterland und zurück fahren durften - und das ohne positives Ergebnis, wie sich letztlich herausstellte. Zumindest kannten wir jetzt die Strecke im Schlaf. Bei weiteren Fahrten zur Wohnungssuche war der neue zukünftige Wohnort und vor allem die Fahrstrecke dorthin zumindest schon einigermaßen vertraut. Schließlich erhielten wir von unserem beauftragten Makler telefonisch die Mitteilung, dass er ein freistehendes Einfamilienhaus für uns aufgetan hätte, dessen Mietzins durchaus im Rahmen unseres Budgets lag. Es befand sich zwar im Industriegebiet, aber dafür hatte man nach den üblichen Arbeitszeiten eine himmlische Ruhe. Bei der ersten Besichtigung waren wir schier überwältigt. Abgesehen von der Lage war dieses Haus für sich schon etwas Besonderes. Eine komplett ausgestattete Küche, zwei Bäder und zwölf Zimmer gaben das Gefühl von Freiheit und Abenteuer. Als weiterer Luxus sollte die Fußbodenheizung nicht unerwähnt bleiben. Da wir auf Dauer gesehen eh ein Eigenheim kaufen wollten, war diese Immobilie zur Überbrückung ein wirklich mehr als adäquates Domizil.

Der Zeitpunkt des Umzugs rückte immer näher und es kam wieder der übliche Stress auf, den ein solches Ereignis mit sich bringt. Unsere Tochter, die sich in den vergangenen vier Jahren in Belgien hervorragend eingelebt und viele Freunde im gleichen Alter auch in der Nachbarschaft gefunden hatte, wollte natürlich am liebsten dort bleiben. Die französische Sprache war ihr mittlerweile auch durch den Schulunterricht in Fleisch und Blut übergegangen, dass sie sich problemlos im alltäglichen Leben mit den Belgiern unterhalten konnte. Das tat tief in meinem Inneren ziemlich weh, das Kind wieder in einer unglücklichen Situation nur unzureichend trösten zu können. Welche Gegenargumente sollte man sich aus der Tasche leiern, zumal man vom neuen Wohnort und den dortigen Gegebenheiten so gut wie nichts wusste - aber es ging nun mal nicht anders. Wie mir auch etliche andere Mitarbeiter bestätigt hatten, waren ihre Kinder immer die ersten gewesen, die einen Wohnortwechsel gut verarbeitet hatten, so dass ich etwas beruhigter die ganze Sache auf mich zukommen ließ. Es flossen dann doch noch einige Tränen, als wir unser Haus in Belgien leer geräumt verließen und uns in Richtung Deutschland aufmachten. Im Zuge dieses Umzuges mussten allerdings noch die vorbestellten Möbel abgeholt werden, die an diesem Tage nach Absprache bereitgestellt waren. Wer bis zu diesem Zeitpunkt immer noch die belgische Mentalität als relaxed angesehen hatte, sollte jetzt aber besser die Vokabel unzuverlässig auswendig lernen. Wir erhielten im Laden die Mitteilung, dass ausgerechnet heute alle Mitarbeiter zu einem Großprojekt nach Brüssel abberufen waren und die Möbel erst einen Tag später zur Verfügung stehen würden. Angesichts des steigenden Stresspegels und der deutlich länger werdenden Gesichter der Umzugsleute war mir auch die bereits hinterlegte Anzahlung egal und mit französisch wohlgemeintem Gruß: Mange la merde (Friss Scheiße) verließen wir wutentbrannt den Laden. Also konnten wir als erstes am neuen Wohnort ein paar Matratzen kaufen, um überhaupt einigermaßen in unserem neuen Heim nächtigen zu können. Der Umzug verlief dann erstaunlicherweise reibungslos. Selbst die Zollabfertigung klappte wider Erwarten ohne Verzögerungen. Schon am frühen Abend hatten die Möbelpacker nicht nur das komplette Mobiliar aufgebaut, sondern auch alles in die Schränke eingeräumt; zwar nicht in der Art und Weise, dass sich eine Hausfrau zu Jubelschreien hinreißen ließ aber es war alles irgendwie untergebracht. Nachdem wir abends todmüde im Wohnzimmer in die Sofakissen sanken um noch einen Schlummertrunk zu uns zu nehmen, brach dann doch noch einmal Hektik aus. Ursache war das kleine süße Betthupferl, dass ich mir noch vor dem Schlafengehen gegönnt hatte. Das undefinierbare Geräusch beim Kauen und das ungewohnte Gefühl im Mundraum ließen mich Böses erahnen. Ein Blick in den Badezimmerspiegel bestätigte meine Vermutung: Ich hatte mir an dem süßen Ding einen Zahn in vorderster Front abgebrochen. Na prima - am nächsten Morgen Antreten zum Dienst und ich wusste nicht, wie ich diesen Schandfleck verbergen sollte. Mit unzähligen Nuschelversuchen am Morgen vor dem Spiegel hatte ich dann doch eine Technik entdeckt, die das Ganze für Nichteingeweihte einigermaßen normal aussehen und anhören ließ. Ein gewohntes herzhaftes Lachen machte jetzt einem vornehmen Lächeln Platz, womit ich aber fürs erste leben konnte und beim Buchstaben " F " musste man sich eine gewisse Fertigkeit aneignen, damit das Zischen unterdrückt wurde. Also war im Terminplaner ein großes " Z " für Zahnarzt in vorderste Position gerückt. Mein Dienststellenleiter zeigte am nächsten Morgen sehr viel Verständnis für den überstandenen Umzug und da Freitags eh nur bis zum Mittag Dienst angesetzt war, konnte ich mich nach dem kurzen Vorstellungsgespräch wieder vom Acker mischen, um ein paar notwnedige Behördengänge erledigen zu können.

Erlebnispark Münsterland

In den nächsten Wochen richteten wir verstärkt unser Augenmerk auf die Suche nach einem Eigenheim. Entweder passte der Zustand der Immobilie nicht so recht oder der Preis entsprach nicht unseren Vorstellungen. Meine Tochter wurde nach den Ferien in der hiesigen Realschule angemeldet und es machte den Anschein, dass sie sich auch dort in kürzester Zeit gut eingelebt hatte. Jeder Neuanfang ist natürlich schwierig und ich war deshalb positiv überrascht, wie gut es in der neuen Dienststelle mit den Kollegen klappte. Es dauerte auch nicht lange, bis wir zur Hochzeit eines Kollegen eingeladen waren. Hier konnte man befreit von dienstlichen Belangen zwanglos mit der Belegschaft plaudern, was im Dienst etwas auf der Strecke geblieben war. Die Neugier auf beiden Seiten war groß und so gab es eine Menge zu erfahren. Für die Anderen unsere Erlebnisse aus Belgien und für uns die Gewohnheiten vom Lande. Ich merkte schnell, dass man sich hier am ehesten durch gesellige Charaktereigenschaften etablieren konnte. Obwohl dem Münsterländer oft nachgesagt wird, dass er eine sture Ader besitzt, stellte ich fest, dass es sich um ein reines Vorurteil handelte, wenn man offen auf die Menschen zuging.

Meine Eltern, mit denen wir anfangs häufig telefonierten und ihnen unsere täglich neuen Erfahrungen und Erlebnisse mitteilten, freuten sich anscheinend mit uns, dass der Neuanfang so gut geklappt hatte. " Jetzt können wir euch ja auch öfter besuchen. Ist ja nur ein Katzensprung im Gegensatz zu Belgien " ließ mich meine Mutter wissen. Wie ernst das wieder gemeint war, zeigte sich nach ihrem ersten Besuch, zu dem ich sie in gewohnter Manier abholen musste. Die Begründung war genial wie einfach. Um Vaters Gesundheitszustand sollte es angeblich nicht zum Besten stehen. Dass dies wieder einmal nur ein billiger Vorwand gewesen war um die Bequemlichkeit einer halbstündigen Autofahrt in Anspruch nehmen zu können, erkannte ich spätestens zu dem Zeitpunkt, als mir telefonisch von meiner Mutter mitgeteilt wurde, dass der anstehende Urlaub in Belgien an der Küste beschlossene Sache war. So war das also: In vier Jahren war der Weg zu den Kindern mit öffentlichen Verkehrsmitteln zu anstrengend und sobald wir in die elterliche Umgebung gezogen waren, spielten die Strapazen trotz des vorgeschobenen bedenklichen Gesundheitszustandes meines Vaters plötzlich keine Rolle mehr. Da macht man sich schon seine Gedanken! Aber wie heißt es so schön: Wer nicht kommt, braucht nicht gehen. Dennoch würde ich mich dazu durchringen, für meine Eltern den Fahrdienst durchzuführen.

Im November 1988 fanden wir beim Stöbern in den ausgehängten Angeboten der vakanten Immobilien bei einer Bank unser Traumhaus. Eine Immobilie, die wie auf uns zugeschnitten war. Vor zehn Jahren gebaut auf einem 400 qm großen Grundstück als Reihenmittelhaus, optimale Aufteilung mit drei Schlafzimmern und voll unterkellert. Zur Straße und im rückwärtigen Bereich gab es jeweils einen Garten, an dem es zwar noch viel zu tun gab und ansonsten perfekt, wenn man einen Weg von ca. 2,5 Kilometern zur Dienststelle berücksichtigte und die Schule, die unsere Tochter besuchte, in unmittelbarer Nähe gelegen war. Meine Eltern hatten zu dem von uns vorgeschlagenen Besichtigungstermin natürlich keine Zeit, weil eine Besprechung des Kegelvereins auf dem Terminplan stand, obwohl sie von meinen Schwiegereltern hätten mitgenommen werden können. Wir als Kinder hatten scheinbar in diesem Terminplan ausgerechnet jetzt keinen Platz mehr gefunden. Als ob es schon einmal so gewesen wäre. Die Schwiegereltern kamen dann mit meiner Schwägerin Karola, Schwager Falk und ihrem Sohn Malte gemeinsam zu uns und stellten nach anfänglichen Bedenken schnell fest, dass wir mit dem Haus preislich wie qualitativ das große Los gezogen hätten. Obwohl wir bei der Finanzierung keinen großen Spielraum für eigene Änderungswünsche hatten, sollte doch das Eine oder Andere im Laufe der nächsten Jahre in Angriff genommen werden, was dann auch nach und nach geschah.

Zwischenzeitlich hatten wir etliche Kontakte knüpfen können, die unter anderem auch sehr hilfreich bei einigen Dingen

waren. So hatten wir beispielsweise Handwerker kennengelernt, von denen man hilfreiche Tipps beim Renovieren bekam
oder die auch für einen gemütlichen Abend sich bereit erklärten, mit Hand anzulegen, um einige Veränderungen am Haus
vornehmen zu können. Wo trifft man diese Leute? Natürlich
an der Theke der Stammkneipe. Diese Leute sind Gold wert,
wenn man sich die heutigen Stundenlöhne der Handwerker
ansieht, die man bei einem Firmenauftrag in Rechnung gestellt
bekommt. Aber im weiteren Verlauf eignete ich mir etliche
Fertigkeiten an und konnte damit auch noch die eine oder
andere D- Mark sparen. Das Gefühl, etwas selbst geschaffen
zu haben, ließ mich zudem mit stolz geschwellter Brust nach
dem jeweils erreichten Ziel in Zufriedenheit erstrahlen.

Ein Jahr später wurde bei Peggy ein Tumor am Trommelfell des rechten Ohres diagnostiziert und eine Operation war
unumgänglich. Bei Birte begann die pubertäre Phase und ich
wollte gerade ein neues Projekt in unserem Haus in Angriff
nehmen - Deckenvertäfelung und Verklinkerung in unserer
Küche. Also blieb mir nichts anderes übrig, als meine Eltern
um Unterstützung zu bitten. Zu meinem Erstaunen sagten sie
auch sofort zu und reisten wider Erwarten mit dem Zug an.
Eine Unterstützung hatte ich mir im Rahmen der Haushaltshil-
fe so vorgestellt, dass sich jemand um das Essen und unsere
Tochter Birte kümmert, wenn ich von der Baustelle zu Kran-
kenhausbesuchen bei Peggy unterwegs war. Wieder ein Trugschluss! Weder Staubwischen noch die Zubereitung der Mahlzeiten wurden mir abgenommen. Da ich aber zu diesem Zeitpunkt vorsorglich Urlaub eingereicht hatte, bekam ich doch
einigermaßen die ganze Sache geregelt. Die zwischenzeitlichen Besuche bei meiner Frau nutzten meine Eltern für ihren
Mittagsschlaf, der vor allen Dingen für meinen Vater von
größter Wichtigkeit war, um nach dem allmorgendlichen
Frühschoppen, auf den er auch hier nicht verzichten wollte
oder konnte, etwas auszuspannen. Krankenhausbesuche waren
eh noch nie sein Ding gewesen. Manch einer hätte hier sein
Entsetzen zum Ausdruck gebracht, aber da ich den jahr-
zehntelangen stupiden Tagesablauf meiner Eltern kannte,

konnte mich dieses Verhalten auch nicht aus den Socken hauen. Auf die Mithilfe von Birte im Haushalt zu hoffen, erwies sich als kühner und weltfremder Gedanke. Das arme Kind war ja mit 13 Jahren viel zu sehr mit sich selbst und ihren neuen Freunden beschäftigt, als dass dort noch ein gewisser Spielraum für unnütze Tagesabläufe gewesen wäre. Mein Vater verabschiedete sich nach ein paar Tagen, während meine Mutter noch die Zeit bei uns bleiben wollte, bis Peggy aus dem Krankenhaus entlassen würde.

Am Tage ihrer Entlassung brach für sie eine Welt zusammen als sie unser Haus betrat. Trotz meiner Bemühungen, den Haushalt in ihrer Abwesenheit ordnungsgemäß weiter zu führen, lagen zwischen meinem und ihrem Empfinden über einen perfekten Haushalt offensichtlich Welten und das, obwohl ich mir regelrecht den Arsch aufgerissen hatte. Nach der Abreise meiner Mutter dauerte es dann eine ganze Woche, bis wir wieder Grund in unseren Haushalt bekommen hatten. Nachdem sich die Situation wieder allmählich normalisiert hatte und meine Renovierungsmaßnahmen abgeschlossen waren, fand ich mehr Zeit, über das zusehends aufmüpfiger werdende Verhalten von Birte nachzudenken. Auch meiner Frau war aufgefallen, dass sie sich während ihrer Freizeit immer seltener zu Hause blicken ließ und wir von ihren sogenannten Freunden eigentlich so gut wie gar nichts wussten. Ein Anruf des Schuldirektors offenbarte uns dann wahre Abgründe. Bis dahin waren uns keine negativen Vorfälle bekannt, die unsere Tochter zu verantworten hatte. Wir wollten natürlich auch dem Kind einen gewissen Freiraum zugestehen und nicht dieselben Fehler wie meine Eltern machen, indem wir sie ständig kontrollierten und ihr nachspionierten, weil wir uns dem Prinzip des gegenseitigen Vertrauens verschrieben hatten. Also nahm ich völlig arglos den mir vorgeschlagenen Termin wahr und fiel schon in den ersten Minuten des Gesprächs aus allen Wolken. Dass uns die eine oder andere Klassenarbeit nicht immer von der Note her freudig gestimmt hatte, empfanden wir eigentlich als normal, weil gerade pubertierende Mädels bekannterweise ab und zu mit den Gedanken woanders sind als beim Unterricht oder Lernen. Das kannte ich aus meiner eigenen Jugendzeit, wo man nicht immer Bock auf Schule hatte und sich wesentlich angenehmeren Dingen zuwandte. Zumindest war dann aber nach einer versemmelten Klassenarbeit wieder volle Konzentration angesagt, um den Notenschnitt nicht in den Keller rutschen zu lassen. Hier aber lagen die Dinge völlig anders. Der Direktor erklärte mir seine bisherigen Bemühungen, Birtes Unwilligkeit in die richtigen Bahnen zu lenken und musste zugeben, dass er jetzt mit seinem Latein am Ende war. " Ihre Tochter blockiert und nimmt keinen noch so gut gemeinten Rat an. Jetzt einen Riesenärger vom Zaun zu brechen, wäre allerdings der falsche Weg. Vielleicht können Sie als Eltern in aller Ruhe auf sie einwirken und ihr die Nachteile ihres Lernverhaltens vor Augen führen. Obwohl sie überdurchschnittlich intelligent ist, lässt sie ihre Talente den Bach hinunter gehen und verbaut sich damit eine möglicherweise gute berufliche Karriere. Das vorhandene Potential liegt brach und wird nicht oder nur unzureichend abgerufen" war sein hilfloses Resüme.

Das musste ich erst einmal sacken lassen. Als ich auch noch auf die häufigen meist unentschuldigten Fehlstunden aufmerksam gemacht wurde, war ich wie vom Blitz getroffen. Wo war das gegenseitige Vertrauen geblieben, dass für uns immer an erster Stelle gestanden hatte? Für uns wohl gemerkt - nicht für sie! Wie oft sind wir auf Lügen herein gefallen, wenn es um gemeinsame Lerneinheiten mit Klassenkameraden gegangen war, die durch - weiß der Teufel was - ersetzt worden waren? Wieder zu Hause angekommen, einigte ich mich mit Peggy auf ein sachliches Gespräch in aller Ruhe nach der abendlichen Rückkehr unserer Tochter. Statt sofort nach ihrer Rückkehr in gewohnter Manier ihr Zimmer aufsuchen zu können, baten wir sie bereits im Eingangsbereich ins Wohnzimmer. Ihrem Gesicht war absolutes Desinteresse zu entnehmen, als sie sich auf die Couch warf und teilnahmslos an uns vorbei aus dem Fenster sah. Obwohl ich mir strikt vorgenommen hatte, sachlich und ruhig das nötige Gespräch mit ihr zu führen, stieg doch eine gewisse Nervosität in mir auf.

Ignoranz war mir schon bei meinen Eltern ein wahrer Dorn im Auge gewesen und es kam einer Beleidigung gleich, wenn man sein Gegenüber keines Blickes würdigte, und dabei noch eine gelangweilte Miene aufsetzt, die nur allzu deutlich sagte: "Leck mich doch am Arsch. " Wenn ich schon beim Besuch des Schuldirektors in ein tiefes Loch gefallen war, kam jetzt der Sturz ins Bodenlose. Mit den sachlich formulierten Vorwürfen konfrontiert, bekamen wir nur von ihr zu hören:" Ich lasse meine Noten in den Keller gehen, bis ich von dieser beschissenen Schule herunter genommen werde. Meine Freunde sind alle auf der Hauptschule und da will ich auch hin". Dass die sogenannten Freunde überwiegend Taugenichtse und Störenfriede waren, erschloss sich uns in der darauffolgenden Zeit. Bei Spaziergängen im Park konnten wir sie dann alle sehen, mit denen unsere Tochter abhing. Da war Fremdschämen angesagt - aber vom Allerfeinsten! Allein vom äußeren Erscheinungsbild und von den Manieren wäre mir wissentlich nicht einer davon ins Haus gekommen. Auf diese abgerissenen Typen angesprochen, bekamen wir nur zu hören, dass wir uns aus ihrem Leben heraushalten sollten - das wäre schließlich ihre Sache. Bei solchen Sprüchen stieg mir ein seltsames Kribbeln in die rechte Hand, aber ich wollte nicht den gleichen Fehler wie meine Eltern begehen, sondern versuchte zumindest den schnoddrigen Ton zu überhören. Auf eine solche Art und Weise zu erfahren, was Birte sich unter einem angenehmen Leben vorstellte, war einfach nur niederschmetternd. Also kam es wie vorausgeahnt, dass ein Schulwechsel unumgänglich wurde. Dass sich durch etwaige Motivation ihrer Freunde, die sie ab jetzt quasi den ganzen Tag um sich hatte, die schulischen Leistungen steigern würden, war ein frommer Gedanke. Irgendwann gaben wir dann auf, uns über das sorglose, fast asoziale Verhalten unserer Tochter Gedanken zu machen. Peggy wurde wieder schwanger und konnte dabei sowieso keine Aufregung gebrauchen. Im März 1990 erblickte dann unser Sohn Marius das Licht der Welt und damit waren alle beklemmenden Momente der jüngsten Vergangenheit zunächst einmal vergessen und in den Hintergrund gerückt. Der Kindergarten befand sich nur einen Steinwurf von unserem Haus entfernt, sodass er auch zu Fuß gut zu erreichen war. Da meine Frau nach etwa einem Jahr eine geringfügig entlohnte Beschäftigung aufgenommen hatte, musste Birte notgedrungen ab und zu als Babysitter einspringen, wobei sich diese Zeit wirklich in Grenzen hielt. Eines Tages vom Dienst zu Hause angekommen, bemerkte ich schon im Eingangsbereich die dichte Rauchwolke und das laute Stimmengewirr. Was war passiert? Im Wohnzimmer tummelten sich diverse abgewrackte Penner, der Aschenbecher quoll über und auf die Idee, mal ein Fenster zu öffnen, schien auch niemand gekommen zu sein. Als wäre man in der eigenen Kommune, lümmelten sich etliche Leute auf meinen Sitzmöbeln herum und mittendrin thronte unsere Tochter. Marius machte keinen Hehl aus seinem Unbehagen und schrie nach Leibeskräften, weil er durch mehrere Fußpaare unter dem Wohnzimmertisch in Schach gehalten wurde. Die gesamte Runde einschließlich Birte zeigte dabei ein diebisches Vergnügen und die ekelhaften Gestalten schossen erst wie Raketen aus ihren Sitzen, als ich anfing, laut los zu poltern. Innerhalb weniger Sekunden war die Tanzfläche geräumt - nur Birte blieb wohl oder übel zurück nachdem ich sie in ihr Zimmer komplimentiert hatte. Sie sollte jetzt Zeit haben, um über ihre Sünden ausgiebig nachdenken zu können.

Als nach einigen Wochen wieder Ruhe eingekehrt war, erstaunte mich, dass Birte den eigenständigen Vorschlag machte, mit ihrem Bruder spazieren zu gehen. Eine innere Stimme sagte mir jedoch, dass dieser plötzliche Sinneswandel nicht von ungefähr kommen würde. Also wartete ich eine gewisse Zeit ab und setzte mich dann ins Auto, um der Sache entgegen meiner Gewohnheiten auf den Grund zu gehen. Da unser Dorf nicht großen Spielraum für ausgiebige Wanderungen hergab, konnte ich schon bald sehen, dass ein paar Punker sich mit unserem Sohn beschäftigten, während Madame sich anderweitig amüsierte. Diesmal wollte ich in aller Öffentlichkeit jedoch nicht die Beherrschung verlieren und beobachtete das Treiben eine ganze Weile, bis sich unsere Tochter scheinbar wieder

mit ihrem Bruder auf den Heimweg machte. Zu Hause angekommen, spielte sie die heile Welt und ihre Fürsorge am eigenen Brüderchen vor. Doch meine begründeten Vorwürfe an
ihrem verlogenen Gehabe brachten ihre Stimmung schlagartig
auf den Nullpunkt.

Auch wenn wir uns in Bezug auf den Lebenswandel unserer Tochter nicht mehr so oft in Grübeleien verlieren wollten,
verstand sie es immer wieder, etlichen Situationen noch ein
Krönchen aufzusetzen. Während des letzten Schuljahres stand
ein 14tägiges Schulpraktikum an und ich hatte die Idee, sie es
in meiner Dienststelle durchführen zu lassen. Dort konnte ich
mir einigermaßen sicher sein, dass zumindest ihre Anwesenheit gewährleistet war. Fast gleichzeitig teilte Birte uns mit,
dass sie seit geraumer Zeit mit einem jungen Mann befreundet
sei, der schon eine eigene Wohnung hatte und bei dem sie
einziehen wollte. Schon beim ersten Kontakt war mir äußerst
unwohl, weil der Penner mit seiner Selbstdarstellung in seinem Leben nichts auf die Reihe bekommen sollte. Es wurde
kein Wort über ein mögliches Berufsleben verloren, dafür
hörte man nur, er würde sich intensiv auf seine Karriere als DJ
konzentrieren. Das waren ja sonnige Aussichten! Vielleicht
waren es auch nur ein paar jugendliche Hirngespinste, die sich
im Laufe der Zeit wieder verflüchtigen würden. Da sich unsere Tochter knapp ein Jahr vor ihrer Volljährigkeit befand, sah
ich keinen großen Sinn, ihr Vorhaltungen zu machen. Wir
machten gute Miene zum bösen Spiel und hofften aber insgeheim, dass unsere Tochter - den Ernst des Lebens vor Augen -
von selbst zur Vernunft kommen würde. Den Gefallen tat sie
uns aber nicht. Die gewonnene Freiheit, keine meckernden
Erwachsenen und der " Traumtyp " fürs Leben - für uns eher
der Albtraumtyp - bestimmten ihren weiteren Werdegang.
Eigentlich ließen sich die beiden nur blicken, wenn das Geld
knapp geworden war - also etwa ab dem 5. eines jeden Monats. Unsere Tochter finanziell zu unterstützen, war eine Sache; den asozialen Penner zusätzlich am Kacken zu halten ein
ganz anderes Unterfangen. Hätten wir in dieser Situation ein
anderes Verhalten an den Tag gelegt, wäre uns einiges erspart

geblieben - oder aber wir hätten alles nur verschlimmert, was ich im Nachhinein betrachtet für wahrscheinlicher halte. Wir entschieden uns damals für das kleinere Übel, immer noch in der Hoffnung, dass Birte von selbst darauf kommen würde, dass dieser Typ ein absoluter Verlierer war und immer bleiben würde. Die Situation wurde von uns immer wieder schöngeredet, weil wohl Millionen anderer Eltern vielleicht ein ähnliches Schicksal mit uns teilten, obwohl uns dieser Gedanke auch nicht wirklich beruhigte . Eigentlich musste es jetzt wieder langsam bergauf gehen, denn für unseren Geschmack waren wir auf der gefühlsmäßigen Talsohle angekommen. Was für ein Irrglaube!

Problemzone Kind

D ie Wohngemeinschaft Birtes schien bis auf den konstanten finanziellen Engpass hervorragend zu funktionieren. Sie absolvierte ihr Schulpraktikum tatsächlich in meiner Dienststelle und kam frühmorgens schon mit dem Rad bei uns vorbei, um mit mir dann gemeinsam dort hin zu fahren. In den 14 Tagen ihres Praktikums durchlief sie auch mehrere andere Abteilungen, denen ich sie zum jeweiligen Zeitpunkt zuführte und dabei bemerkte, dass unsere Erziehung in Bezug auf Freundlichkeit und allgemeinem Benehmen nicht so gegriffen hatte, wie ich es eigentlich voraussetzte. Immer schon wortkarg mit einem gewissen Sturkopf war es für mich trotzdem nicht nachzuvollziehen, dass man den Kollegen beim Dienstantritt keinen " Guten Morgen " wünschte. Zumindest eine gewisse Einsicht schien vorhanden, denn nach einigen " Hinweisen " klappte es dann allmählich mit den Grundzügen des Knigges. Die Zeit in meiner Abteilung sollte für sie ein Exempel darstellen, weil ich einerseits nicht auf irgendwelche Vorwürfe Richtung Sippenbonus scharf war und andererseits auch endlich einmal die imaginäre Peitsche herausholen konnte, um zu prüfen, wie ausgeprägt ihr Durchhaltevermögen war. In diesen Tagen sollte sie mich wohl etliche Male verflucht haben, aber sie war auf eine vernünftige Bewertung des Praktikums angewiesen, die ich ihr bei Missfallen ihres Benehmens verwehrt hätte. Auch diese Zeit war dann irgendwann vorbei und die allgemeine Beurteilung zu ihrem Einsatz war nicht einmal schlecht. Im Gegenteil: man fand fast ausschließlich für sie Worte des Lobes, denn man legte irrtümlicherweise ihren Sturkopf und das Abblocken als Schüchternheit aus. Umso besser für mich, da in einem kleinen Dorf wie unserem eine negative Äußerung erfahrungsgemäß schnell die Runde gemacht hätte.

Wochen waren ins Land gegangen und nichts deutete darauf hin, dass Birte ihren Entschluss mit dem häuslichen Auszug bereut hätte. So richtig konnten wir uns von dem Tagesablauf bei ihrem Freund auch kein Bild machen, da wir die

Wohnung bislang noch nicht " inspizieren " konnten. Der Umzug war in aller Stille von Statten gegangen und von ihren eigenen Möbeln waren so ziemlich alle Gegenstände in ihrem Kinderzimmer verblieben. Der Tag der Wahrheit ließ allerdings nicht lange auf sich warten. Wir waren zum Geburtstag ihres Freundes eingeladen und erwarteten wirklich kein Nobelappartement. Was wir jedoch vorfanden, deutete sich schon bei der Ankunft vor dem Mehrfamilienhaus an, in dem die beiden wohnten bzw. hausten. Nach Begrüßung der Mutter und Großmutter ihres Freundes, die beide einen sehr resoluten Eindruck machten und für den Außenstehenden auf gepflegte Etikette Wert zu legen schienen, offenbarte sich uns das komplette Elend. Der Freund, auch nach Abbruch seiner Ausbildung zum Metzger immer noch ein prolliger Großkotz auch hinsichtlich Speisenkenntnis und Zubereitung und zudem von seiner Mutter dabei unterstützt, die nach eigenen Angaben selbst einen Partyservice betrieben hatte, ekelte mich mehr als schon bisher an. Die Sitzgelegenheiten erinnerten an ein Obdachlosenheim und die Wohnung glich einem einzigen Chaos. Dass unsere Tochter nie die Ordnung in Person war, bestätigte sich in der Tatsache, dass sie es nicht einmal für nötig befunden hatte, etwas Ordnung in diese Ramschbude zu bringen, obwohl man Besuch erwartete. Seltsamerweise verloren Mutter wie Großmutter ihres Freundes darüber kein Wort und es hatte den Anschein, dass auch sie den Zustand als normal ansahen auch wenn ihr äußeres Erscheinungsbild etwas anderes aussagte. Mein damals gefasstes Urteil bestätigte sich später, als ich aus widrigen Umständen einmal die Wohnung der Mutter aufsuchte. Dort sah es teilweise sogar noch schlimmer aus, weil abgesehen von der örtlichen Lage die eigentlichen Räumlichkeiten einen wirklich verwahrlosten Eindruck hinterließen. Wie ich später von unserer Tochter erfuhr, fand man beim Umzug der Mutter in ein gepflegtes Einfamilienhaus in unserem Stadtteil eine bunte Palette bekannter Kleinlebewesen vor allem in, an und um den Dingen des täglichen Gebrauchs wie Geschirr und Kochutensilien. Wie, um Himmels Willen, konnte so eine Person in der Vergangenheit einen Partyservice betrieben haben, ohne sich einiger Klagen wegen mangelnder Hygiene konfrontiert zu sehen. Dass sich unsere Tochter überhaupt in übelster Weise darüber ekelte, war mir schleierhaft. Das vorhandene Geschirr in der gemeinsamen Wohnung sah bis auf die fehlenden Krabbeltierchen nicht sonderlich besser aus. Wo man hinschaute, quoll einem der Unrat entgegen, weil sich die beiden nicht einigen konnten, wer für den täglichen Gang zur Mülltonne zuständig war. In dieser Gegend schien das aber niemanden zu stören. Das konnte man schon beim Betreten des Hauseingangs sehen.

Irgendwann nach dem ersten Streit, der bei einem Kurzurlaub mit den Geschwistern ihres Freundes in Handgreiflichkeiten eskalierte, kam für Birte das böse Erwachen bzw. die Erkenntnis, dass sie nicht in diese Welt passte. Verständlich, wenn man überlegt, dass zu Hause Mutti immer für saubere Kleidung, einen geregelten Tagesablauf und einen gefüllten Teller auf dem Tisch gesorgt hatte und bis auf ihr ständiges Fehlverhalten keine großen Vorhaltungen und Maßregelungen stattgefunden hatten. Ihr Freund sah die ganze Sache natürlich anders. Nachdem wir sie unter Mithilfe einiger Bekannter während der Abwesenheit ihres Freundes wieder auf ihren Wunsch zu uns geholt hatten, begann ein wahrer Telefonterror. Da sich der Freund in einem höchst zweifelhaften Umfeld wohlfühlte, waren unsererseits gewisse Ängste aufgrund der Ankündigungen dieses Menschen durchaus berechtigt. Seine Bekannten waren, wie wir jetzt erst erfuhren, überwiegend in einem halbkriminellen Dunstkreis zu Hause, wie man ihn sonst nur von Krimiserien aus dem Fernsehen kennt. Die Mentalität dieser Leute, von denen die wenigsten auf eine deutsche Abstammung zurückblicken konnten, tat ihr Übriges dazu. Also beantragten wir für unseren Telefonanschluss eine Geheimnummer und hofften, dass die störenden und beängstigenden Anrufe ein Ende finden würden. Die Tatsache, dass auch ohne Anrufe eine Ankündigung oder Drohung wahrgemacht werden könnte, verdrängten wir erst einmal. Nach einer durchaus übersichtlichen Zeitspanne müssen wohl doch wieder Kontakte zwischen unserer Tochter und diesem Penner stattgefunden haben, wobei ich im Nachhinein ahnte, dass diese eher von unserer Tochter aufgenommen worden waren. Also kam es wieder einmal wie es kommen musste, dass Birte ihr Zugehörigkeitsgefühl zu diesem Penner wiederentdeckte. Was sollte man davon halten? Immerhin ist oft genug davon zu lesen, dass selbst misshandelte Ehefrauen immer wieder zu ihrem Mann zurückkehren, obwohl sie insgeheim wissen, dass keine Änderung von dessen Person ausgehen wird und alle Beteuerungen lediglich leere Versprechungen sind. In diesem Moment das Jugendamt einzuschalten, sahen wir für wenig hilfreich an und gaben uns halbwegs geschlagen. Es sollte auch nicht lange dauern, bis uns die nächste Hiobsbotschaft erreichte.

Nachdem wir uns mit dem Lauf der Dinge wohl oder übel abgefunden hatten, dass dieser Nichtsnutz den überwiegenden Inhalt ihres Lebens darstellte, erhielten wir eines Abends telefonisch seinen aufgelösten Anruf, dass unsere Tochter vergewaltigt worden sei. Auf die Frage, was im Einzelnen vorgefallen wäre, ob man den Täter hat ausfindig machen können, um wen es sich handele und wo wir unsere Tochter finden könnten, kam als Antwort, dass es ihr den Umständen entsprechend gut ginge und sie bei der Polizei zur Aussage wäre, wobei wir momentan keinen Zutritt hätten. Vielleicht ist man durch die Aufregung so blockiert, dass man nicht den klaren Gedanken fassen konnte, in einem solchen Fall als elterlicher Beistand bei einer noch Minderjährigen vom Gesetz her rechtlich hätte zugelassen werden müssen. Wie sich schon am selben Abend während des Wartens herausstellte, handelte es sich bei dem Täter um einen gemeinsamen Bekannten der beiden, den sie in früherer Zeit schon einmal beiläufig erwähnt hatte und dessen Person ich schon damals kritisierte, zumal es sich um einen ehemaligen Bewohner des Kosovo handelte, der sich Deutschland nicht aus humanitären Gründen als neues Domizil ausgewählt hatte, sondern in der Absicht, hier mit Menschen- und Drogenhandel seinen Lebensunterhalt zu sichern. Schon in dieser Zeit war durch Presse, Funk und Fernsehen bei Gewaltdelikten darauf aufmerksam gemacht worden, dass einem Großteil dieser Menschen eine geringe Hemmschwelle nachgesagt wurde und diese sogenannten Asylanten unser Land nur zur weiteren Ausübung ihrer kriminellen Energien aufgesucht hätten. Doch jetzt erst kommt das Kuriose!

In den nächsten Minuten fand sich der Freund unserer Tochter mit einigen Bekannten bei uns ein, wobei sich herausstellte, dass eine der weiblichen Personen die Schwester des Täters war. Diese sprach uns ihr Mitgefühl aus und verfluchte in albanischer Manier ihren eigenen Bruder, wenn man ihr Glauben schenken konnte, da wir der Sprache ja nicht mächtig waren. Etwa unendliche zwei Stunden später erschien dann unsere Tochter - von Kriminalbeamten begleitet - bei uns zu Hause und war verständlicherweise mit den Nerven total am Ende. Wie verhält man sich in einer solchen Situation? Ungeachtet eines Gefühls des im Stichlassens versuchten wir, beruhigend auf Birte einzuwirken und versicherten ihr, dass der Täter schon bald seiner gerechten Strafe zugeführt werden würde. Dass dieser aber schon nach kürzester Zeit trotz offensichtlicher Verdunkelungs- und Fluchtgefahr aus dem Polizeigewahrsam wegen seines festen Wohnsitzes entlassen wurde, war für uns ein Schlag ins Gesicht. Die in der Folge beauftragte Anwältin machte einer bissigen Bulldogge ernsthaft Konkurrenz und trieb das Verfahren enorm voran. Wir hielten uns auf ihr Anraten weitestgehend zurück und warteten auf den Lauf der Dinge. Die Reaktionen aus dem Umfeld des Täters ließen allerdings nicht lange auf sich warten. Trotz unserer Geheimnummer war es diesen Leuten irgendwie gelungen, uns telefonisch zu kontaktieren. In diesen Telefonaten erhielten wir mehrfach den gutgemeinten Rat, die Anzeige zurückzuziehen, damit unser Sohn unbeschadet aufwachsen und auch wir beruhigt schlafen könnten. Die Polizei konnte trotz der zwischenzeitlich installierten Fangschaltung keinen der Anrufer ausfindig machen, so dass wir in ständiger Sorge um uns und unsere Kinder lebten. Bei einem solchen Erlebnis benötigt man professionelle Hilfe und man vertraut auf Beistand und seelische Unterstützung von der Familie. Hier zeigte sich jedoch sehr schnell, dass dies wieder einmal ein frommer Wunsch gewesen war. Die angeheiratete Seite der Familie war aufs höchste über den Vorfall bestürzt und ließ uns wissen, dass man aus Angst die Besuche erst einmal zurückstellen würde, bis sich die Hektik gelegt hätte, weil man mit so einer Sache nichts zu tun haben wollte. Das wollten wir eigentlich auch nicht! Aber wir konnten nicht einfach so verschwinden und das Geschehene hinter uns lassen. Von meiner Familie bekam ich nach ersten Mitleidsbekundungen meiner Mutter zu hören, dass unsere Tochter wohl etwas zu aufreizend in der Gegend herumgelaufen sei und man sich von solch kriminellem Umfeld hätte wohlweislich distanzieren sollen, was wir ja auch wohl verstünden. Nichts verstanden wir. Gerade Birte liebte es, in viel zu weiten und äußerlich nicht ansprechenden Klamotten herum zu laufen; das " kleine Schwarze " existierte nicht in ihrer Welt. Der einzige Vorwurf, den wir ihr machen konnten, basierte auf unserem frühzeitigen Anraten, sich nicht mit derartigem Umgang abzugeben. Jetzt war es allerdings zu spät für irgendwelche nachträglichen Schuldzuweisungen und wir suchten nach einer Möglichkeit, die ganze Situation so erträglich wie möglich zu gestalten. Da wir von der Familie keinerlei Unterstützung oder Beistand erwarten konnten, wandten wir uns auf Anraten unserer Anwältin an die Organisation "Weißer Ring". Von dort erhielten wir nach deren Prüfung und Einschätzung der Sachlage unkompliziert professionelle Hilfe. Unsere Tochter wurde zunächst einmal aus dem Schussfeld genommen, indem sie mit ihrem Freund an einen unbekannten Ort verbracht wurde, der selbst uns nicht mitgeteilt wurde. Telefonkontakt war in dieser Zeit im Interesse der eigenen Sicherheit untersagt und die Kosten, die die ganze Aktion verursachte, wurden von der Organisation übernommen. Dass dieses Dreckschwein von Freund in den ganzen Ablauf der Vergewaltigung von vornherein involviert war, konnte zu diesem Zeitpunkt niemand von uns ahnen, am allerwenigsten unsere Tochter. Aufgrund ihrer Abwesenheit und trotz der Zusage der Organisation, dass sie sich in Sicherheit befände, waren unsere Sorgen nicht kleiner geworden. Man wusste schließlich, über welche Möglichkeiten solche kriminellen Elemente auch durch ihr Umfeld verfügten. Außerdem waren wir mit unserem Sohn noch im Brennpunkt des Geschehens. Die tägliche Angst angefangen beim Weg zum Kindergarten und sich fortsetzend bei jedem Gang vors Haus zum Einkaufen war einfach gegenwärtig. Man alterte sprichwörtlich um Jahre. Obligatorische Anrufe der Familie, die scheinbar in höchstem Maße um unser Wohlergehen besorgt war, konnten diese Angst nicht schmälern, zumal wir um die Heuchelei dieser Anrufe wussten.

Nach schier unendlich langer Zeit war dann der Gerichtstermin anberaumt, zu dem ich mit Birte nach Münster fuhr. Da die Verhandlung unter Ausschluss der Öffentlichkeit stattfand, hatte auch ich keinen Zutritt zum Verhandlungssaal. Wie mir unsere Tochter und auch deren Anwältin nach Beendigung der Verhandlung mitteilten, sähe es ganz nach einer eindeutigen Verurteilung aus, obwohl eine Menge Leute oder wie ich sie nenne "Dreckspack" die Aussagen meiner Tochter in Frage stellte. Wir mussten dann nicht einmal mehr die Urteilsverkündung abwarten, sondern konnten vorher das Feld räumen. Der Anruf am Nachmittag, der uns von der Anwältin erreichte, zeigte mir, dass es in Deutschland doch noch so etwas wie Gerechtigkeit gab. Der Täter wurde zu 2 ½ Jahren Haft verurteilt, die er ohne den Gerichtssaal verlassen zu dürfen sofort antreten musste. Die Angst vor weiteren Bedrohungen aus seinem Umfeld war dennoch allgegenwärtig, zumal man durchaus die Mentalität der kriminellen Bevölkerung des Balkans und des Fernen Ostens hinreichend aus Presse, Funk und Fernsehen kannte. Allmählich verdrängte man im Laufe der Zeit die bisherigen Ängste und ging zum alltäglichen Leben über, da die Drohanrufe und ähnliche Einschüchterungsversuche nach der Urteilsverkündung der Vergangenheit angehörten und langsam wieder Ruhe eingekehrt war. Trotzdem lauerten wir irgendwie auf neue Hiobsbotschaften, da wir unsere Tochter schließlich zur Genüge kannten und deshalb um ihr verstecktes As im Ärmel wussten. Außerdem hatte die Vergangenheit mehrfach gezeigt, dass in Zeiten, wo wir an eine heile Welt glaubten, unsere Tochter stets für eine unliebsame Überraschung gut gewesen war. Wie z.B. ihr plötzliches Verschwinden kurz vor der Kennenlernphase mit ihrem Freund. Ohne einen Ton zu sagen, kam sie nicht mehr nach Hause. Dabei hatte es zuvor nicht den Hauch eines Streits oder einer Auseinandersetzung gegeben. Unsere Möglichkeiten der Suche waren äußerst eingeschränkt, da ich gleichzeitig durch eine ziemlich dämliche Handlung meinen Führerschein verloren hatte. Die Polizei beschwichtigte uns damals bei Aufgabe der Vermisstenanzeige und versicherte uns, dass in 99 % aller Fälle es sich um eine Kurzschlusshandlung der Jugendlichen handeln würde, die sie nach kürzester Zeit bereuen und wieder zu Hause erscheinen würden. Bei einem mehr zufälligen Telefonat mit einer weitläufig bekannten Familie erfuhren wir dann aber am nächsten Tag, dass auch deren Tochter bei Nacht und Nebel das Elternhaus ohne Nachricht verlassen hatte und wir erst in diesem Moment darauf stießen, dass es sich bei dem Mädchen um eine ehemalige Freundin unserer Tochter handelte. Also kam der Vater der Freundin in seinem Wagen bei uns vorgefahren und wir suchten in den versteckten Winkeln der Stadt nach unseren Kindern. Als unsere Tochter dann nach ein paar Tagen wieder unvermittelt vor unserer Tür stand, hatte ich eigentlich eine Erklärung für ihr Verschwinden erwartet. Nichts von alledem! Ohne einen Grund zu nennen, marschierte sie in ihr Zimmer und tat so, als sei nichts gewesen. Sie wich unseren Fragen wie üblich durch Schweigen aus und es blieb uns nichts anderes übrig, als froh die Tatsache zu akzeptieren, dass sie wohlbehalten wieder daheim war. Wie schon gesagt - die mittlerweile eingekehrte Ruhe war wie erwartet sehr trügerisch.

In der Folgezeit war wieder Ruhe eingekehrt, das hieß, dass unsere Tochter wieder bei ihrem Freund wohnte, der unglücklicherweise trotz unermesslicher Anstrengungen immer noch keine Arbeit gefunden hatte. Wie auch, wenn man den ganzen Tag auf der Couch herumlümmelt und darauf wartet, dass die Arbeitgeber einem die Tür einrennen. Dem Anschein nach hielt unsere Tochter ihre Beziehung für glücklich und setzte uns bei einem Besuch über ihre Schwangerschaft in Kenntnis. Das war wieder ein Schlag in die Magengrube!

In diesem Moment wurde mir im sprichwörtlichen Sinn der Boden unter den Füßen weggezogen. Bei der Frage nach der Zukunft erhielten wir nur zur Antwort:" Das schaffen wir schon irgendwie." Wie sollte das irgendwie denn bitte schön aussehen? Ein Kind mit und von diesem asozialen Penner, der sein eigenes Leben nicht auf die Reihe bekam. Für Birte das Selbstverständlichste von der ganzen Welt. Wie sorglos konnte man mit dieser Situation umgehen, wenn man nicht einmal wusste, wovon man am nächsten Tag leben sollte? Also waren wir als Eltern einmal mehr gefragt, Tipps zu geben und darauf einzuwirken, dass die Zukunft des jungen Paares in geordnete Bahnen gelenkt würde. Als vorrangig sahen wir unsere Aufgabe in der Beschaffung einer neuen familiengerechten Wohnung in unserer Nähe, damit wir etwas größeren Einfluss nehmen konnten. Die Situation für sich genommen war schon unwirklich genug: Mit 35 bzw. 37 Jahren sich an den Gedanken zu gewöhnen, als Großeltern durch die Welt zu gehen, hatte ein eigenes Flair. Wenn man bedenkt, dass wir selbst zumindest vom Alter her nicht anders gestartet waren, blieb zumindest der Unterschied, dass wir im Gegensatz zu diesen Beiden klare Vorstellungen von unserer Zukunft hatten. Hier war von Zukunftsplänen nichts zu spüren. Einzig und allein frönten die beiden der Situation allgemein und machten sich scheinbar keinerlei Gedanken, wie ihr weiteres Leben mit einem Kind aussehen sollte.

Eine passende Wohnung war alsbald in direkter Umgebung gefunden. Unter dem Dach mit 55 qm Wohnfläche im Hause der älteren Vermieter gelegen gab mir sofort das Gefühl, hieraus etwas Schnuckeliges herrichten zu können. Zunächst aber sollten die beiden selbst ihre Fantasie spielen lassen, um sich einen Wohlfühlfaktor zu schaffen. Das ging erwartungsgemäß voll in die Hose, denn wer kein Händchen bzw. Interesse an einer gemütlichen Umgebung hat, kann sich eine solche auch nicht verwirklichen. Angefangen bei den Sperrmüllutensilien und dem passenden Interieur. Aber wir mussten ja nicht in dieser Umgebung hausen. Unser Augenmerk richtete sich in erster Linie hinsichtlich der bevorstehenden Geburt unserer Enkeltochter auf gesteigerte Hygiene. Nebenher wollten wir wegen möglichen Fehlverhaltens der beiden auch nicht zum Stadtgespräch der Leute werden, weil die Vermieter alteingesessene Bürger waren und über jede Menge Kontakte verfügten, über die sich schnell ein negatives Bild über uns verbreiten würde. Natürlich waren unsere Familien auch über den neuen Umstand unterrichtet worden und wir ernteten statt verhaltener Freude oder einer moralischen Unterstützung nur Kritik, wie es zu diesem Unglück kommen konnte. Sollten wir etwa jeden Abend bei den beiden auf der Bettkante sitzen und mit Argusaugen über eine Familienplanung wachen? Schließlich wurde uns vor Jahren in unserer Situation genau der gleiche Vorwurf gemacht, der aber nach Jahren aufgrund unseres bodenständigen Verhaltens revidiert worden war.

Der ganz normale Wahnsinn

Außer den sporadischen Besuchen zu unseren Geburtstagen hatten wir nicht viel von unseren Eltern zu sehen und hören bekommen. Die beim damaligen Hinzug ins Münsterland vollmundigen Versprechungen über häufigere Besuche waren komplett im Sande verlaufen, weil man es jetzt doch vorzog, in Belgien ausgiebig die wohlverdienten Urlaube zu genießen, die in den 4 Jahren unseres dortigen Lebensabschnittes aufgrund diverser Unpässlichkeiten nicht möglich waren. Doch auf diese ihre Handlungsweise angesprochen, reagierten meine Eltern mit Unverständnis und Vorhaltungen, dass sie uns nie zu einem Auslandsaufenthalt genötigt hätten und wir allein für sämtliche Zusammenhänge verantwortlich gewesen seien. Scheinbar hatte der Gesundheitszustand meines Vaters ebenfalls auf wundersame Weise eine Besserung erfahren. Natürlich war die Versetzung und der Umzug ins Ausland damals unsere ureigene Entscheidung. Aber hätte ich aus finanziellen Gründen meine Eltern oder sonst wen unter Druck setzen sollen, damit wir finanzielle Unterstützung erhalten hätten und deshalb nahe bei der Familie geblieben wären? Jedenfalls war nach diesem Eklat erst einmal Funkstille und ich wusste genau, dass ich wieder irgendwann vor meinen Eltern zu Kreuze kriechen musste. Mittlerweile hatte sich mein Vater einer Bypass -Operation unterziehen müssen, die - wie auch anders erwartet - in Brüssel durchgeführt worden war, was man direkt mit einem anschließenden Urlaub verbinden konnte. Aus der beleidigten Ecke meiner Eltern war schon lange nichts mehr zu hören, bis ich mir eines Tages doch einen Ruck gab, um die für uns unerträgliche Situation zu beenden. Nach einem klärenden Telefongespräch war ich einigermaßen überrascht, dass ich auf meinen Vorschlag für einen Wochenendbesuch eine Zusage erhielt. Es war natürlich selbstverständlich, für die beiden aufgrund des Gesundheitszustandes meines Vaters den Fahrdienst zu übernehmen. Erstaunlicherweise ging es ihm doch nicht so schlecht wie eigentlich vermutet.

Die alltäglichen Frühschoppen in unserer Stammkneipe taten ihm sichtlich gut und er schien es auch zu genießen, mit mir während meines vorausgeplanten Urlaubes auch einige Zeit zu verbringen. Allerdings bekam jeder an der Theke in allen Einzelheiten mitgeteilt, wie seine Operation verlaufen war. Man hätte ebensogut einen Artikel in der örtlichen Zeitung veröffentlichen können. Unserer Tochter gegenüber gaben sich meine Eltern wie gewohnt sehr loyal und man sah offensichtlich auch über den einen oder anderen Makel hinweg, den zumindest ihr Freund hinterlassen hatte.

Ein paar Wochen nach Rückkehr schien die Distanz meiner Eltern zu uns wieder dort angelangt zu sein, wo sie begonnen hatte. Vorhaltungen waren wieder an der Tagesordnung und ich brach den Kontakt abermals ab, um die Situation nicht eskalieren zu lassen. Ein unvorhersehbarer Anruf meiner Mutter änderte dann plötzlich alles. " Falls es euch interessiert - ich habe Krebs" hörte ich sie am Telefon sagen. Was danach folgte, war wieder Dramatik pur. " Mir müssen beide Brüste amputiert werden." Das war schon ein schweres Geschütz, was die gute Frau auffuhr. Auch wenn ich damals schon gewusst hätte, dass ein sandkorngroßer Tumor in einer Seite die Ursache war, wäre es mir nicht gelungen, sie von diesem Vorhaben abzubringen. Obwohl die medizinische Behandlung auch seinerzeit über wesentlich einfachere Methoden verfügte, stand doch allen Überlegungen die Aussage meines Vaters gegenüber, dass sie ohnehin ihre Brüste nicht mehr braucht und man besser auf Nummer Sicher gehen solle. Was mein Vater sagte, war also immer noch ungeschriebenes Gesetz. Die Einlassung des Arztes auf diesen Wunsch war in meinen Augen mehr als fahrlässig. Aber des Menschen Wille ist sein Himmelreich.

Unsere Tochter indes ging ihren gewählten Weg und wie ich in Gesprächen heraushören konnte, war sie immer öfter mit ihrem jetzigen Lebenswandel und vor allem dem ihres Freundes unzufrieden. So richtig gestand sie dies allerdings nicht ein. Dafür ließ sie sich doch immer häufiger zu Hause blicken und holte sich erstaunlicherweise auch hier und da ein paar Ratschläge ein.

Dann war die Hochzeit geplant. Wir einigten uns auf eine standesamtliche Trauung und eine Feier im engsten Familienkreis. Diese sollte im Haus der Schwiegermutter stattfinden, die sich mittlerweile wieder einen neuen Lebenspartner bzw. Zahlmeister zugelegt hatte und zudem dessen Mutter und einen fremden älteren Herrn in einem der Kellerräume in ihrem Haus beherbergte. Das Essen sollte nach ihrem Vorschlag hausgemacht sein, wobei sich allein bei diesem Gedanken und den damals vorgefundenen Krabbeltierchen in ihren ursprünglichen Räumlichkeiten mir der Magen umdrehte. Doch bevor es zu dieser Hochzeit kam, würde uns noch ein anderes tiefgreifendes Ereignis aus der Fassung bringen. An einem Samstag nach vollbrachter Gartenarbeit klingelte das Telefon und zu meinem Erstaunen war es nach langer Zeit meine Mutter, die am anderen Ende mit weinerlicher Stimme zu hören war. War für sie eigentlich nichts besonderes, da sie beim kleinsten Missgeschick oder gesundheitlichem Unwohlsein ständig den Eindruck vermittelte, dass die Welt einstürzen würde. " Vati ist tot." brachte sie unter Tränen hervor. "Vati "- der Name hatte sich tief in das Gedächtnis aller Menschen eingebrannt, die in unser Familienleben einigermaßen involviert waren. Die Nachricht ließ mich auf die Couch niedersinken. Obwohl unser Verhältnis überwiegend von Distanz und familiärer Kälte über die Jahre hinweg geprägt war, rang ich minutenlang um die passenden Worte und Fragen. Er war bei einem erneuten Krankenhausaufenthalt bereits auf dem Wege der Besserung und sollte eigentlich am nächsten Tage nach Hause entlassen werden, bevor ein unvorhergesehener Rückfall in Form eines Blutgerinnsels eintrat. In diesem Moment durchlebte ich unzählige Erinnerungen, die an meinem geistigen Auge vorbeizogen. Es waren komischerweise auch etliche schöne Abschnitte dabei, die ich bis dahin schlichtweg verdrängt oder vergessen hatte. Nachdem meine Mutter den Hörer wieder aufgelegt hatte, begann ich mit der Trauerbewältigung in Form von Alkoholgenuss, wie es nach meiner Wiedererlangung des Führerscheines nicht mehr geschehen war. Hatten wir uns noch vor einiger Zeit gestritten, überkamen mich jetzt Schuldgefühle, nicht mehr ein klärendes Wort mit ihm gesprochen zu haben. Der Tod kann grausam sein und man kann nichts mehr rückgängig machen oder ein eventuelles Fehlverhalten entschuldigen, obwohl ich mir vorher nie oder selten einer Schuld bewusst gewesen war.

Am nächsten Tag setzte ich mich nach der Ausnüchterungsphase und einem ordentlichen Mittagessen ins Auto und fuhr in der Hoffnung nach Essen, meinen Vater noch einmal sehen und einen stillen Moment mit ihm verbringen zu können. Das Wiedersehen mit meiner Mutter, die sich bereits Trost und Zuspruch von ihrer besten Freundin geholt hatte und die ebenfalls bei ihr war, kann ich mit Worten kaum beschreiben. Erinnerungen wurden wach und ich hatte ein richtig schlechtes Gewissen, in der Vergangenheit ein Sturkopf gewesen zu sein, wie ich es von meinem Vater eigentlich vererbt bekommen hatte. Mein Bruder befand sich gerade im Urlaub und brach diesen umgehend ab, um vor Ort die notwendigen Dinge zu erledigen. Erst Jahre später erfuhr ich, dass mich meine Mutter im weiteren Verlauf, wie ich heute fast sicher zu glauben wisse, auf Anraten meines Bruders enterbt hatte. Das jedoch soll Gegenstand eines weiteren Kapitels unserer beschissenen Familie werden. Da sich meine Mutter mit meinem Bruder um die anstehenden Vorbereitungen zur Beerdigung kümmerte, hielt ich mich zunächst von Allem fern. Zur Beerdigung war auch der traurige kleine Rest der Verwandtschaft eingeladen und natürlich etliche ehemalige Arbeitskollegen und Vorgesetzte meines Vaters. Einige Verwandte fühlten sich " auf den Schlips getreten ", weil ihnen keine Benachrichtigung vom Tod meines Vaters zugegangen war. Der Wunsch des Verstorbenen war eigentlich eine kleine Familienfeier ohne großen Aufwand und eine anschließende Einäscherung mit anonymer Beisetzung.

Hier gab es auch nach langer Zeit ein Wiedersehen mit meinem Bruder und seiner ersten Frau Annelie. Aber wer will schon in einem solchen Moment einen alten Streit wieder aufleben lassen? Man sieht über vieles hinweg und heuchelt zumindest ein gewisses Gefühl der Zusammengehörigkeit. Spätestens nach dem kirchlichen Ritual bereute ich bereits meine Entscheidung über die mir selbst auferlegte Zurückhaltung, als meine Schwägerin am Sarg meines Vaters die Frechheit besaß, zusammen mit meinem Bruder uns beiseite zu drängen, um meine Mutter stützend vom Friedhof zu führen und vorher noch einen theatralischen Akt vor dem aufgebahrten Leichnam hinzulegen. Sie spielte sich mal wieder in ihrer gewohnten Manier in den Vordergrund und kostete auch im weiteren Verlauf des Tages ihre Rolle als trauernde Schwiegertochter in allen Belangen aus. Unsere Tochter war mit ihrem Freund in meinem Elternhaus geblieben, da unseren Sohn Marius die ganze Situation überfordert hätte und auch mit Rücksicht auf ihren Zustand im fünften Schwangerschaftsmonats jede unzumutbare Belastung vermieden werden sollte. Es war selbstverständlich für jedermann nachvollziehbar, dass meine Mutter zur Hochzeit unserer Tochter, die eine Woche später geplant war, ihre Teilnahme absagte. Wenigstens meine Schwiegereltern ließen sich blicken, damit der ohnehin kleine Kreis unserer Familie sich nicht nur auf die Brauteltern beschränkte.

Die Hochzeit wurde wie erwartet ein Desaster. Es begann damit, dass der Lebensgefährte der Bräutigamsmutter wegen einer geplatzten Hose nicht zum Standesamt erscheinen konnte. Nach der Trauung gab es in unserem Garten ein kurzes Fotoshooting und dann ging es zur Schwiegermutter, wo der Rest des Tages verbracht werden sollte. Der Typ mit der geplatzten Hose saß bei unserer Ankunft gelangweilt in der Küche herum, löste Kreuzworträtsel und nahm die Hochzeitsgesellschaft nur aus dem Augenwinkel wahr. Eine Begrüßung verkniff er sich, da er bestimmt zu schüchtern war. Das Mittagessen kam pünktlich auf den Tisch und ich musste zugeben, dass es nicht einmal schlecht schmeckte. Die damaligen Bilder mit den Krabbeltierchen in den Kochtöpfen verdrängte ich aber trotzdem mit aller Kraft. Nach dem Essen folgte dann eine ausgiebige Erholungsphase im Garten. Das Wetter spielte wenigstens mit und man konnte die Sonnenstrahlen in aller Ruhe genießen. Es herrschte eine ungewöhnliche Stille, die nicht zu einer Hochzeitsgesellschaft passte. Um dem Schweigen aus dem Weg zu gehen, entschlossen wir uns zu einem Spaziergang, wodurch die Zeit bis zur Kaffetafel einigermaßen überbrückt werden konnte. Nach dem Kaffee suchten wir wieder den Garten auf, um zum gemütlichen Teil des Tages überzugehen. Ein paar Gläser Bier bei einem krampfhaft geführten Small- Talk und dann waren wir endlich erlöst. Ein Abendessen war scheinbar nicht mehr eingeplant, obwohl sich die Mutter des Bräutigams schon Wochen vorher ordentlich ins Zeug gelegt hatte, was die Planung und Gestaltung dieses Jubeltages anging. Die vollmundigen Versprechungen und Selbstdarstellungen schossen allesamt ins Leere. Hauptsache, wir würden nicht noch im Nachhinein wegen des Essens ärztliche Hilfe in Anspruch nehmen müssen.

Die nächste Zeit verging ungewöhnlich ruhig und ich telefonierte öfters mit meiner Mutter, um zu hören, wie sie jetzt alleine zurechtkam, da sich früher ausschließlich mein Vater um alle anfallenden Dinge gekümmert hatte. In den meisten Fällen blieb es bei Versuchen, meine Mutter zu erreichen. Häufig war sie mit ihrer besten Freundin unterwegs, um sich wie sie sagte abzulenken. War ja auch nicht die schlechteste Variante, um den Kopf frei zu bekommen. Es hilft ja niemandem, in Lethargie zu verfallen und das Leben an sich vorbeiziehen zu lassen. Nach und nach war sie aber sogar abends immer seltener zu erreichen. Da sich mein Bruder dazu bereit erklärt hatte, ihr zumindest in der ersten Zeit zur Seite zu stehen und sie bei der Bewältigung des gesamten Schriftverkehrs und der anfallenden Behördengänge zu unterstützen, sollte ich sie eigentlich in guten Händen wissen. Was sich tatsächlich abspielte, erfuhr ich mehr oder weniger zufällig erst Jahre später, als sich meine Mutter nach langem Hin und Her dazu durchringen konnte, in unsere Nähe zu ziehen. Wird aber später in einem anderen Kapitel behandelt werden. Wir konnten jedoch schon damals in Erfahrung bringen, dass sich meine Mutter einem kleinen Kreis angeschlossen hatte, der sich überwiegend aus Witwen zusammensetzte. Die Trauerbewältigung fand in der Form von nächtelangen Kneipenbummeln statt, wobei danach zu Hause in aller Stille mit Alkohol und Tabletten die wieder aufkommende Trauer weiter bekämpft wurde. Mein Bruder verstand meine Bestürzung über ein solches Verhalten nicht, da seiner Meinung nach jeder anders mit seiner Trauer umging und Mutter schließlich alt genug sei, um zu wissen was sie tat.

Beim ersten Besuch ein paar Wochen später verschlug es mir beim Betreten ihrer Wohnung dann aber doch die Sprache. Jedes Zimmer glich einem feierlich geschmückten Altar. Nicht nur, dass einige Erinnerungsfotos aufgestellt waren - da müssen etliche Fotoalben mit ihrer bisherigen chronologischen Ordnung Opfer geworden sein. Ein nicht wirklich schmückendes Beiwerk aus gewaltigen, eher kitschig wirkenden und grell bunten Kunstblumenbouquets ließen mir die Tränen in die Augen schießen. Was meiner Mutter nach eigener Aussage als angemessen erschien, hätte meinen Vater zu Lebzeiten in den Wahnsinn getrieben. Die Geschmäcker sollen ja bekanntlich verschieden sein, aber hier versuchte ich vergebens, einen gewissen Stil zu erkennen. Wozu all die Überlegungen? Ich musste schließlich nicht dort wohnen.

In der Folge bereiteten wir uns dann in erster Linie auf unsere bevorstehende Zeit als Großeltern vor. Das Verlangen unserer Tochter, wie früher die Nächte in Discos zu verbringen, schien der Vergangenheit anzugehören und es machte den Anschein, dass sie im Kopf reifer geworden war. Lediglich der Penner - den Namen hatte er sich redlich verdient - trieb sich weiter in diesem zwielichtigen Milieu herum, statt sich um Arbeit zu bemühen. Kurz vor der errechneten Geburt hatte auch Birte von seinem sorglosen Lebenswandel die Faxen dicke und setzte ihn kurzerhand vor die Tür, da die Wohnung schließlich auf ihren Namen angemietet worden war. Wir waren gerade an diesem Sonntag zu einem Besuch bei ihr und erfuhren von ihrer Entscheidung, als Sturm geläutet wurde. Im Schlepptau von Mama und Oma schlich der Penner sich ebenfalls in die Wohnung, um erneut von meiner

Tochter eine Abfuhr erteilt zu bekommen. Als dann seine Mutter in Schlampenmanier ihre Hasstiraden losließ, war es mit meiner Fassung vorbei. Ein vernünftiges Gespräch zwischen den beiden Eheleuten wäre angemessen gewesen, aber einen Schwall von Beleidigungen gegen meine Familie setzte jetzt doch dem Fass die Krone auf. Also schnappte ich mir die " Dame" und setzte sie mitsamt ihrer Mutter, die sich einigermaßen zurückgehalten hatte sowie ihren nichtsnutzigen Sohn kurzerhand entsprechend derbe vor die Tür. Der Vermieter erschien jetzt ebenfalls - durch den Lärm aufmerksam geworden - in der Wohnung und pflichtete uns bei, das Richtige getan zu haben, zumal er diese Familie zumindest vom Hörensagen besser kannte als bisher zugegeben. Birte zog es nach diesem Ereignis vor, die Nacht bei uns zu verbringen. Als wir dann am nächsten Tag die Wohnung betraten, traf uns der Schlag! Das Mobiliar war bis auf wenige zerstörte Teile nicht mehr vorhanden. Die ganze Wohnung sah aus wie nach einem Bombenangriff. Dabei hatte dieser Penner nicht das geringste Anrecht auf die Möbel, da für die Beschaffung das Sozialamt auf Anträge unserer Tochter gesorgt hatte. In der Nacht, als die Vermieter zu einem Besuch das Haus verlassen hatten, muss die resolute Dame in Begleitung ihrer allesamt missratenen Abkömmlingen zurückgekehrt sein und hatte ganze Arbeit geleistet. Wir hatten in der ganzen Aufregung vergessen, dass der Penner ja auch noch einen Wohnungsschlüssel hatte. Sich mit diesem asozialen Pack anzulegen, hätte die Angelegenheit noch weiter in die Höhe geschaukelt und die Polizei auf den Plan zu rufen, hätte den Erfolg der Herausgabe der Sachen auch nicht garantiert. Also nahm ich mir ein paar Tage Urlaub, um die erforderlichen Behördengänge zu erledigen, da unsere Tochter abgesehen von ihrem psychischen und derzeit physischen Zustand nicht dazu in der Lage gewesen wäre. Obwohl man oft genug negative Nachrichten von Behörden hören und lesen kann, klappte eine Neubeschaffung der notwendigsten Möbel erstaunlich gut. In diesem Zusammenhang gab ich mich daran, die Wohnung komplett zu renovieren - vom Verlegen eines Teppichbodens bis hin zum Tapezieren und Anschließen der erforderlichen Elektrogeräte. Nach Fertigstellung musste selbst der Vermieter zugeben, dass er eine derart gepflegte und nett eingerichtete Wohnung selten gesehen hatte. Zur Sicherheit wurden die Türschlösser ausgewechselt, um diesem asozialen Pack nicht noch einmal die Gelegenheit zu geben, hier zumindest gewaltlos einzudringen. Als nächstes ließ BirteTochter ihre Ehe annullieren, was auch kein Problem darstellte. Wer aber jetzt glaubte, dass die Sache ausgestanden war, sah sich gründlich getäuscht! Jetzt versuchte diese Prollfamilie , das Sorgerecht für das Kind zu erhalten. Nach der Geburt unserer Enkeltochter Madeleine fing ein regelrechtes Spießrutenlaufen an. Das Jugendamt entschloss sich allerdings kurzerhand nach einigen anberaumten gemeinsamen Terminen mit den Kindseltern zu einem alleinigen Sorgerecht für meine Tochter, da der Penner zu diesen Terminen einfach nicht erschienen war. Aber auch dadurch ließ sich seine Mutter nicht davon abbringen, unseren Ruf zu schädigen. In dem Supermarkt, wo meine Frau Peggy stundenweise arbeitete, wurde sie diverser Vergehen von ihr beschuldigt, was letztlich vorbeugend einer Rufschädigung des Unternehmens eine Kündigung zur Folge hatte. Wie weit diese Person noch gehen würde, konnte man nur schwer erahnen!

Jedenfalls hatte Birte jetzt den Stress mit diesem Penner abgelegt, konnte sich in aller Ruhe um ihr Kind kümmern und bezog weiterhin ein festes Einkommen vom Sozialamt. Ein Anspruch auf Unterhalt war dem Grunde nach zwar gegeben, aber wer schon einmal sprichwörtlich einem nackten Neger in die Tasche gegriffen hat, weiß wovon ich rede. Für uns war nur wichtig, dass sich diese Familie aus unserem Leben heraushalten würde und man sich nach Möglichkeit nicht auf der Straße begegnete. Peggy fand auch nach einigen Wochen wieder eine Anstellung in einem Privathaushalt, so dass uns erst einmal ein kleines Zubrot gesichert war. Aus diesem Grund konnte sie dem Wunsch Birtes leider nicht entsprechen, als Babysitter für unsere Enkeltochter einzuspringen, damit unsere Tochter eine Ausbildung absolvieren könnte. Dafür erhielt sie aber von uns für vereinzelte stundenweise Betreuung von

Marius hier und da eine geringe finanzielle Unterstützung, so dass auch sie ein wenig davon profitieren konnte. Nach unseren Überlegungen hätte die Möglichkeit einer Ausbildung noch in einigen Jahren bestanden, wenn die Kleine im entsprechenden Alter wäre und die Aufsicht nicht mehr einem Vollzeitjob gleichkäme. Die Chance, einen Ausbildungsplatz zu finden, war für meine Tochter aufgrund ihrer Schulnoten sowieso eher gering gewesen.

In der Folgezeit lud ich meine Mutter einige Male zu uns ein, damit sie hin und wieder etwas anderes zu sehen bekam und auch öfter mit ihrer Familie zusammen sein konnte. Unsere sporadischen Besuche beschränkten sich doch mehr oder weniger auf ein paar Stunden am Wochenende, weil das jedes Mal mit einem erheblichen Aufwand verbunden war. Die Kinder mit Sack und Pack ins Auto zu pferchen und unseren Hund, dem lange Strecken mit dem Auto nicht gut bekamen, war eine gewisse nervliche Herausforderung. Da war es wesentlich angenehmer, meine Mutter zwischendurch für ein paar Tage zu uns zu holen. Außerdem sollte dies auch ein Zeichen der Dankbarkeit sein, hatten wir doch von ihr eine durchaus großzügige finanzielle Unterstützung für den Kauf eines Autos erhalten. Mein Vater hatte also zu Lebzeiten ausreichend für den Notfall vorgesorgt.

Es kam der Tag, an dem wir durch meine Mutter vom Tode meiner Oma Erna unterrichtet wurden. Sie hatte die letzten Jahre in einem Pflegeheim gewohnt, weil sie allein nicht mehr zurecht gekommen war. Irgendwie war sie bei uns nach und nach gänzlich in Vergessenheit geraten. Auch meine Mutter hatte sie wohl aufgrund der Entfernung und der immer noch anhaltenden Trauerbewältigung um ihren Mann nicht mehr regelmäßig besucht. Zur Beerdigung waren lediglich außer uns und meiner Mutter noch mein Bruder Eike, inzwischen wieder solo (wenn ich mich recht erinnere), Tante Gitte - die einzige Tochter von Oma Erna - mit ihrem Mann und meiner Cousine Irma -ebenfalls mit ihrem Mann-, erschienen. Es war ein erschreckend nüchterner und fast schon armselig anmutender Abschied, gemessen an der Beerdigung von Oma Hilde, wo Prunk und Pomp nicht fehlen durften. Meine gute Frau Mutter fühlte sich offensichtlich immer noch nicht in der Lage, dem wirklichen Leben ins Auge zu blicken. Kein Pfarrer, der eine Trauerrede hielt, sondern lediglich ein Treffen in der kleinen Zelle, in der sich der Sarg befand. Selbst die Ordensschwester, die sich für eine stille Fürbitte bereit erklärt hatte, wurde von meiner Mutter des Raumes verwiesen. Die Wünsche der übrigen Trauergäste- uns eingeschlossen- waren für sie nicht existent, worüber sich vor allen Dingen meine Tante im Nachhinein ziemlich mokierte. Das zumindest hatte Mutter im Laufe der ganzen Ehejahre von ihrem Mann gelernt: Sich über die Interessen anderer Menschen hinweg zu setzen. Die Einäscherung und Beisetzung erfolgten in anonymer Form auf dem gleichen Friedhof, auf dem auch mein Vater seine letzte Ruhe gefunden hatte. Das anschließende Kaffeetrinken fand, wie auch anders zu erwarten, in der Kellerbar meiner Mutter statt. Zu meiner Cousine war der Kontakt vor einigen Jahren irgendwie abgebrochen und wir nahmen dieses Treffen zum Anlass, wieder häufiger voneinander zu hören und möglichst auch zu sehen. Wie es aber meistens im Nachhinein kommt: Aus den Augen, aus dem Sinn. Jeder geht dann wieder seinem täglichen Trott nach und vergisst dann wieder seine Vorsätze. Nur der Kontakt zu meiner Tante hat bis heute noch Bestand, auch wenn die Intervalle größer geworden sind.

Die Nachbarschaft

Ob in einer Wohnung oder einem Haus, man ist bekanntlich immer in einer Nachbarschaft integriert. Eine harmonische Nachbarschaft vergleiche ich gerne mit einer intakten Familie. Man geht freundlich, hilfsbereit und respektvoll mit seinen Mitmenschen um und erwartet natürlich, dass dieses Verhalten auf Gegenseitigkeit beruht. Wie aber schon ein Sprichwort lautet: Es kann der Frömmste nicht in Frieden leben, wenn es dem bösen Nachbarn nicht gefällt. Diese Erfahrung sollten auch wir machen.

Unser Eigenheim, das wir ein halbes Jahr nach unserem Umzug aus Belgien erworben hatten, war das zweite Reihenhaus in einer Siedlung von acht Wohneinheiten, worin lediglich zwei Familien zu Miete ansässig waren. Am Anfang erfolgt das übliche Prozedere des Vorstellens und Bekanntmachens und man hofft insgeheim, dass man von seinem Umfeld akzeptiert wird. Die Gärten, teilweise zur Straße gelegen und der restliche Teil zur rückwärtigen Seite mit einer Garage bebaut, ließen bei der durchgängigen Zufahrtsmöglichkeit von beiden Seiten des Häuserblocks einen intensiven Kontakt zu den Nachbarn zu. Wir hatten das zweifelhafte Glück, direkt zwischen zwei kinderorientierten Familien wohnen zu dürfen, die zudem auch noch überwiegend antiautoritär erzogen waren. Was im Winter zum Zeitpunkt der Besichtigung und des Umzuges nicht weiter von uns wahrgenommen worden war, sollte sich spätestens ab dem kommenden Frühjahr als Geduldsprobe erweisen. Da wie gesagt, die rückwärtige Seite durch die Garagenzufahrten durchgängig verlief, war das gesamte Terrain zu einem riesigen Spielplatz verkommen. Die Vormieter in unserem Haus hatten ebenfalls drei Kinder im gleichen Alter, so dass in unserem Block insgesamt elf Kinder ihrem Spiel- und Lärmtrieb freien Lauf ließen und in ihrem maßlosen Treiben stets von den Eltern bestätigt wurden. Erschwerend kam hinzu, dass zumindest die angrenzenden Gärten an unserem Grundstück für die Nachbarn frei zugänglich waren, so dass auch in unserem Garten immer ein buntes Treiben zu beobachten war, was sich nicht ausschließlich auf die Aktivitäten der Kinder beschränkte, sondern auch die Verbundenheit der dazu gehörenden Eltern mit ständig wechselnden gegenseitigen Besuchen über unser Grundstück bekundete. Auf einige freundliche Bitten des Unterlassens reagierte man in geballter Form mit Unverständnis, bis wir den Hals voll hatten und ich einen entsprechend hohen Maschendrahtzaun verbaute. Schließlich wollte man seinen Garten nach eigenen Vorstellungen gestalten und dazu passten unserer Ansicht nach keine Fußabdrücke in frisch angelegten Beeten. Dass wir uns mit dieser Maßnahme den Groll der Nachbarn zuzogen, störte mich nicht im Geringsten. Ich hatte es eigentlich immer für selbstverständlich angesehen, dass Erwachsene ihren Sprösslingen gewisse Grenzen aufzeigen, wenn es darum geht, Respekt und Rücksichtnahme als erzieherischen Bestandteil zu vermitteln. Außerdem unterlag ich dem Trugschluss, angeblich adäquates Niveau der Erwachsenen würde sich auch auf deren Nachkömmlinge übertragen. Bei den sogenannten Flodders brauchte ich mir diesbezüglich keine Gedanken machen. Sie wohnten zur Miete und lebten mehr oder weniger in den Tag hinein, ohne sich in irgendeiner Weise um ein gepflegtes Erscheinungsbild ihrer Person und noch weniger ihres Grundstückes zu kümmern. Bei der anderen Familie, bestehend aus Akademiker und Mediziner, hatte ich eigentlich einen ausgesprochen elitären Stil erwartet. Erkennbare Unterschiede waren zu " Flodders" aber nicht vorhanden. Der Lärmpegel änderte sich auch während der üblichen Ruhezeiten in keiner Weise, was von den Eltern noch gefördert wurde, in dem man sich zusammen mit den Sprösslingen bei geräuschvollen Spielen einbrachte und sich in meinen Augen richtig zum Affen machte. Dies schien aber für diese Prolls die wahre Erfüllung darzustellen, zumindest war es ihnen eine Genugtuung, uns ärgern zu können. Vielleicht entstand in dieser Zeit mein in gewisser Hinsicht gestörtes Verhältnis zu Kindern. Das Schaukeln am Maschendrahtzaun und das erhebliche Gebrüll zum Nachbargarten veranlassten mich nach kurzer Zeit, den Sichtkontakt zu unterbinden. Also wurden im Baumarkt einige

Bambusmatten gekauft und an den Drahtzaun gerödelt. Blankes Entsetzen in den Augen von Kindern und Erwachsenen gleichermaßen machte sich breit und noch während der Verzurrarbeiten wurde die Frage nach der Rechtmäßigkeit dieser Maßnahme laut. Nur zu gerne konnte ich diese ruhigen Gewissens mit ja beantworten. Schließlich hatte ich mir in der ortsansässigen Buchhandlung das Nachbarrechtsgesetz besorgt und bestimmte Passagen ausgiebig zu Gemüte geführt. Die Neuigkeit ging in unserer Siedlung herum wie ein Lauffeuer und selbst die Anwohner mit größeren, anständig erzogenen Kindern reagierten doch ziemlich verhalten, obwohl sie selbst ihre Grundstücke eingezäunt hatten und nicht so eine Bande als direkte Nachbarn ertragen mussten. Wir hatten uns also erst einmal den Groll der Nachbarschaft zugezogen, weil wir in deren Augen kinderfeindlich waren. Das bisherige Paradies der Kinder hatten wir wohl zerstört, zumal die Vormieter unseres Hauses offensichtlich die gleiche Einstellung wie die Anrainer hatten und ihren drei Kindern ebenfalls alle Freiheiten der Welt und ihren Willen zugestanden hatten. Wie ich zu einem späteren Zeitpunkt erfahren durfte, konnten sich die Kinder im gesamten Haus ihrer Exkremente entledigen, wann und wo immer es ihnen in den Sinn kam. Feine Sache, wenn man bedenkt, dass es sich bei den Eltern um eine Pädagogin und einen Polizisten handelte. Ein Grund mehr für mich, trotz knapper Kassen eine gründliche Kernsanierung durchzuführen. So wurden zunächst sämtliche verdreckte Teppichböden herausgerissen und durch Fliesen ersetzt und im Anschluss daran alle Zimmer neu tapeziert und die Räume mit Verklinkerung und Holzdecken verschönert. Die beiden Gärten, die vorher eher einer landwirtschaftlichen Nutzfläche glichen, waren jetzt ansehnlich geworden, was ein ebenfalls kostspieliges Unterfangen gewesen war. Aber die Arbeit hatte sich letztlich gelohnt, weil wir nach unseren Vorstellungen einen gewissen Wohlfühlraum geschaffen hatten. Erstaunlicherweise ging auch nach und nach der Lärmpegel auf ein meist erträgliches Maß zurück und wir konnten nach langer Zeit wieder einmal durchatmen. Das Verhältnis mit den anderen

Nachbarn hatte sich weitestgehend normalisiert, obwohl es immer wieder Anlass zur Beschwerde gab, wenn man nach Feierabend zur eigenen Garage gelangen wollte und erst etliche Fahrräder und andere Spielutensilien beiseite räumen musste, die von den lieben Kinderchen achtlos verstreut überall herumlagen. Obwohl die Eltern zu einem Plausch beisammen standen, hielt es keiner für notwendig, für etwas Ordnung zu sorgen oder zumindest seine Kinder dazu anzuhalten. Als Peggy dann 1 1/2 Jahre nach unserem Einzug wieder schwanger wurde, bedeutete das für uns ein gewisser Neustart innerhalb der Nachbarschaft. Vielleicht war es auch nur die übliche Neugier der Leute, die jedoch auch etwas die bisherige Verschlossenheit und Skepsis uns gegenüber in den Hintergrund treten ließ. Dachten die eigentlich alle, dass ein neuer Erdenbürger in unserem Haus meine Einstellung zu Erziehung und Ordnungssinn ändern würde? Zur Geburt hatten die Nachbarn sogar für ein Willkommensgeschenk gesammelt und wir konnten uns spätestens jetzt nicht mehr um eine Einladung drücken. Ab diesem Zeitpunkt schien die Welt wieder in Ordnung und das Zusammenleben nahm entspannte Züge an. Wir legten in der Folgezeit neben der Garage einen kleinen Fischteich mit sich anschließendem Wasserfall an, um den bis dahin als Wiese genutzten Raum ansehnlicher zu gestalten. Zur Beruhigung der Nachbarn wurde das Areal mit Rücksicht auf die Kinder eingezäunt, um jedem möglichen Streit aus dem Wege zu gehen. Das anfängliche Unverständnis war danach auch verhältnismäßig schnell verflogen. Irgendwann zeigte sich aber, dass einige der Nachbarn mit der allgemeinen Auffassung und der damit verbundenen Notwendigkeiten für eine harmonische Nachbarschaft gewisse Probleme hatten. Dazu hatten sich mittlerweile bei den einzelnen Familien zwei Parteien gebildet, wobei die Mehrheit unsere Ansichten vertrat. In der Folge zogen dann drei Familien nacheinander aus, wobei eine auf unser berechtigtes Drängen bei der Vermieterin die Kündigung erhielt. Vorausgegangen waren unter anderem Nötigungen aus deren größtenteils asozialem Umfeld. Es rückte eine bunte Palette unterschiedlichster Charaktere nach. Teilweise an einer Nachbarschaft ziemlich desinteressiert, andererseits liebenswürdig und wiederum auch nervig bis aufsässig. Anfänglich zeigt ja so ziemlich jeder nur seine Schokoladenseite bis eine gewisse Vertraulichkeit erreicht wurde und man seinem eigentlichen Charakter freien Lauf lassen kann. Als erstes lernten wir die Neuen zu unserer Rechten von ihrer wahren Seite kennen. Ein Ehepaar aus der ehemaligen DDR mit zwei Söhnen im etwa gleichen Alter wie unsere Birte sollte uns in den kommenden Jahren noch einige Male zur Verzweiflung treiben.

Zunächst war noch Friede, Freude, Eierkuchen angesagt. Wir mauerten unter Mithilfe meines Schwiegervaters im vorderen Teil des Gartens einen Kamingrill und verschönerten den restlichen Teil mit einem zusätzlichen Fischteich, der von seiner Größe her ¾ der gesamten Fläche einnahm und mit einer Brücke versehen wurde. Allmählich verhärteten sich die Fronten mit der Familie aus der DDR zusehends aufgrund deren Uneinsichtigkeit und mangelnder Rücksichtnahme. Es begann mit umfangreichen Umbaumaßnahmen in deren Haus, die einerseits wegen des Modernisierungsstaus der Vorbesitzer nachvollziehbar waren, doch trotz aller zu berücksichtigenden Umstände bestimmte Verhaltensregeln nicht außer Kraft setzen sollten. Wenn jedoch Gerätschaften wie Presslufthämmer und Kreissägen zu abendlichen bzw. nächtlichen Zeiten zum Einsatz kamen, war auch mein Verständnis für Renovierungsarbeiten erschöpft. Nach mehrmaligen Bitten, diese Tätigkeiten auf die dafür gesetzlich festgelegten Zeiten zu beschränken, kam nicht einmal eine Reaktion. Also blieben mir mehrfach nur die Anrufe bei der Polizei übrig, da sich dieser Zustand bereits über mehrere Wochen hinzog. Damit war an ein freundliches nachbarschaftliches Verhältnis nun nicht mehr zu denken. Die alltäglichen Seitenhiebe häuften sich zusehends. Wir begannen, im hinteren Teil des Gartens eine Partyhütte zu errichten, um bei gelegentlichen Feiern nicht unmittelbar die Nachbarschaft zu stören. Was bei allen anderen Nachbarn positiv aufgenommen wurde, löste bei den Mauerspringern, wie sie von mir nur noch betitelt wurden, weiteres Aggressionspotential aus. Sachbeschädigungen und Beschimpfungen aus welchem Grunde auch immer waren an der Tagesordnung. Die alltäglichen Repressalien ließen uns selbst die Probleme in unserer eigenen Familie vergessen und mittlerweile waren wir gezwungenermaßen an dem Punkt angekommen, dass wir selbst am Wochenende grundsätzlich unser Haus nicht mehr über einen längeren Zeitraum verließen, um vielleicht die Verwandtschaft in Essen zu besuchen und dafür wieder eine anonyme Sachbeschädigung in Kauf nehmen zu müssen.

Unsere Tochter hatte in der Zwischenzeit nach mehreren erfolglosen Versuchen eine neue Beziehung aufzubauen, wozu auch seinerzeit ein Sohn der Mauerspringer zählte, einen Wohnungswechsel in eine Behausung angemessener Größe vollzogen. Den Umzug führte ich unter Mithilfe einiger ihrer Freunde durch. Dass Birte bei der gesamten Aktion so gut wie keinen Finger gerührt und auch keinerlei Vorbereitungen getroffen hatte, zeigte mir wieder einmal, dass sie für die unangenehmen Dinge des Lebens ihre Leute einzusetzen wusste. Während alle Beteiligten sich den Köttel aus dem Hintern schufteten, hatte sie es sich in unserem Hause gemütlich gemacht und sorgte sich neben Berieselung durchs Fernsehen gelegentlich um Madeleine und Marius. Die Vorwürfe zu ihrer Faulheit nahm sie äußerst gelassen entgegen und war sich eigentlich auch keiner Schuld bewusst. Mit dem nächsten auserkorenen Lebensgefährten sollte sich speziell für mich die Zukunft grundlegend ändern. Was sich zunächst als ein gesitteter junger Mann - etwas jünger als Birte - darstellte, entpuppte sich mit der Zeit immer mehr zum absoluten Stalker. Für mich war diese Beziehung schon allein aufgrund des Altersunterschiedes und der damit verbundenen Lebenseinstellung vornherein zum Scheitern verurteilt, weil der Junge, der noch am Anfang seiner Ausbildung stand, mit der Gesamtsituation völlig überfordert war. Es war halt nicht einfach, entgegen dem gewohnten Leben, dass einem die Eltern versüßten, plötzlich Eigenverantwortung zu zeigen. Ein Kleinkind in der neuen Familie machte die Sache zusätzlich komplizierter. Da musste ich für Birte den Stab brechen. Trotz aller abträglichen Eigenschaften kümmerte sie sich vorbildlich um Madeleine. Wir hielten uns jedoch mit Vorhaltungen und Bedenken was ihre Beziehung anbelangte wissentlich zurück, hatte die Vergangenheit doch gezeigt, dass elterliche Fürsorge manchmal falsch interpretiert wurde und der gutgemeinte Rat genau das Gegenteil bewirken könnte.

An einem Sonntagabend nahm dann das Unheil seinen Lauf. Wir hatten mit Bekannten ausgiebig in unserer Partyhütte gefeiert und angesichts der Tatsache, dass ich für den nächsten Tag Urlaub eingereicht hatte, floss der Alkohol in Strömen. Bedingt durch den immer häufiger werdenden Stress mit der Nachbarsfamilie kam es in der jüngsten Vergangenheit öfter vor, dass wir dem Alkohol in einem Umfang zusprachen, der mich doch einige Male hinterher an der Verhältnismäßigkeit zweifeln ließ. Aber man konnte dadurch die bestehenden Probleme für eine Weile vergessen und seine Sorgen ertränken, auch wenn man am nächsten Tag feststellen musste, dass die Biester schwimmen konnten und immer noch gegenwärtig waren. Wir hatten gerade die letzten Spuren der Feier beseitigt und waren auf dem Weg durch den Garten zu unserem Haus, als ein anderer Nachbar uns aufgeregt entgegen kam und mitteilte, dass Birte völlig aufgelöst bei ihm angerufen hatte, weil sie uns nicht erreichen konnte. Wir hatten in all dem Trubel vergessen, unser Mobiltelefon mit in die Hütte zu nehmen. Bei meinem unverzüglichen Anruf konnte ich bei dem Schluchzen in ihrer Stimme nur so viel verstehen, dass sie von ihrem neuen Freund genötigt und bedroht worden war und er angekündigt hatte, nach seinem Rauswurf ihre Wohnungstür einzutreten um ihr einen Denkzettel zu verpassen. Wie wir mittlerweile auch von mehreren Außenstehenden erfahren hatten, war dem jungen Mann ein gewisses Gewaltpotential auf den Leib geschneidert und in Sorge um meine Tochter fragte ich mich nicht mehr, warum sie in einer solchen Situation nicht sofort die Polizei informierte. Der Alkohol tat sein Übriges dazu, mich ohne weitere Überlegung eventueller Konsequenzen in mein Auto zu setzen, um Birte beizustehen. Mit dem Adrenalin bis unter die Haarspitzen fühlte ich mich absolut fahrtüchtig und erreichte auch nach kurzer Zeit die Wohnung meiner Tochter. Sonntags abends gegen 22.30 Uhr waren in unserem Dorf schon die Bürgersteige hochgeklappt und es war kein Mensch mehr auf der Straße zu sehen. Bei meinem Eintreffen hatte sich der junge Mann natürlich schon aus dem Staub gemacht und ich konnte Birte einigermaßen beruhigen. Jetzt erschien ihr auch mein Rat, im Wiederholungsfall die Polizei anzurufen plausibel und wir verabredeten uns für den nächsten Tag, um in aller Ruhe über ihre weiteren Pläne zu sprechen. Jetzt konnte ich endlich - todmüde - ins Bett fallen und von allem Erlebten abschalten. Doch ich hatte die Rechnung ohne die Mauerspringer gemacht. Zu Hause angekommen und den Wagen in die Garage gefahren, bemerkte ich auf dem kurzen Weg ins Haus, wie in der Dunkelheit ein Fahrzeug um die Ecke unseres Häuserblocks einbog. Der erste Gedanke, dass ein Nachbar ebenfalls auf dem Heimweg war, verflüchtigte sich in Sekundenschnelle, als ich das Fahrzeug beim Näherkommen als Polizeiauto identifizierte. Noch vor meinem Erreichen der Haustür war ein Beamter bereits neben mir und täuschte eine allgemeine Verkehrskontrolle vor mit der nachfolgenden Frage, wo ich jetzt um diese Uhrzeit hergekommen sei. Da ich trotz aller Umstände klare Gedanken fassen konnte, schilderte ich in kurzen Sätzen den Sachverhalt, der mich zu der Fahrt veranlasst hatte. Dabei fiel dem Beamten wohl mein Atemalkohol auf und im gleichen Moment bat er mich um einen Alcotest. Das war der Zeitpunkt für den Mauerspringer, aus seinem Haus zu treten und grinsend nachzufragen, ob mich mal wieder betrunken gefahren sei. In diesem Moment musste ich mich wirklich übermenschlich beherrschen, um diesem schmierigen Typen nicht an die Gurgel zu gehen. Der Beamte erkannte die Situation sofort und gab dem Schmierlappen auf, wieder in sein Haus zurückzukehren. Danach kamen die Beamten wegen der Feststellung meiner Personalien mit in unser Haus, weil die Nachbarn doch wohl genug gesehen hatten und ich die Situation nicht eskalieren lassen wollte. Mittlerweile war   auch

Birte nach dem Anruf von Peggy bei uns mit der schlafenden Madeleine angekommen und versuchte die Beamten zu überzeugen, dass es sich wirklich um einen Notfall gehandelt hätte. Da der Alcotest erwartungsgemäß positiv ausgefallen war, konnte ich zwecks Blutprobe mit zur örtlichen Wache fahren. Das Heulen wegen des unbedachten Anrufs unserer Tochter und die Vorwürfe über mein blödes Fehlverhalten waren in der nächsten Zeit immer wieder das Thema Nummer Eins in unserer Familie. Nach Möglichkeit vermied ich jegliches Aufeinandertreffen mit diesem miesen Denunzianten, wobei man sich doch unwillkürlich hier und da über den Weg lief und er erstaunlicherweise keine abfälligen oder ironischen Bemerkungen parat hielt. Die anderen Nachbarn hatten den ganzen Vorfall mehr oder weniger mittlerweile zur Kenntnis genommen und verloren auch kein Wort darüber. Die Mauerspringer allerdings hatten noch Einiges auf der Pfanne. So kam es, daß bei einem gemütlichen Abend in unserer Partyhütte Peggy von einem Rundgang mit unserem Hund wieder weinend dort erschien, weil der drogensüchtige Sohn der Zonendödels sie absichtlich mit dem Fahrrad angefahren hatte. Aufgrund der dadurch entstandenen Verletzung war unser langersehnter Urlaub an der See ebenfalls zum Debakel geworden. Auf eine Anzeige konnten wir ruhigen Gewissens verzichten, weil wieder Aussage gegen Aussage gestanden hatte. In dieser Hinsicht waren diese Proleten mit allen Wassern gewaschen.

Der weitere Kontakt zu unseren Familien beschränkte sich natürlich jetzt auf Telefonate oder auf deren Besuche bei uns. Birte bekam meinen Wagen zur Verfügung gestellt, um für die notwendigsten Dinge mobil zu bleiben. Ihr eigenes Auto, was sie etwa ein Jahr zuvor von meinem wohlhabenden Schwager geschenkt bekommen hatte, wurde von diesem wieder abgeholt und selbst genutzt. Den Fahrzeugbrief hatte er eh behalten, um wahrscheinlich einem möglichen unüberlegten Verkauf durch meine Tochter vorzubeugen.

Meiner Schwiegermutter ging es mit der Zeit gesundheitlich immer schlechter, bis bei ihr nach eingehenden Untersuchungen Magenkrebs diagnostiziert wurde. Trotzdem klagte und jammerte sie nicht und stellte sich jeder Situation. Bei ihren Besuchen gab sie sich stets zuversichtlich, obwohl man ihr das Leiden förmlich ansehen konnte. Wir waren im Sommer zum Geburtstag meines Schwiegervaters eingeladen, als wir einen Tag vorher von ihrem Tode erfuhren. Eine Erlösung für sie und auch für meinen Schwiegervater, der sich vor allen Dingen in ihren letzten Wochen überaus rührend um sie kümmerte, indem er ihrem Wunsch entsprach, sie in ihrer gewohnten Umgebung zu pflegen und immer an ihrer Seite zu stehen. Bei der Beerdigung ließ die Zahl der Trauergäste schon erahnen, dass sie zu Lebzeiten ein überaus beliebter Mensch gewesen war, was den Verlust für die Angehörigen jedoch auch nicht schmälerte. Mein Schwiegervater kam in der nächsten Zeit mit dem Alleinsein überhaupt nicht zurecht, zumal er nicht zu den Menschen gehörte, die an die Führung eines Haushaltes gewöhnt waren. Obwohl meine Schwägerin nur einen Steinwurf von ihm entfernt wohnte und sich um alle möglichen Dinge kümmerte, schlug er nach einiger Zeit am Telefon vor, zu uns zu ziehen, um seine Familie hautnah bei sich zu haben. Meine Schwägerin und auch mein Schwager hatten für sich diesen Vorschlag abgelehnt, weil sie Einmischungen in ihren eher behäbigen Alltag befürchteten. Mir tat der Mann leid, aber vom Platzangebot waren wir nicht in dem Umfang gesegnet, dass wir die notwendigen Räumlichkeiten hätten zur Verfügung stellen können. Zu unserer Überraschung machte er uns dann ein Angebot, mit dem wir nie gerechnet hatten. Er wollte sein Eigenheim verkaufen und die Kinder zu gleichen Teilen auszahlen. Somit könnten wir eine neue größere Immobilie erwerben, die vom Platz her gesehen ein Zusammenleben ermöglichte. In Anbetracht der Tatsache, dass die Querelen und Streitigkeiten mit den Nachbarn auch auf lange Sicht keine Entspannung bringen würden, erklärten wir uns mit seinem Vorschlag einverstanden und begannen mit der Suche nach einer neuen Bleibe.

Familienstress

Obwohl die Zeitungen mit Immobilienangeboten über-
quollen, war es nicht leicht etwas Passendes zu finden. Einerseits waren unsere finanziellen Möglichkeiten begrenzt und zudem musste die Immobilie mit einer Ein-
liegerwohnung ausgestattet sein. Ein weiteres Problem sah ich
in der Person meines Schwiegervaters, der zudem eigene Vorstellungen von seiner neuen Bleibe hatte. So kam es uns wie
eine kleine Ewigkeit vor, bis wir ganz in unserer Nähe ein
Objekt fanden, das allen Ansprüchen genügen sollte. Sicher
musste man den einen oder anderen Abstrich vornehmen, aber
im großen Ganzen schien in der Gesamtheit aller Aspekte
Einigkeit zu bestehen. Die Lage etwas außerhalb zwischen
Feldern und Bauernhöfen konnte uns nicht abschrecken, weil
dadurch die enge Anbindung an nervige Nachbarn ausgeschlossen war. Das Haus war zwar älteren Baujahres, aber mit
einigen Ideen konnte man sich durchaus ein gemütliches Heim
gestalten. Die Vorbesitzer hatten hinsichtlich notwendiger
Reparaturen und Modernisierungen keinerlei Interesse gezeigt
und so ahnten wir schon, dass in den nächsten Jahren keine
Langeweile aufkommen würde. Also entschlossen wir uns
nach einer Besichtigung zum Kauf und waren froh, dass auch
mein Schwiegervater - oder   " Opa " wie er genannt wurde -
bei einer kurzen Stippvisite ebenfalls seine Zustimmung gab.
Die Zeit drängte, weil uns Opa ab sofort im Nacken saß und
wir nur einen Monat Zeit hatten, um die Dachgeschoßwoh-
nung größtenteils nach seinen Wünschen herzurichten. Hierzu
und für einige andere Baumaßnahmen mussten wir bei unserer
Hausbank einen Kredit aufnehmen. Trotz aller anfänglicher
Bedenken waren bis zu seinem geplanten Einzug alle Arbeiten
erledigt. Schwager Falk und Schwägerin Karola hatten im
Gegenzug das Elternhaus in Essen überschrieben bekommen
und vermieteten die darin befindlichen Räumlichkeiten an drei
Parteien. Wenn man bedenkt, dass die Erbschaft zu 50% zwischen Peggy und ihrer Schwester aufgeteilt worden war, stand
diese sich durch die Vermietungen auf Dauer gesehen wesent-

lich besser. Opa entrichtete für eine Vollverpflegung zwar auch seinen Obolus, war aber angesichts seines Alters kein Garant für ein dauerhaftes Zubrot. Es lag aber nicht in unserem Denken und Handeln, ständig eine Rechnung aufzumachen, wie es sich meine Schwägerin trotz ihres üppigen Lebenswandels und dem dazu gehörenden Bankkonto zur Aufgabe gemacht hatte. Im Gegensatz zu ihr waren wir Opa sehr dankbar, das Erbe mit warmen Händen verteilt zu haben. Dass dies nicht unbedingt selbstverständlich war, sollte sich später am Verhalten meiner Mutter zeigen.

Für Opa begann wie für uns eine neue Zeitrechnung. Wir, die wir uns vom Elternhaus abgenabelt hatten, sahen in erster Linie eine gewisse Altenbetreuung als oberste Priorität und Opa, der sein Leben lang in seiner First- Class- Werkstatt nach Belieben herumgewerkelt hatte, musste ebenfalls aufgrund der begrenzten Räumlichkeiten drastische Einbußen hinnehmen. Nach einer kurzen harmonischen Eingewöhnungsphase fing Opa wieder an, sich mit kostspieligen Heimwerkerartikeln nach und nach einzudecken. Was für ein Witz, hatte er doch bei seinem Umzug fast sein gesamtes Equipment an meinen Schwager für einen Spottpreis verkauft. Also an jemanden, der nicht in der Lage war, einen Nagel in die Wand zu schlagen. Wozu auch? Wenn man über das nötige Kleingeld auf einem Konto im siebenstelligen Bereich verfügt, delegiert man notwendige Arbeiten auf fachlich versierte Menschen, die mit einer regulären Rechnung die eigenen Steuerbelastungen reduzieren. Nach etwa drei Monaten glich Opas Wohnung schon ziemlich genau seiner alten Werkstatt. Sein ursprünglicher Tagesrhythmus hatte ihn wieder eingeholt und so war es üblich, dass bis in die Nachmittagsstunden das Bett gehütet wurde, um dann bis spät in die Nacht zu werkeln und zu hämmern. Die von Peggy zubereiteten Speisen, die zu den üblichen Essenszeiten verzehrfertig auf Opas Tisch standen, waren auch abends noch unangetastet und mittlerweile voller Sägespäne und Staub. Verständlicherweise machte es da wirklich keinen Spaß mehr, Mahlzeiten zu planen. Erschwerend kam die ständige Nörgelei dazu, dass nichts davon schmeckte.

Wurden spät in der Nacht die handwerklichen Tätigkeiten beendet, lief aufgrund seiner Schwerhörigkeit der Fernseher auf voller Lautstärke, dass für uns wegen der im Haus befindlichen Holzdecken weiterhin nicht an Schlaf zu denken war. Wer in diesem Moment auf Rücksichtnahme gehofft hatte, sah sich gründlich getäuscht. Demnach hatten wir seinen gewohnten Lebenswandel zu akzeptieren. Ich kann von Glück sagen, dass wir kurz nach unserem Umzug wieder eine ordentliche Gartenhütte gebaut und zum Partyraum gestaltet hatten, wo wir unseren Frust den einen oder anderen Abend gegen unsere eigentliche Einstellung ertränkten um dann wenigstens ein paar Stunden schlafen konnten. Das sollte aber eigentlich nicht der Sinn der Sache sein, denn jetzt hatten wir dem Grunde nach eine ziemlich gleiche Situation wie in unserem ersten Haus, bedingt durch die Nachbarn. Allerdings kamen wir erst jetzt dahinter, dass Opa nicht bei sondern mit uns leben wollte. Das zeigte sich natürlich auch in seinen alltäglichen Besuchen, die unseren Rhythmus total aus dem Ruder laufen ließen.

Unser erstes Haus musste natürlich aufgrund der bestehenden Belastungen vermietet werden. Man hat immer ein komisches Gefühl, sein Eigentum fremden Menschen anzuvertrauen, weil jederzeit von negativen Erlebnissen anderer Hausbesitzer zu lesen war. Dieses Problem hatte sich für uns scheinbar erledigt, als Birte ihre zweite Schwangerschaft verkündete. Der werdende Vater - ein Moslem - sollte sich erst einmal einer eindringlichen Überprüfung seiner eventuell zukünftigen Schwiegereltern unterziehen. Wider Erwarten machte der junge Mann einen überaus ordentlichen Eindruck, hatte hinsichtlich seiner Religion moderne Ansichten, war überdurchschnittlich unserer Sprache mächtig und bei einer ansässigen Firma beschäftigt. Obwohl hilfsbereit und freundlich, machte uns eine gewisse Unzuverlässigkeit etwas nervös. Dabei wollten wir wie üblich keine voreiligen Schlüsse ziehen und warteten erst einmal ab. Wir richteten den Mietvertrag mit unserer Tochter dahingehend aus, dass die monatliche Unterstützung vom Sozialamt ausreichte. Obwohl nicht verheiratet, engagierte sich der junge Mann recht ordentlich, wie es schien. Bei Besuchen war einige Kritik bezüglich der Haushaltsführung der beiden jedoch unumgänglich. Das Haus und vor allem der Garten, der immer das Punkstück unserer Siedlung gewesen war, verkamen immer mehr, obwohl die beiden eigentlich Zeit genug für die notwendigsten Arbeiten gehabt hätten. Der Rasenmäher stand rostend hinter der Garage, die mittlerweile mit Müll vollgepackt war, so dass mein Wagen, den ich nach dem Verlust meines Führerscheines Birte kostenlos zur Verfügung gestellt hatte, bei Wind und Wetter draußen stand. Ein gemütlicher Abend wie früher in der Partyhütte war ebenfalls nicht mehr möglich, da auch hier unzählige Müllsäcke ihren Platz gefunden hatten und es zudem durch das marode Dach tropfte - direkt auf eine Rolle Dachpappe, die ich für die Erneuerung des Daches den beiden zur Verfügung gestellt hatte. Der Teich - mein besonderer Stolz - war inzwischen nur noch ein trüber algenverschmutzter Tümpel und es wunderte mich schon, dass immer noch ein paar Fische bislang überlebt hatten. Selbst eine lose Türklinke im Haus durch ständiges Türenschlagen hatte keine Chance, ordentlich befestigt zu werden. Wir wussten ja aus der Vergangenheit und dem Verhalten unserer Tochter, dass alle Tätigkeiten von ihr meist nur oberflächlich verrichtet wurden und die Tatsache, dass sie mit einem Moslem zusammen lebte, der jetzt den Pascha markierte, machte die Sache nicht einfacher. In diesen Momenten kam seine Einstellung zur Familie sehr deutlich zum Vorschein. Den Mann mit häuslichen Tätigkeiten in Verbindung zu bringen schien in seinen Augen ein unmögliches Unterfangen darzustellen. Weitere folgende Unzulänglichkeiten seinerseits veranlassten meine Tochter einige Monate nach der Geburt unseres zweiten Enkels Mike die Beziehung zu beenden. Trotz der Trennung kam der junge Mann zunächst pünktlich seinen Unterhaltsverpflichtungen nach und bewahrte mit meiner Tochter und auch mit uns selbst nach der Trennung noch ein recht freundschaftliches Verhältnis. Dass nach seinem Auszug noch weniger für die Unterhaltung unseres Hauses getan wurde, war Programm. Dafür sich graue Haare wachsen zu lassen, war uns aufgrund der eigenen stressigen Lage mit Opa nicht gegeben. Irgendetwas musste inzwischen vorgefallen sein, was Falk und Karola veranlasste, bei Besuchen nicht mehr unsere Wohnung zu betreten. Opa hatte es im Stillen verstanden, Gerüchte über uns zu verbreiten, die in deren Richtung zielten. Das wiederum kam erst in einer weiteren Extremsituation einige Jahre später ans Tageslicht. Also war das ohnehin nicht herzliche Verhältnis zu den beiden ebenfalls erst einmal wieder reichlich getrübt.

So ziemlich ein Jahr nach Opas Einzug bei uns nahmen wir im Hausflur - es war an einem Wochenende - ein reges Treiben wahr. Der Möbelwagen vor der Tür sprach eine deutliche Sprache. Opas Bruder mit Frau und Tochter waren schon dabei, sein Mobiliar mir den beiden anwesenden Möbelpackern ins Fahrzeug zu schaffen, als er uns dann - auf die Situation angesprochen - von seinem lange geplanten Umzug unterrichtete. Das hatte mit Vertrauen und gegenseitigem Respekt nun wirklich gar nichts mehr zu tun. Der monatliche Obolus gehörte der Vergangenheit an und auf die Frage, wie es denn nun weitergehen würde, ernteten wir erst nur Stillschweigen und danach Vorwürfe, weil wir ständig seinen Lebenswandel kritisiert hätten. Dabei war Opa im letzten Jahr derjenige, der an unseren Gepflogenheiten ständig herumnörgelte. Baten wir ihn, seine nächtlichen Aktivitäten etwas einzuschränken, damit wir vor dem nächsten Arbeitstag einen ungestörten hinreichenden Schlaf genießen konnten, sollten wir uns seiner Ansicht nach Gehörschutzstopfen besorgen damit er weiterhin seinen Schreinerarbeiten nachgehen konnte. Seine anfängliche Freundlichkeit war gänzlich gewichen und was wir auch versuchten, um die Situation zu beruhigen - nichts hatte bei ihm Aussicht auf Erfolg. Die ganzen Ausmaße seines verhältnismäßig kurzen Gastspiels offenbarten sich uns beim Betreten der geräumten Wohnung. Seine Katze hatte ganze Arbeit geleistet. Wo der Dreck durch seine handwerklichen Tätigkeiten endete, begannen die zerfetzten Tapeten und zerkratzten Teppichböden. Wir konnten uns des Eindrucks nicht erwehren, dass hier bei Nacht und Nebel Mietnomaden das Weite gesucht hätten. Einerseits enttäuscht über sein Verhalten und über die mangelnde Absprache freuten wir uns trotzdem über zusätzlich gewonnenen Wohnraum und hofften, dass endlich Ruhe in unseren Alltag einkehren würde. Angesichts der Verwüstungen würde eine befürchtete Langeweile wieder einmal auf das Abstellgleis geschoben und wir begaben uns im Laufe der kommenden Wochen daran, die Räumlichkeiten wieder wohnlich herzurichten.

Die Probleme mit meiner Mutter waren in dieser Zeit etwas in den Hintergrund gerückt. Mit den umfangreichen Renovierungsarbeiten beschäftigt waren wir auch nicht sonderlich an Telefonaten interessiert, in dem uns das ganze Leid dieser Welt in ihrer Person zum X-ten Male mitgeteilt wurde. Für gute Ratschläge - ihre überteuerte und zu große Wohnung betreffend - war sie eh nicht empfänglich und für die überzogenen und vor Selbstmitleid triefenden Kommentare fehlte uns ganz einfach das notwendige Verständnis. Außerdem hatten wir in der Vergangenheit oft genug versucht, sie telefonisch zu erreichen, um uns nach ihrem Befinden zu erkundigen. In den meisten Fällen war sie entweder tags wie abends nicht zu erreichen oder aber man konnte sie nur schwer verstehen, weil sie wieder mit schwerer Zunge sprach. Natürlich hatten wir überhaupt keine Lust, uns den Mund fusselig zu reden, wenn wir sie überzeugen wollten, dass Alkohol und Tabletten keine gute Lösung zur Problembewältigung waren. Schließlich waren mittlerweile über den Tod meines Vaters mehr als fünf Jahre ins Land gegangen und auch nach einer langjährigen Ehe sollte es meiner Meinung nach an der Zeit sein, dass man nicht immer noch jeden Tag wie um einen frisch Verstorbenen wehklagt und dann seinen Kummer mit Drogen bekämpft. Andererseits war Mutter ja sehr oft mit ihrem Damenkränzchen auf Achse, so dass man schon im Viertel von den lustigen Witwen sprach. Das große Heulen kam dann wohl stets nach nächtlicher Rückkehr aus irgendwelchen Kneipen. Während sich andere Menschen mit ähnlichem Schicksal nach dem Eintreffen zu Hause mit dem Hintern ins Bett legten und sich für den nächsten Tag ausruhten, sprach Mutter regelmäßig alleine in ihrer Wohnung weiter dem Alkohol zu, um damit ihre Schlaftabletten herunterspülen zu können. Dafür hatte ich nun überhaupt kein Verständnis, weil ihr die Gefahren einer derartigen Mischung allgemein bekannt sein sollten. Noch weniger Verständnis hatte ich allerdings für den behandelnden Hausarzt, der auch nach Jahren immer wieder diese Tabletten verschrieb. Also fand ich, dass sich mein Bruder auch einmal um das Wohl unserer Mutter kümmern könnte zumal er quasi um die Ecke wohnte. Tatsächlich bewirkte meine Bitte an ihn herzlich wenig, denn an den Zuständen änderte sich weiterhin nichts. Mir blieb nichts anderes übrig, als zukünftig eine passende Gelegenheit zu ergreifen, um die Sache selbst in die Hand zu nehmen. Damit war das Thema erst einmal wieder auf Eis gelegt und wir konnten uns in aller Ruhe den ständigen Überraschungen direkt vor Ort mit der nötigen Aufmerksamkeit widmen.

Birte probierte neuerdings über die modernen Medien eine neue Beziehung einzugehen, wobei wir diese Art der Partnersuche ziemlich skeptisch betrachteten. Ein geschiedener Mann - ebenfalls mit einer Tochter aus früherer Beziehung - wurde schließlich zum Auserwählten. Wie sich in ersten Gesprächen herausstellte - sehr bodenständig mit Weitblick, entsprechender Weltanschauung und einem ausgelernten, gut bezahlten Beruf. Handwerklich begabt und mit guten Ideen ausgestattet entwickelte sich zwischen uns in der Folgezeit ein herzliches Verhältnis mit einem gleichzeitigen respektvollen Umgang, der seinesgleichen suchte. Endlich hatte die ewige Lauferei und Bettelei bei den Behörden ein Ende gefunden. Dass eine sogenannte Patchworkfamilie in den seltensten Fällen einwandfrei funktioniert, war uns eigentlich von vornherein klar. Zunächst einmal hing aber für Birte der Himmel voller Geigen. Auf so einen netten Kerl, der mit hinreichender Weitsicht im Leben stand und allgemeine jugendliche Flausen vor langer Zeit abgelegt hatte, konnte sie mit Recht stolz sein. Wie sich nach einiger Zeit andeutete, sollte diese Beziehung augenscheinlich unter einem besseren Stern stehen. Endlich war auch bei uns der Renovierungsstau abgearbeitet und unser

Schwiegersohn in spe begab sich daran, die Kellerräume in unserem ersten Haus wohnlich als Spielzimmer herzurichten. Seine Tochter, die zwar überwiegend bei ihrer Mutter und seinen Eltern wohnte, kam schließlich auch regelmäßig an den Wochenenden zu Besuch und sollte sich auch in ihrer neuen Umgebung verständlicherweise wie zu Hause fühlen. Nach den ganzen Jahren, die von Stress und Unruhe gezeichnet waren, empfanden wir diese Veränderung als äußerst angenehm und freuten uns über eine zunehmende familiäre Verbundenheit.

Etwa ein halbes Jahr nach Opas Auszugs erhielten wir eines Morgens durch Karolas Anruf die Mitteilung, dass ihr Falk gestorben sei. Da wir wie erwähnt schon eine ganze Weile keinen Kontakt mehr hatten, traf uns die Nachricht wie der Blitz. Schließlich war mein Schwager erst 49 Jahre und außer ein paar körperlicher Unzulänglichkeiten wie Übergewicht waren uns keinerlei schwerwiegende gesundheitliche Probleme bekannt. Natürlich ist in einem solchen Moment jeder Streit aus der Vergangenheit vergessen und man nimmt Anteil am Schicksal des Anderen, zumal es ja auch noch die eigene Familie ist. Wie das Leben manchmal so spielt, war dieses traurige Ereignis der Anlass, den Kontakt allmählich wieder aufleben zu lassen. So kam es dann auch nach einiger Zeit zu einer Aussprache, wobei die Missverständnisse, für die Opa seinerzeit bewusst gesorgt hatte, aus dem Weg geräumt wurden. Allerdings waren wir uns einig, dass er dafür in absehbarer Zeit Rede und Antwort stehen sollte. Zunächst kam es dann auch mit ihm zu ersten telefonischen Kontakten. Als er dann unerwartet eines Tages vor unserer Tür stand, trauten wir zuerst unseren Augen nicht; dann folgten die Ohren, denn er plante für sich, wieder bei uns einzuziehen. Wir konnten ihn auch in einem längeren Gespräch nicht wirklich davon überzeugen, dass aufgrund neuer Möblierung und Nutzung der Räumlichkeiten dies unter keinen Umständen möglich wäre. Außerdem war er schließlich derjenige, der uns damals im Regen stehen ließ. Nach einer Weile sah er dann wohl die Unsinnigkeit seines Vorhabens ein und wir konnten uns auf zukünftige regelmäßige Besuche einigen. Bei dieser Gelegenheit auf seine Gründe angesprochen, die unter seinen Töchtern zum Streit geführt hatten, konnte er jedoch auch keine plausible Erklärung geben. Zumindest sah er seinen damaligen Fehler ein und entschuldigte sich immerhin dafür.

Bis zu seiner Wohnung im Emsland war es eine Autofahrt von mehr als einer Stunde. Damit hielt sich die Häufigkeit unserer Besuche in Grenzen. Telefonisch wurde jedoch wieder ein regelmäßiger Kontakt aufgenommen. Sein Reihenhäuschen in einer betreuten Wohnanlage war von Größe und Lage äußerst ansprechend. Das Innere der Wohnung ähnelte jedoch schon wieder einer Werkstatt. Der Mann konnte trotz seiner beginnenden Sehschwäche nicht vom Werkeln loskommen. Viel mehr Sorge bereitete uns jedoch die Tatsache, dass er sich laut eigener Aussage immer noch imstande fühlte, ein Fahrzeug zu führen. Wie falsch diese Einschätzung war, zeigten beide Stoßstangen seines Autos, die mit zahlreichen Kollisionsspuren übersät waren. In der kleinen Ortschaft war alles in greifbarer Nähe und wir konnten ihn überreden, auf längere Fahrten zu verzichten. Da ich meinen Führerschein mittlerweile wiedererlangt hatte, konnten wir besser ihn besuchen als umgekehrt. Irgendwann teilte er uns dann am Telefon mit, dass er sein Auto verkauft und sich einen Elektrofahrstuhl zugelegt hätte. Damit konnte er ja zumindest keinen großen Schaden anrichten. Im September 2006 wurden wir allerdings von Opa darüber in Kenntnis gesetzt, dass er sich doch wieder zum Kauf eines Autos entschlossen hatte, weil er auch mal wieder aus dem Bauernkaff herauskommen wollte und nach eigenem Empfinden doch völlig fahrtüchtig sei. Mit 82 Jahren hatte die Unvernunft ein weiteres Mal gesiegt. Bei der ersten längeren Fahrt zu Verwandten nach Osnabrück hatte dann auch direkt der rechte Außenspiegel sein Leben ausgehaucht, obwohl Opa der festen Ansicht war, dass der Händler ihm eine Schrottkarre untergejubelt hätte. Letztlich blieb es dann auch bei ein oder zwei längeren Fahrten und er besann sich wieder Gott sei Dank auf sein Elektromobil, dessen Gebrauch für die alltäglichen Besorgungen vollkommen ausreichte.

In den letzten fünf Jahren hatte sich Karola bis auf ein oder zwei Besuche aus Neugier nicht mehr bei Opa blicken lassen und auf telefonischen Kontakt legte sie ebenfalls keinen Wert. Auch ihre Besuche bei uns wurden auf ein Minimum reduziert, weil seit einiger Zeit jede Bewegung, die ein Ortswechsel erforderlich machte, wegen ihrer Fettleibigkeit zur Strapaze wurde. Mittlerweile stand sie auch wieder in einer festen Beziehung, mit der von uns niemand in seinen kühnsten Träumen gerechnet hatte. Zur Hochzeit unserer Tochter war sie noch mit einem für uns völlig Fremden angereist, den sie vom Hörensagen her finanziell gut bei der Stange hielt. Aber auch sonst schien das Interesse der männlichen Bevölkerung an ihrer Person unerschöpflich zu sein, musste man doch berücksichtigen, dass der Anblick ihrer aufgeschwemmten Körperfülle dem normal veranlagten Durchschnittsmann pures Entsetzen und Panik in die Augen trieb. Aber scheinbar gab es doch noch einige Mitmenschen, die sich kein Wasserbett aus dem Versandhaus erlauben konnten und tagsüber am Strand für ein schattiges Plätzchen keinen Sonnenschirm aufspannen wollten. Jedenfalls schien das Verhältnis zu ihrem neuen Lover nun gerade nicht zum Besten zu stehen, denn schon vor Beginn der Feierlichkeiten vertraute sie uns an, dass dieser Typ doch glatt ihren Geburtstag am gleichen Tag vergessen hätte und sie ihn am nächsten Morgen wieder nach Essen zurückfahren wolle und die Beziehung damit beendet sei. Weitere geladene Gäste waren unter anderem Armin und Isolde aus Essen, zu denen die ganzen Jahre über ein mehr oder weniger regelmäßiger Kontakt bestanden hatte und deren Beziehung wegen der Faulheit und Verschwendungssucht von Isolde ebenfalls stark in Mitleidenschaft gezogen war. So passierte auch wieder einmal, worauf wir vor jeder alkoholgeprägten Feier Wetten abschlossen: die gute Isolde wurde nach Genuss von diversen mehr- und minderprozentigen Getränken ihrem Ehemann gegenüber wieder ordinär und handgreiflich, wie wir es halt aus der Vergangenheit kannten. Wie gut, dass dieses Verhalten im allgemeinen Trubel von den meisten Gästen nicht zur Kenntnis genommen oder vielleicht schlechthin ignoriert wurde, um sich nicht die ansonsten gute Stimmung verderben zu lassen.

Nach zahlreichen an den Haaren herbeigezogenen kindischen Vorhaltungen und einigen äußerst derben Kopfnüssen ließ sich Armin zu unserem Erstaunen von Karola von der unsäglichen Situation ablenken und trösten, während seine Isolde ihren Alkoholpegel erreicht hatte, lallend und sabbernd in einer Ecke des Saales ihre Druckbetankung fortsetzte und sich wie in diesen Momenten üblich Gott und die Welt für ihr armseliges Dasein verantwortlich machte. Für den nächsten Tag hatte sich unsere Familie zu einer Restefeier in unserem Garten entschlossen und nachdem Karola ihren Lover kurzerhand nach dem Frühstück im Hotel wie am Vortag bereits angekündigt wortlos nach Hause gebracht hatte, wurde es ein richtig gelungener Nachmittag.

Einige Wochen später erfuhren wir durch Karolas Anruf, dass Armin bei ihr eingezogen sei und die Scheidung von seiner Frau eingereicht hatte. Der arme Kerl hatte unser tiefstes Mitgefühl und natürlich auch unsere Anerkennung, dass er nach mehr als 25 Ehejahren endlich den längst notwendigen Schritt gewagt und sich endlich ein besseres Leben redlich verdient hatte. War doch er stets derjenige gewesen, der durch Doppelschichten und zusätzlicher Entlohnung durch Urlaubsverzicht immer wieder versuchte, seine ständig nörgelnde Frau bei Laune zu halten. Trotzdem konnte auch er das Geld nicht in der Geschwindigkeit nach Hause tragen, wie es Isolde wieder zum Fenster hinauswarf. Da sich ihre beiden Töchter im eigenständigen Alter befanden, entfiel für Armin weitestgehend die Frage des Unterhalts. Aufgrund der Schulden, die sich durch Isoldes Lebenswandel im Laufe der Jahre angehäuft hatten, blieb ihm jedoch nur die Möglichkeit der Privatinsolvenz. Immer noch besser, als sich weiter für das faule und undankbare Stück ohne Aussicht auf Besserung kaputt zu malochen. Insoweit ergänzte er sich mit Karola in der neuen Beziehung perfekt: Er wurde vom Feinsten ausgestattet wie es der großkotzigen Art von Karola entsprach und dafür übernahm er dann notwendige Arbeiten am Haus und durfte Karola stets zu Willen sein. Im Gegensatz zu Isolde wurde er jetzt zumindest als Mensch respektiert.

Der Anruf des Pflegedienstes von Opa sollte unsere mittlerweile harmonische Beziehung mit Karola wieder auf eine harte Probe stellen. Die Wahrscheinlichkeit seines baldigen Ablebens brachte wieder die Habgier der guten Frau an den Tag. Wer nicht um ihre finanzielle Situation wusste, konnte meinen, dass sie so schnell wie möglich auf diesen besagten Tag wartete, um durch eine Erbschaft einen erträglichen Lebenswandel führen zu können. Die Gute war schon arg gebeutelt: Ein Reihenhaus vom Feinsten ohne Schulden, das vorab geerbte Elternhaus mit Mieteinnahmen, die seinerzeit bar bezahlte Eigentumswohnung ihres Sohnes und eine ebenfalls bezahlte Ferienwohnung an der Ostsee, wo man auch günstig die Urlaube oder verlängerten Wochenenden verbringen konnte. Das geschätzte Barvermögen im sechsstelligen Bereich ließen uns angesichts ihres plötzlichen Interesses an den Habseligkeiten, die Opa noch sein Eigen nannte, die Tränen in die Augen treiben.

Da Peggy in der Vergangenheit für das Pflegepersonal der einzige Ansprechpartner gewesen war, einigten wir uns darauf, dass Opa auf Anraten seines behandelnden Arztes in die Nähe seiner Familie ziehen sollte, weil eine ausreichende Betreuung vor Ort nicht mehr möglich war. Bei einem Besuch von Peggy mit Karola in der Kurzzeitpflege, in der sich Opa bereits befand, hatte die Dicke, wie sie von mir nur noch genannt wurde, nichts Besseres zu tun, als den armen Opa, der aufgrund seiner Medikation seine Umwelt nicht wirklich wahrnehmen konnte, zu überzeugen, dass er seine Heimorgel und andere kostspielige Dinge eigentlich nicht mehr brauche und daher schon abgeben könne. Na wem denn wohl? Komischerweise hatte sie für alle wertvolleren Gegenstände irgendeine Verwendung. Bei dieser Einstellung stieg mir die kalte Kotze in die Backen und auch Peggy war ob der Tatsache, dass der Mann noch auf der Erde weilte, entsetzt über das Verhalten ihrer Schwester. Dabei kannte sie die doch am besten. Beim Gespräch an einem ruhigen gemeinsamen Wochenende und einigen vorangegangenen Kontakten am Telefon kamen wir mit ihr überein, dass wir uns um einen Heimplatz in unserer Nähe kümmern würden, weil Karola mir eine größere Kompetenz zubilligte. Lächerlich - sie hatte lediglich keinen Bock auf Stress, der ihr Leben als faule Made im Speck aus dem Gleichgewicht bringen könnte. Wir gingen also mehr oder weniger zufrieden auf ihr Angebot ein, erfragten zahlreiche Angebote und fanden zum Glück schnell einen passenden Heimplatz für Opa in unserer Nähe, denn eine fürsorgliche familiäre Betreuung ihres vielleicht bald sterbenden Vaters wollte Karola sich natürlich ebenfalls nicht aufbürden. Blieben also nur noch die üblichen Probleme der Haushaltsauflösung, Abmeldung, Wohnungsrenovierung etc. Auch dies erforderte aus der Entfernung heraus ein gewisses logistisches Verständnis. Ich schaffte es, sämtliche erforderlichen Termine wie Containerbestellung, Möbelwagen und alle weiteren notwendigen Vorgänge in kurzen Zeitabständen unter einen Hut zu bringen und erhielt dafür nach telefonischer Unterrichtung die verhaltene Zustimmung von Karola. Da sie sich bislang um nichts als ihr bevorstehendes Erbe Sorgen machte, wunderten wir uns, dass sie unbedingt bei der Renovierung und Auflösung der Wohnung helfen wollte. Holzauge sei wachsam! Mittlerweile war sie unbeweglich wie ein Maikäfer in Rückenlage und würde in meinen Augen nur eine Behinderung bei dem Vorhaben darstellen. So lief es dann auch ab, dass sie überall im Weg herumsaß, um alte Familienfotos an sich zu nehmen und für sie relevante Stücke aus Opas Wohnung in ihr Fahrzeug verfrachten ließ, bis ich ihr Einhalt gebot. Schließlich sollte sie nicht darüber entscheiden, was Opa noch gebrauchen konnte und was dem Müll zugeführt werden sollte. Am frühen Abend hatte die arbeitende Gemeinschaft, bestehend aus - der Esel nennt sich immer zuerst - meiner Person, Peggy, unserem Schwiegersohn Guido, Armin der jetzige Lebensgefährte meiner Schwägerin und ihrem Sohn Malte trotz der vorangegangenen Störungen durch die Dicke den Auftrag erfüllt und sämtliche Gegenstände befanden sich auf der Ladefläche des angemieteten Lkw oder im

Sperrmüllcontainer. Jetzt war nur noch ein baldiger Termin mit der Wohnungsverwaltung zwecks Abnahme zu vereinbaren. Dieser sollte jedoch unter Beteiligung einiger Bekannte von Opa stattfinden, um nicht noch einmal die gesamte Fahrstrecke für ein paar Minuten auf sich nehmen zu müssen. Nach der Ankunft zu Hause einigten wir uns, die Möbel bis zu Opas Einzug, der in ein paar Tagen ins hiesige Alten- und Pflegeheim geplant war, in der Garage von Guido und Birte zwischen zu lagern. Danach sollte bei einem baldigen Besuch entschieden werden, welche Möbelstücke Opa in sein neues beengtes Heim mitnehmen sollte. Wir wussten, an welchen Stücken sein Herz hing und er sollte es so angenehm wie möglich haben.

Die große Geldgier

Unser Schwiegersohn Guido hatte sich mit Birte vor einiger Zeit für ein eigenes Haus entschieden, weil er der durchaus berechtigten Ansicht war, gegenüber des Mietzinses für unser Haus auch eine eigene Immobilie finanzieren zu können. Wie das Glück es damals wollte, fand Peggy im Internet ausgerechnet das Haus, was auf unserem Nachbargrundstück gelegen war und eigentlich von der öffentlichen Hand wegen des Baus einer Umgehungsstraße abgerissen werden sollte. Es stellte sich aber im Nachhinein heraus, dass genau dieses Objekt in einer öffentlichen Versteigerung veräußert werden sollte. Als dann das Losglück auf unsere Kinder fiel, waren wir alle euphorisch, in direkter Nachbarschaft unsere kleine übriggebliebene Familie auf engstem Raum zusammenführen zu können.

Natürlich war bis zum Einzug genug zu tun, bis sich die ganze Situation wohnlich gestalten sollte. Angefangen von den Räumlichkeiten, die stark abgewohnt waren und dem Garten, der als solcher nicht bezeichnet werden konnte, verbrachten überwiegend Guido und meine Wenigkeit ein paar Wochen mit Tapezieren, Vertäfeln, Fliesen verlegen und allem, was zu einer Grundrenovierung gehörte. Das Ergebnis konnte sich dann allerdings auch sehen lassen. In dieser Zeit herrschte eine harmonische Atmosphäre, die ich aus der Vergangenheit in einer solchen Form nie erlebt hatte. Alles schien perfekt, selbst Birte war mit der jetzigen Konstellation zufrieden auch wenn sie sich hier und da über das Verhalten ihrer Stieftochter mokierte. Aber eine Patchwork Familie bringt zumindest anfangs noch das eine oder andere Problem mit sich, dass nicht unbedingt überbewertet werden sollte, zumal es sich in den meisten Fällen um Bagatellen handelte. Wie heißt es so schön: Alles sollte mit der Zeit zusammen wachsen.

Opa hatte sich in den vergangenen Wochen erstaunlich gut erholt und war hinsichtlich seiner neuen Behausung zuversichtlich. Nachdem seine Wohnung von uns eingerichtet worden war, erfolgte der Transport ins hiesige Altenheim. Bei seinem Eintreffen zeigte er sich sehr zufrieden mit dem, was ihn dort erwartete. Was noch nachgeholt werden musste, war die Erteilung von Vollmachten für seine Töchter, da er trotz Allem nicht mehr in der Lage war, seine Geschäfte selbständig zu führen. Hier unterliefen uns aus Unwissenheit die ersten schwerwiegenden Fehler. Was anfänglich noch zwischen beiden Schwestern harmonisch wirkte, sollte sich bald als Desaster herausstellen. Ich hatte mich dazu bereiterklärt, seine gesamten Geschäftsvorfälle wie Überweisungen, Kündigungen und Behördengänge zu übernehmen. Dazu gehörte natürlich auch eine vernünftige Buchhaltung, damit Opa immer über den neuesten Stand seiner finanziellen Möglichkeiten informiert war, weil ja die Heimkosten ständig einen Teil seiner Ersparnisse verschlangen. Als sich meine dicke Schwägerin ihrer Kontrollsucht beraubt fühlte, nahm das Unheil seinen Lauf. Da sie mittlerweile im Rahmen der erteilten Vollmacht wie auch Peggy über eine eigene Bankkarte verfügte, ließ sie sich damit Kontoauszüge am Schalter ihrer Filiale ausdrucken, die mir natürlich als Beleg für Opas Übersicht nicht zur Verfügung standen. Auf ihr Fehlverhalten angesprochen, war sie irrtümlich der Ansicht, dass auch ich mir die Auszüge kostenlos so oft wie nötig ausdrucken lassen könne. Selbst meine Bemühungen, sie von der Tatsache zu überzeugen, dass ich nur Opa Rechenschaft abzulegen hätte, ließen sie unbeeindruckt. Irgendwann hatte ich dann die Faxen dicke und bat Opa, aufgrund der Vorfälle seine Vollmacht teilweise zu widerrufen. Nachdem er meinem Wunsch entsprochen hatte, verschärfte sich das Verhältnis zu meiner Schwägerin zusehends. Ständig faselte sie etwas von Vollmacht und dass sie über alle Angelegenheiten informiert werden müsse. Ein Rezept in der Apotheke einzulösen bedurfte ihrer Genehmigung? Die Dicke hatte tatsächlich durch ihre krankhafte Kontrollsucht völlig den Draht zur Realität verloren. Und mein ehemaliger Kumpel? Der war zu ihrem willenlosen Spielzeug herangereift und hatte bereits vor einiger Zeit seine eigene Meinung abgelegt, weil ihm bei Kritik sofort mit Rausschmiss gedroht wurde. Welche Drohungen mein Neffe erfahren durfte, entzieht sich bis heute meiner Kenntnis. Aber auch er kuschte vor seiner herrschsüchtigen Mama. Vorausgegangen war eine Meinungsverschiedenheit, was mit dem Pkw von Opa geschehen sollte. Karola witterte sofort wieder ein Schnäppchen und versuchte, mit einem unverschämten Angebot Opa zu überrumpeln. Da mein Schwiegersohn jedoch in der Autobranche tätig war, konnten wir nachvollziehen, dass zwischen ihren Preisvorstellungen und dem tatsächlichen Wert erhebliche Diskrepanzen bestanden. Außerdem schlug sie völlig uneigennützig vor, den Kaufpreis auf ihrem Konto zu belassen, damit dieser Betrag nicht auch noch den Heimkosten zum Opfer fiel. Einer solchen Geldgier konnte ich einfach nur noch mit Hass begegnen. Opa ließ sich dennoch zu einem Preis überreden, der sich weit entfernt von jeder Realität bewegte. Zumindest bestand er aber darauf, dass der Kaufpreis seinem Konto zugeführt wurde. Ab diesem Zeitpunkt waren sämtliche Kontakte auf Eis gelegt und die einzigen Menschen, die sich fortan um Opa kümmerten, waren wir bzw. unsere Kinder. In der nächsten Zeit standen einige Dinge zum Verkauf an, die Opa nach eigener Aussage nicht mehr benötigte. Also schlug ich ihm vor, die Sachen bei Ebay zu versteigern, damit sein Kontostand wieder etwas Zuwachs bekam. Erfreulich seine Reaktion, als die Verkaufserlöse eintrudelten. Auch Stücke, die meine Schwägerin für sich beansprucht hatte, fielen den gnadenlosen Auktionen zum Opfer. Das war mir erst recht ein innerer Reichsparteitag. Aber immer noch stand die Garage unseres Schwiegersohnes voll mit Mobiliar, was beim besten Willen nicht mehr in Opas Unterkunft passte. Da es mittlerweile auf den Winter zuging, war auch hier eine Entscheidung zu treffen. Dass sich Opas Gesundheitszustand plötzlich rapide verschlechterte, hatte niemand voraussehen können. Ohne seine Entscheidung sollten die Gegenstände nicht ohne weiteres veräußert werden. Deshalb warteten wir doch auf eine Stabilisierung seines Zustandes. Dazu sollte es jedoch leider nicht mehr kommen. Nach einem ständigen Auf und Ab und wechselnden Aufenthalten in verschiedenen Krankenhäusern klingelte am ersten Weihnachtstag bei Birte das Telefon als wir nachmittags beim Kaffee zusammen saßen. Weil am Heiligabend für die Heimbewohner immer ein nettes Programm veranstaltet wurde, sollte Opa sich am nächsten Tag etwas ausruhen und wir wollten ihn dann gemeinsam am Stephanustag besuchen. Die weinerliche Stimme am Telefon konnte man nur schwerlich meiner Schwägerin zuordnen, von der wir erfuhren, dass Opa vor einer Stunde verstorben sei. Damit hatte keiner von uns gerechnet. Ansonsten waren wir rund um die Uhr telefonisch zu erreichen, nur an diesem Tag hatten wir beim besten Willen nicht daran gedacht, unser Mobiltelefon bei uns zu tragen. Auch die Erreichbarkeit bei Birte vergaßen wir dem Pflegepersonal mitzuteilen. Der Schock saß tief, als wir uns auf den Weg ins Heim machten. Da lag der arme Mann in seinem Zimmer auf dem Bett und vermittelte den Eindruck, als würde er schlafen. Nach der Beileidsbekundung der betreuenden Schwester hielten wir noch einmal seine vom Personal gefalteten Hände, die noch ganz warm waren. Danach dauerte es eine kleine Ewigkeit, bis der herbeigerufene Arzt erschien, um seine obligatorische Untersuchung für die Ausstellung des Totenscheines vorzunehmen. In der Zwischenzeit hatten wir allerdings vorab genügend Zeit, um die gemeinsam verbrachte Zeit mit ihm noch einmal vor unserem geistigen Auge vorbeiziehen zu lassen. Nachdem auch der Bestatter angekommen war, hieß es für uns, vorläufig Abschied zu nehmen. Am nächsten Tag sollten schon die Bestattungsmodalitäten besprochen werden, obwohl niemand von uns das Geschehene schon verinnerlichen konnte. Nach unserer Heimkehr setzten wir uns dann noch gemeinsam zusammen, um mit der Verarbeitung des Todes eines geliebten Menschen zu beginnen, was jedoch verständlicherweise misslang. Karola meldete sich auch am nächsten Tag nicht bei uns, um die anstehenden Vorbereitungen gemeinsam mit uns abzusprechen. Wie wir später durch Verwandte erfuhren, hatte sie sich auf den Weg zu ihrer Tante gemacht, um mit der wie in all den Jahren zuvor in einem Restaurant zu Abend zu essen. Das war doch wohl der Gipfel der Pietätlosigkeit! Spielte vor aller Welt die trauernde

Tochter und stopfte sich dann lieber zahllose Kalorien in den unförmigen Leib statt ihrem verstorbenen Vater die letzte Ehre zu erweisen. Zumindest konnte sie sich zwei Tage später doch noch zu einem Telefonat hinreißen lassen. Wann denn nun die Überführung ins Familiengrab von uns geplant war? Ich teilte ihr daraufhin mit, dass es Opas Wunsch gewesen sei, in unserer Nähe beerdigt zu werden. Obwohl seine Frau damals an ihrem Wohnort bestattet wurde, war er letztendlich der Auffassung, dass man sich doch im Himmel wiedersehen würde. Der vorangegangenen Funkstille, die bis zu diesem Zeitpunkt geherrscht hatte, folgte nun ein wahrer Telefonterror! Es vergingen keine Stunden, dass wir nicht mit neuen Unverschämtheiten belästigt wurden. Einmal war es der Totenschein, den die Dicke für sich beanspruchte, ein anderes Mal bestand sie auf Aushändigung der Rechnung über Bestattungskosten. Dabei lag der alte Mann noch über der Erde. Mit dem von uns beauftragten Bestatter war abgesprochen, dass keinerlei Unterlagen an diese ekelhafte Person herausgegeben werden sollten. Telefonate mit dem Altenheim und dem Bestatter ließen erahnen, das dieses unverschämte, geldgierige Weib tatsächlich plante, sich die gesamte Erbschaft unter den Nagel zu reißen und dabei schien ihr jedes Mittel recht zu sein. Ihre Forderungen, dass wir z.B. die Räumung von Opas Zimmer erst mit ihrer Zustimmung vornehmen durften, brachte für mich das Fass zum Überlaufen! Was dachte sich dieses Dreckstück eigentlich noch aus? Das Zimmer wurde dringend benötigt und in dem ganzen Wirrwarr bis zur Beerdigung, die noch vor dem Neujahrstag stattfinden sollte, hatten wir den Kopf mit anderen Dingen belegt, als dass wir uns um solchen Unsinn kümmern konnten und wollten. Der Teufel schien kurz vor Weihnachten im wahrsten Sinne des Wortes auf Stelzen gelaufen zu sein, denn aufgrund der vermehrten Todesfälle wurde der Beerdigungstermin zwischenzeitlich verschoben. Der endgültige Termin und der Ort des Begräbnisses wurden der Dicken in einem knappen Anruf mitgeteilt und wir waren gespannt, ob sie jetzt endlich einmal zur Besinnung kommen würde. Da von der übrigen Verwandtschaft niemand Interesse bekundete, wahrscheinlich aus dem Grunde, dass meine Schwägerin schon überall ihr Gift versspritzt hatte, war es uns auch egal, ob jemand zur Trauerfeier erscheinen würde. Lediglich Opas Bruder, seine Frau und deren Tochter gaben uns die Zusage, ihm am besagten Tag die letzte Ehre zu erweisen. Insgeheim rechneten wir damit, dass die Dicke samt Gefolge doch noch auftauchte. Zu welcher anderen Gelegenheit sollte es sonst zu einer Aussprache und Versöhnung kommen, wenn nicht am Grab des gemeinsamen Vaters? Weit gefehlt! Außer Opas Bruder mit Anhang und unserer kleinen Abordnung ließ sich keiner der sonst so fürsorglichen Verwandtschaft am Grab blicken, wo sie uns doch vorher noch alle bestürmt hatten, dass Eheleute in ein gemeinsames Grab gehörten. Gekümmert hatte sich von all den Klugscheißern in den ganzen Jahren vor seinem Tod niemand um ihn.

Nach einer wirklich trefflichen und auf die Situation zugeschnittenen Trauerrede war es Zeit für den letzten Gang. Vom Regen aufgeweicht und von den stürmischen Winden vollkommen durchgefroren, begaben wir uns nach der Trauerzeremonie zu uns nach Hause, um den " Leichenschmaus " einzunehmen. Dann besorgten wir uns für den Nachmittag ein passendes Gefährt, um Opas Zimmer leer zu räumen. Im Altenheim angekommen, erfuhren wir von der Leiterin, dass meine Schwägerin auch hier schon ordentlich Alarm geschlagen hatte, indem sie mit erheblichen Konsequenzen für den Fall drohte, dass ein Möbelstück ohne ihr Wissen bewegt würde. Damit stach sie jedoch mitten in ein Wespennest, denn als Folge wurde kurz und knapp ein Hausverbot gegen sie ausgesprochen. Nachdem wir das Zimmer geräumt und die Möbel in Birtes Garage untergestellt hatten, kümmerten wir uns in den nächsten Tagen um die Rechnungsflut, die von allen Seiten auf uns einstürmte. Alles sollte seinen korrekten Abschluss haben, damit uns niemand eine Bereicherung unterstellen konnte. Meine Schwägerin zeichnete sich auch hier durch absolutes Querulantentum aus. Sie war mittlerweile im Besitz einer Sterbeurkunde, die ihr als Fotokopie ausgehändigt worden war und verbreitete weiter ihre Verleumdun-

138

gen gegen uns. Mit der Sterbeurkunde wollte sie sich an einer Sterbeversicherung bereichern, die laut Vertrag demjenigen ausgezahlt werden sollte, der die Bestattungsrechnungen vorlegen konnte. Allerdings hatte sie den Vorteil, ebenfalls im Besitz der Vertragsunterlagen zu sein, so dass sie tatsächlich nach kurzer Zeit die Versicherungssumme einstrich. Die wahre Kriegserklärung an unsere Adresse wurde etwa zwei Wochen später in Form eines anwaltlichen Schreibens übermittelt. Darin forderte die Dicke sämtliche zum Erbe gehörenden Gegenstände für sich und verlangte eine komplette Aufstellung aller getätigten Ausgaben und Geschäftsvorfälle bis zu Opas Tod. Vorsorglich schalteten wir ebenfalls einen Anwalt ein, um ihrer maßlosen Gier Einhalt zu gebieten. Wir fühlten uns mit der Auffassung im Recht, alle übriggebliebenen Gegenstände zu gleichen Werten aufzuteilen, ohne dass der Streit weiter eskalieren würde. Dass ihr dieser Vorschlag nicht in den Kram passte, zeigte uns die Andeutung in einem weiteren Schreiben ihres Anwalts, wo sie auf die Rückzahlung einer nicht nachvollziehbaren Schenkung hinweisen ließ, für die sie angeblich schriftliche Beweise vorlegen könne. Unser Rechtsbeistand machte uns klar, dass wir bei der seinerzeitigen Vollmacht vergessen hatten, diese mit der Gültigkeit über Opas Tod hinaus auszustatten. Somit waren erst einmal sämtliche notwendigen Aktivitäten auf Eis gelegt und die Dicke verstand es immer wieder, die ganze Prozedur durch Einsprüche in die Länge zu ziehen. Dass unsere Rechtschutzversicherung die Anwaltskosten nicht übernehmen würde, stellte sich für uns als ein weiterer Rückschlag dar. Andererseits wollten wir auch nicht kampflos das Feld räumen, um der Dicken einen Triumph zu bereiten. Also ließen wir uns noch einmal gründlich über anfallende Kosten und Erfolgschancen beraten und entschlossen uns zu einem Rechtstreit. Sämtliche Vorschläge unsererseits wurden von der Dicken ausnahmslos mit dem Hinweis auf die ominöse Schenkung vor neun Jahren ausgeschlagen. Mit anderen Worten: Sie wollte Alles!

Nach etwa zwei Jahren zähen unnötigen Verhandelns und etlichen widerwärtigen Unterstellungen einigten wir uns auf einen Verkauf bei Ebay, wobei ich bis auf den letzten Cent eine Aufstellung über Verkaufserlöse vorzulegen hätte. Da dies meinem ersten Vorschlag entsprach, wären wir leicht Ärger und Kosten aus dem Weg gegangen, wenn eine Akzeptanz darüber von der Gegenseite von Anfang an bestanden hätte. Es kam endlich zu einer Einigung, bei der die Dicke durch die unberechtigte Bereicherung der Sterbeversicherung deutlich besser abschnitt und sie auch ihre Forderung auf Herausgabe einiger Stücke, die jetzt urplötzlich Opa seinerzeit nur leihweise überlassen worden waren, durchgesetzt hatte. Selbst bei der Abholung dieser Stücke, deren Übergabe wir uns schriftlich bestätigen ließen, musste sie anwesend sein. Obwohl sie das Fahrzeug vor unserem Haus nicht einmal verließ, konnte sie doch ihre Schergen kontrollieren, dass keine unerwünschten Gespräche mit uns geführt wurden. Damit sollte auch dieses Ärgernis sein Ende gefunden haben und die Verwandtschaft, die während der ganzen Zeit die Dicke in ihrer Handlungsweise unterstützte, sollte uns ab jetzt gestohlen bleiben.

Merke: Wer solche Verwandte besitzt, benötigt keine Feinde mehr!

Familienbande

Dass man sich normalerweise zuerst immer an die schönen Ereignisse seines Lebens erinnert, mag in der Regel zutreffen. Außer unserer Hochzeit und der Geburten unserer Kinder fallen mir auf Anhieb nicht sonderlich viele dieser freudigen Ereignisse ein. Etliche sollen wohl unbeachtet aufgrund der Häufigkeit negativer Erfahrungen einfach in Vergessenheit geraten sein. Ausgenommen natürlich das Verhältnis zu meiner Frau Peggy, die mir auch in schwierigsten Situationen immer treu und fürsorglich zur Seite stand und es mit ihren außergewöhnlichen Charaktereigenschaften sowie ihrer Liebe jederzeit verstand, mir den Rücken zu stärken. Sie wusste Kompromisse einzugehen und Streit mit Ruhe und Gelassenheit zu schlichten. Dabei war es vor allen Dingen in unseren ersten gemeinsamen Jahren nicht immer leicht mit mir gewesen. War ich doch an der Situation gemessen leicht aus der Fassung zu bringen und hatte einige Male unüberlegt, überzogen und voreilig gehandelt.

Für jeden ein gutes Wort und zur richtigen Zeit eine mögliche Erklärung auf Fehlverhalten ihrer Mitmenschen : die Rolle war ihr einfach auf den Leib geschneidert. Ich kann zu jedem Zeitpunkt in unserer Beziehung immer nur ausnahmslos bestätigen, dass sie stets die stärkere und umsichtigere Persönlichkeit darstellte. Uneinsichtige und intrigante Personen waren aber auch ihr zuwider und in solchen Fällen wusste sie wenn auch mit ruhigem Verhalten bis zu einem gewissen Grad ihren Standpunkt zu vertreten, wenn nötig dieser Person ihre Meinung unverblümt mitzuteilen. Damit kam man eigentlich sehr gut durchs Leben, weil der Betreffende sofort wusste, wo seine Grenzen lagen. Nach dem Stress des einseitigen Erbstreites mussten wir zwar zur Kenntnis nehmen, dass Ratten im Keller noch angenehmer als Verwandte am Teller waren, aber es bestärkte uns in der Meinung, dass man auf solche Personen gut verzichten könne. Dafür war die eigentliche Familie durchaus überschaubar geworden und man konnte sich intensiver mit den Menschen befassen, die einem am

Herzen lagen. Manchmal ist es nicht einmal schlecht, wenn solche Situationen entstehen, bei denen der Betreffende sein wahres Gesicht zeigt und man froh ist, dass man nicht länger auf falsche Freundlichkeit und augenscheinliche Verbundenheit hereingefallen ist. Aufrichtigkeit und Loyalität untereinander sollten auch zukünftig für uns oberste Priorität darstellen. Unsere Tochter hatte mittlerweile ganz offensichtlich Gefallen an ihrem neuen Lebensstil gefunden und auch das Verhältnis zu uns war aufgrund der räumlichen Nähe und der sozialen Einstellung ihres Mannes nahezu perfekt. Den kleinen Reibereien, die sich aufgrund der verschiedenen Charaktere der Kinder ergaben, konnte man eigentlich mit Verständnis und etwas Fingerspitzengefühl begegnen.

Unser Sohn Marius ist in meinen bisherigen Schilderungen kaum erwähnt worden. Das liegt vorwiegend an seiner ausgeglichenen und unkomplizierten Lebensart, mit der er seine Mitmenschen immer wieder aufs Neue begeistern konnte. Allein sein Handicap mit ADS machte ihm manchmal zu schaffen. Aber mit zunehmender Zeit schien er auch dieses Problem ganz gut in den Griff zu bekommen. Durch Eintritt in einen Sportverein hatte er einen guten Ausgleich und fand sofort Anschluss an nette Jugendliche gleichen Alters, was ihm in seiner persönlichen Entwicklung sehr zugute kam. Bei Jedermann beliebt, verstand er es auch hervorragend, sich hier und da als Stimmungskanone in Szene zu setzen, ohne dabei aufdringlich und großspurig zu wirken. Dieser Junge sollte mit Sicherheit seinen eigenen Weg gehen, weil er immer ein festes Ziel vor Augen hatte und dabei durchweg ein umgänglicher netter Zeitgenosse war; anders umschrieben: Perfekt! Unsere kleine Familie mauserte sich also zu einer fast perfekten Einheit.

Auch meine Mutter wurde jetzt öfters in unser Leben eingebunden und schien Gefallen an den Gemeinsamkeiten zu finden. Zumindest bekamen wir bei jedem ihrer Besuche diese Bestätigung mitgeteilt. Wie ihre tatsächliche Einstellung war, sollte sich jedoch später zeigen. Jedenfalls hatten wir für uns entschieden, keine Kritik mehr an ihrem Lebenswandel zu äußern. Sollte sie doch das tun, was sie für sich als geeignet erachtete. Viele Mitteilungen über ihre Tagesabläufe erhielten wir eh nicht wobei wir uns aufgrund der vergangenen Jahre auch keine elementaren Veränderungen in ihrem Leben vorstellen konnten. Dafür hatten sich ihre Gewohnheiten im Laufe der Jahre zu sehr manifestiert. Allerdings häuften sich mit der Zeit ihre Anrufe, in denen sie uns ihre überwiegend gesundheitlichen Engpässe mitteilte. Da wir ihr theatralisches Verhalten selbst bei einer gewöhnlichen Grippe kannten, redeten wir ihr meistens gut zu, dass sie sich etwas schonen und nicht noch in diesem Zustand bei Wind und Wetter für belanglose Dinge das Haus verlassen sollte. Die guten Ratschläge dankbar angenommen, war sie bei einem darauffolgendem Anruf einige Minuten später doch nicht mehr zu erreichen, weil sie unbedingt noch ein paar wichtige Besorgungen zu erledigen hatte, wie sie später ihre Abwesenheit erklärte. Ihre ganze Sorge schien in einer drohenden sozialen Isolation begründet. So wurde dann auch ihr Damenkränzchen bei jedem Besuch fürstlich bewirtet, während beim Besuch der eigenen Familie die finanziellen Mittel nur für ein paar Brötchen reichten. Solange sie nach eigenen Aussagen ihre täglichen Bedürfnisse befriedigen konnte, wollten wir uns deshalb auch nicht in ihr Leben einmischen. Dieser Zustand sollte sich aber zukünftig nicht bessern. Dafür jedoch zeichnete nach eigenen Angaben mein Bruder verantwortlich, indem er angeblich bei der Beantwortung behördlicher Schreiben und sonstiger Vorgänge unsere Mutter unterstützte. Er selbst war inzwischen auch wieder verheiratet. Seine neue Frau Dietlinde vermittelte uns bei den ersten Treffen den Eindruck als eine bodenständige und unkomplizierte Person. Somit hatte niemand ein Problem, sie im Kreis unserer Familie willkommen zu heißen. Dennoch war das Verhältnis zu meinem Bruder irgendwie auch weiterhin eigenartig kühl. Die menschliche Distanz, die sich im Laufe der Jahre allmählich aufgebaut hatte, war zur unüberwindbaren Hürde geworden. Man stand zwar in ständigem Kontakt zueinander, aber es fehlte mir bei Gesprächen und Besuchen eine gewisse Herzlichkeit seinerseits, die ein handelsübliches und gutes familiäres Verhältnis ausmachte. Weil man in allen anderen Belangen offen und scheinbar ehrlich miteinander umging, wollte ich mir um solche Dinge auch nicht den Kopf zerbrechen. Man musste ihn halt entsprechend seines Verhaltens akzeptieren. Was allerdings schon hin und wieder Anlass zum Nachdenken gab, waren die Geburtstage meines Bruders, zu denen neben meiner Mutter lediglich die Familie seiner Frau eingeladen war. Meine Mutter wiegelte meine stillen Vorwürfe mit der Begründung der zu kleinen Wohnung ab, in der nicht ausreichend Platz für alle vorhanden wäre. Komisch, dass es immer nur für eine Seite der Familie und dann noch für die eigene an Platz mangelte. Auf Einladungen zu unseren Geburtstagen bekamen wir von meinem Bruder jedenfalls immer eine Absage, weil er gerade zu arbeiten hatte. Davon kann jeder halten, was er will. Meine Mutter ergriff bei der kleinsten Kritik sofort Partei für sein Verhalten und begründete es mit der ständigen Wechselschicht, die der arme Junge ertragen musste.

Also hält man besser nach dem zweiten Mal den Mund und denkt sich seinen Teil dazu. Aber selbst meine Mutter klang in ihren Anrufen nach den Feiern bei meinem Bruder enttäuscht. Sie hätte alleine auf der Couch sitzen müssen, während alle anderen den Abend am Esstisch zugebracht hätten. Tatsache war, wie sich später herausstellte, dass sie auf eigenen Wunsch aus ihrer devoten und arschkriecherischen Mentalität heraus den abseits gelegenen Platz gewählt hatte. Eine Parallele zu Oma Hilde war unverkennbar, hatte diese doch in früheren Zeiten die gleichen Wesensarten an den Tag gelegt. Erst ein berufsmäßiger, anerzogener Verzicht und dann die unbegründeten Beschwerden hinter dem Rücken der Betroffenen. Diese Angewohnheit war bei der weiblichen Bevölkerung meiner Familie mütterlicherseits bereits seit Urzeiten zur Tradition geworden. Da war die väterliche Seite nebst Verwandtschaft aus einem ganz anderen Holz geschnitzt. Zumindest wussten wir allmählich, wie wir uns in ähnlichen Situationen verhalten mussten. So war es Usus, dass bei der Frage nach irgendwelchen Wünschen bei einer Feier meine Mutter immer solange wartete, bis jeder bedient worden war, um dann mit leidiger Miene aufmerksam zu machen, dass ihr Glas leer wäre. Gleichzeitig verstand sie es im Anschluss an ihren Hinweis, den Gastgebern hinsichtlich ihres "Fehlverhaltens" ein schlechtes Gewissen einzugestehen, indem sie sich mit gesenktem Blick selbst teilweise auf den Weg zum Kühlschrank machte, um sich zu versorgen. Anfänglich sprangen wir noch auf ihre Wünsche an, doch es kam der Zeitpunkt, an dem ich restlos bedient war und sie höflich aufforderte, sich bei unserer Frage nach irgendwelchen Wünschen nicht lange bitten zu lassen und diese zusammen mit den übrigen Gästen gleichzeitig zu äußern, um sich unnötige Wege zu ersparen und die laufenden Gespräche damit nicht ständig zu unterbrechen. Auf diese in ihren Augen ungerechtfertigten Maßregelung erfolgte dann das allgemein bekannte Zeremoniell der Tabletteneinnahme und das Aufsuchen der Schlafstatt, um am nächsten Morgen komischerweise zufrieden und glücklich über den vergangenen Abend beim Frühstück zu resümieren.

Man musste sie schon zu nehmen wissen, weil man mittlerweile aufgrund ihres bisherigen Verhaltens ständig damit rechnen musste, bei Außenstehenden nach möglichen hanebüchenen Erzählungen und Wehklagen als nachlässig und unhöflich zu erscheinen. Mit Zurückhaltung und einer gewissen Reserviertheit ihr gegenüber fanden wir die Problematik für die Zukunft am einfachsten gelöst. Das beinhaltete eine Reduzierung der Besuche, um nicht für neuen Zündstoff oder künstlich herbeigeführte Konflikte zu sorgen und die Rechnung schien aufzugehen.

Bei weiteren zukünftigen Anrufen meiner Mutter war immer deutlicher zu spüren, dass sie aufgrund dringend gewordener Anschaffungen in eine finanzielle Schieflage geraten war. Kein Wunder: die jahrelangen ausschweifenden Orgien römischen Ausmaßes hatten ihre Spuren hinterlassen und irgendwann war auch das dickste Bankkonto einmal aufgebraucht. Ihre besten Freundinnen hatten sich nach und nach verabschiedet, so dass sie sich jetzt mehr oder weniger frustriert nur noch den täglichen einsamen Shoppingtouren widmen konnte. Die waren nach unserem Ermessen weiß Gott nicht notwendig, aber wenn es ihre einzige Lebensfreude darstellte, wollten wir auch nicht dagegen sprechen, weil dies wieder zur Folge gehabt hätte, sie in noch tiefere Depressionen zu stürzen wobei sie unsere gutgemeinten Ratschläge eh in den Wind geschlagen hätte. Es machte allmählich den Anschein, dass meine Mutter sich nicht mehr selbst beschäftigen konnte, doch der Hinweis auf einen gemütlichen Nachmittag unter Gleichaltrigen, z.B. von der Kirchengemeinde angeboten, wurde entrüstet zurückgewiesen. Dann musste sie sich eben in ihr Schicksal ergeben. Mein Bruder hatte ebenfalls wenig Verständnis für unsere Einmischung, wie es ihm von Mutter übermittelt worden war. Ich fand schon damals sein Verhalten als höchst ignorant und nicht zum Wohle unserer Mutter. Die brauchte nun mal den bekannten Tritt in den Hintern, um aus ihrer Lethargie zu erwachen. Wenn aber nicht alle Beteiligten an einem Strick ziehen und sich uneins sind, ist eine solche Aktion von vornherein zum Scheitern verurteilt. Sollte sie sich weiterhin selbst bemitleiden und sich dem Alkohol und ihren lebensnotwendigen Schlaftabletten hingeben. Spätestens jetzt schien fachärztliche Betreuung und Unterstützung durch einen Psychologen dringend angeraten, aber gegen den Willen einer beratungsresistenten Person würden auch diese Bestrebungen im Sande verlaufen, wie uns auf Anfrage mitgeteilt wurde. Wir konnten also nur hoffen, dass mein Bruder seine Meinung ändern und gemeinsam mit uns das Problem angehen würde. Viel zu sehr mit sich und seinen Problemen beschäftigt, die durch ein offensichtliches Alkoholproblem seiner Frau Dietlinde hervorgerufen schienen, konnte man von ihm erst recht keine brauchbaren Lösungsvorschläge erwarten. Aufgrund ihrer ursprünglichen Langeweile und der damit verbundenen Einsamkeit, die seine Schichtdienste verursachten und aktuell mit ihrer plötzlichen Überforderung wegen des mittlerweile vorhandenen Nachwuchses, hatte er in seiner Ehe eine Vielzahl von Baustellen abzuarbeiten. Ein klarer Fall von Lebensunfähigkeit, wenn man als erwachsene Frau in den Dreißigern bei jeder Kleinigkeit zu Boden geht. Da er wohlwissend meiner Kritik die unangenehme Situation nicht ansprach, verdrängten auch wir diese Thematik und wendeten uns den wichtigen Dingen des Lebens zu.

Die bestanden in der mittlerweile kriselnden Ehe unserer Tochter. Hatte jahrelang alles vorzüglich funktioniert, bemerkte man zunehmend eine gewisse Distanz zwischen den Eheleuten. Obwohl wir in unserer kleinen Gemeinschaft immer auf freundschaftlicher Basis über alle Probleme reden konnten, fiel ihr in bestimmten Situationen das Outing ihrer Bedürfnisse verständlicherweise trotzdem schwer. Irgendwann vertraute sich unsere Tochter doch meiner Frau an, dass sie durch Internet- Chats jemanden kennengelernt habe, mit dem sie sich einen Neuanfang vorstellen könne. Abgesehen von der Tatsache, dass sich unser Schwiegersohn nach wie vor aufopferungsvoll um seine Familie kümmerte, wollten wir nicht überstürzt dieses Vorhaben unterstützen und versuchten, weitere Gründe dafür zu erfahren, um uns so ein besseres Bild machen zu können. Manchmal bedarf es keiner großen Ursache, um einen derartigen Entschluss zu fassen. Wir waren jedenfalls damals davon überzeugt, dass unsere Tochter den Ihren nicht einfach aus einem Bauchgefühl heraus gefasst hatte. Als dann einige Tage später unser Schwiegersohn bei uns erschien und um ein vertrauliches Gespräch bat, ahnten wir schon, dass wirklich etwas Gravierendes passiert sein musste. Auf seine Vermutungen hin, dass ein anderer Mann im Leben unserer Tochter eine gewisse Rolle spielen könnte, versuchten wir zunächst die Situation zu beruhigen, obwohl wir den Grund bereits kannten. Nichts desto trotz sollte aber nicht der Eindruck vermittelt werden, dass die Beziehung vor dem Scheitern stand, zumal er sich keine berechtigten Vorwürfe hinsichtlich seines Verhaltens zu machen hatte. Wir steckten also in der Zwickmühle! Einerseits sollte das eigene Kind glücklich sein - andererseits entsprach es nicht unseren Vorstellungen, für ein paar im Internet geführte Chats eine langjährige Ehe aufs Spiel zu setzen. In weiteren Gesprächen mit Birte erfuhren wir dann, dass es sich bei besagter Person um einen verheirateten Mann handelte, der ebenfalls aus welchen Gründen auch immer in seiner jetzigen Beziehung mit einem Kind unglücklich sei. Außerdem sei er gutsituiert, was bei uns die Alarmglocken schrillen ließen. Wie kann man einen offenbar geliebten Menschen zur Erfüllung seiner überzogenen finanziellen Wünsche einfach abservieren? Zumal unser Schwiegersohn über ein monatliches Einkommen verfügte, dass der Mehrheit der arbeitenden Bevölkerung Freudentränen in die Augen getrieben hätte. Da das gemeinsame Haus über zwei separate Wohnungen verfügte, schlugen wir als "neutrale Beobachter" eine vorübergehende Trennung vor, damit man sich in aller Ruhe über irgendwelche unüberlegten Schritte und auch die vergangenen glücklichen gemeinsamen Zeiten Gedanken machen konnte. Im Nachhinein betrachtet, war dies gar nicht die Absicht unserer Tochter. Sie war auf diesen Typen derart fixiert, dass sie für ein Blind Date ohne Rücksicht auf die Familie eine weite Fahrstrecke auf sich nahm , um ihre neue Eroberung kennen zu lernen. Erschrocken über dieses Verhalten, versuchten wir unsere Tochter zur Vernunft zu bringen. Das Einzige, was wir erreichten, war ihre zunehmende Abneigung gegen uns und unsere Bedenken.

Heiratsvermittlungen gab es ja eigentlich schon seit ewigen Zeiten. Aber dass man sich nach einigen Telefonaten mit einem Fremden direkt zu intimen Kontakten hinreißen ließ, ging für mich weit über den guten Geschmack hinaus - vor Allem, wenn man in einer festen Beziehung mit Kindern stand. So etwas setzt man nicht aus einer Laune heraus leichtsinnig aufs Spiel, es sei denn, man ist absoluter Egoist und denkt nur an eigene Vorteile. Die weitere Entwicklung sollte mich in meiner Meinung bestärken, dass Birte - vorsichtig ausgedrückt - auch zu diesem Personenkreis gehörte. Wer dieses widerwärtige Verhalten als einen einmaligen Ausrutscher ansah, wurde jedoch eines Besseren belehrt. Statt sich mit dem Partner auszutauschen und über möglich begangene Fehler zu reden, kühlte das Verhältnis zwischen den beiden immer weiter ab, wobei unser Schwiegersohn alles Menschenmögliche zu dessen Rettung versuchte. Birte blockierte, wie es schon immer ihre Art war und ließ kein klärendes Gespräch zu. Das erinnerte mich an die Ignoranz meines Vaters bei vorangegangenen Situationen für die ich mich ohne sie ausgelöst zu haben, entschuldigen sollte. Irgendwann hatte auch unser Schwiegersohn resigniert und sich in sein Schicksal ergeben.

Birte schien alles egal zu sein, wie sie ihre Familie brüskierte und verletzte. Für sie war nur eins wichtig: Die Orientierung in Richtung Reichtum. Deshalb ließ sie auch keine Gelegenheit aus, andere Bekanntschaften einzugehen, von denen sie sich eine gleichwertig abgesicherte Zukunft versprach. Ein Leben mit Putzfrau und Nobelkarosse, dazu jede Menge Zeit und Geld für Shopping und anderer angenehmer Aktivitäten sollte sie künftig ausfüllen. Irgendwie sprang der Auserwählte nicht richtig auf ihre anbiedernde Masche an und so war ihr Traum wie eine Seifenblase irgendwann geplatzt - zumindest unseres Wissens nach. Weitestgehend verschlossen und auf eine Art bockig wie eine Pubertierende erfuhren auch wir nichts mehr von weiteren Plänen, weil wir ja zu den Bösen gehörten, die ihr das Glück nicht gönnten. Unser Schwiegersohn stand indessen weiterhin in normalem Kontakt zu uns, aber bei vereinzelten Treffen wurde uns schon klar, dass er über kurz oder lang endgültige Entscheidungen fällen würde wie den Rückumzug in seine Heimatstadt. Wir saßen wieder einmal zwischen den Stühlen, wollten aber unter keinen Umständen durch ständige moralische Vorwürfe unser Kind entfremden, doch andererseits tat uns der Schwiegersohn ebenfalls leid, weil ihn überhaupt keine Schuld an dieser Misere traf, so zumindest nach Aussage unserer Tochter. Eine bessere Entscheidung wäre damals die Abkehr von unserer Tochter gewesen, um ihr deutlich zu zeigen, dass nicht immer die eigenen moralisch verwerflichen Interessen im Vordergrund stehen. Noch in der Zeit, als unser Schwiegersohn die obere Wohnung im gemeinsamen Haus mit seiner Tochter bezog, wurde uns sein Nachfolger vorgestellt. Michael, ein ebenfalls geschiedener Mann aus unserer Stadt mit einer 11-jährigen Tochter. Der erste Eindruck bestand aus gemischten Gefühlen. Eine gewisse Zurückhaltung beim ersten Treffen gegenüber uns war ein durchaus plausibles Verhalten. Auch die spärlichen Aussagen in Bezug auf seine Person ließen die Vermutung zu, dass er etwas zu verbergen hatte. Als dann in den nächsten Wochen immer mehr Mobiliar die Wohnungen wechselte, sahen wir doch die Zeit gekommen, unsere Tochter auf das Thema anzusprechen. Sie zeigte mal wieder keinen Arsch in der Hose, um dem Mann klar zu machen, dass eine gemeinsame Wohnung vorerst für sie nicht in Frage käme. Die Situation wusste er für sich auszunutzen, hatte er doch bislang in einer eher sozial schwachen Wohngegend gelebt. Dieses Verhalten des Mannes Birte zu verdeutlichen, war andererseits auch nicht unsere Aufgabe und es dauerte nicht lange, bis der Neue mit Sack und Pack bei ihr eingezogen war und seine eigene Wohnung, nicht gerade ein Vorzeigestück, kündigen konnte. Selbst als nur mittelbar Betroffene war es für uns ein etwas komisches Gefühl, abends bei unserer Tochter zu sitzen und auch mit Michael zu plaudern, wenn zwischendurch die Tür aufging und unser Schwiegersohn Guido sich aus irgendwelchen Gründen blicken ließ, um mit seiner Nochehefrau einige Dinge zu klären. Für uns eine beklemmende Situation, aber solange die eigentlich Betroffenen scheinbar vernünftig mit dem Zustand umgingen, sollten von unserer Seite auch keine Einwände oder Bedenken geäußert werden. Schon nach kurzer Zeit führte sich Michael wie der Herr im Hause auf. Er nahm Guido im wahrsten Sinne des Wortes das Heft aus der Hand und maßregelte ihn bei jeder Gelegenheit. Dass dieser keine angemessene Reaktion zeigte, machte uns deutlich, dass er mit der ganzen Situation innerlich abgeschlossen hatte. Der Tag seines Auszuges kam näher und Michael konnte gewissermaßen triumphieren, das Terrain kampflos übernommen zu haben. Dieses bislang ungewohnte Verhalten ließ uns ihm gegenüber etwas auf Distanz gehen. Umgehend unterrichtete er uns von seinen Plänen zur Umstrukturierung des Hauses. Was der Mann da vorhatte, würde eine schöne Stange Geld kosten. Aber woher nehmen, wenn nicht stehlen? Laut seiner Aussage war er ausgebildeter Autoschrauber, hatte aber nach der Ausbildung diesen Beruf nicht weiter ausgeübt, sondern sich mit verschiedenen Tätigkeiten über Wasser gehalten, womit aufgrund fehlender Festanstellung kein monatliches Fixum zu erwarten war. Momentan stand eine Ausbildung als Alten- bzw. Familienpfleger auf dem Tableau, wobei die öffentliche Hand zusätzliche Unterstützung gewährte und er davon auch keine großen Sprünge machen konnte. Unsere Tochter hatte während ihrer Ehe nie arbeiten müssen, so dass für sie allmählich ein Umdenken angesagt war. Wo waren ihre Träume vom Jungen auf dem weißen Pferd geblieben? Mit dem da konnte sie jedenfalls keinen Staat machen, wie sie es sich eigentlich wünschte. Die beiden schienen sich trotz der vorprogrammierten Probleme auf eine gewisse Art und Weise zu arrangieren in dem sie einen 400 Euro Job annahm. Natürlich blieb das Geld knapp und die hochtrabenden Pläne ihres Neuen wurden notgedrungen erst einmal auf Eis gelegt. Über das allgemeine Verhalten Michaels konnte man sich auch weiterhin grundsätzlich nicht beklagen. Seine Hilfsbereitschaft lag manches Mal schon über der Norm des Erträglichen. Auch ohne Bitte um Unterstützung stand er plötzlich da und packte mit an, was ab einem gewissen Grad fast lästig schien. Die Tatsache, dass ich durch meinen Bandscheibenvorfall auch nicht mehr über die Mobilität und Belastbarkeit vergangener Jahre verfügte, rang mir dennoch eine gewisse Dankbarkeit ab.

Nach erfolgreich abgeschlossener Ausbildung erhielt er dann in einer hiesigen Einrichtung einen Teilzeitjob, der die Lebensqualität etwas steigerte, aber von einem dauerhaft sicheren und ausreichendem Einkommen weit entfernt war. Alles sollte seine Zeit brauchen, war unser Gedanke. Wichtig war nur, dass die Bereitschaft zur Arbeit weiterhin vorhanden blieb. Indessen waren von ihm mehrere Projekte in Angriff genommen worden, die sich aufgrund der finanziellen Lage wie von uns vorausgesehen zeitlich in die Länge zogen. Nichts wurde so richtig fertig und eine Baustelle reihte sich an die nächste. Mit der Ordnung war es bei ihm wie auch bei unserer Tochter ebenfalls nicht weit her. Bei etlichen gemeinsamen Grillnachmittagen mussten erst jede Menge Unrat und herumliegende Utensilien beiseite geräumt werden, um eine einigermaßen gemütliche Atmosphäre zu schaffen. Wenn die grund-legenden Dinge des Lebens wie etwa ein ausgeprägter Ord-nungssinn bei den Erwachsenen nicht funktionierten, wie soll-ten es dann die Kinder bei diesen Vorbildern lernen. Auch jetzt hatte unsere Tochter schon nach kurzer Zeit an Michaels Tochter einiges zu bemängeln. Es fing also schon wieder wie in der letzten Beziehung an. Wenn es dann die Erwachsenen nicht schaffen, sich abzusprechen und an einem Strang zu ziehen, ist die harmonische Zukunft gerade in einer Patch-workfamilie zum Scheitern verurteilt. Es ist schlicht in den meisten Fällen gelogen, dass alle Kinder gleichermaßen von beiden Elternteilen geliebt würden. Das eigene Kind hat bei seinem jeweiligen Elternteil grundsätzlich einen bestimmten Bonus und wird vor der Kritik des anderen Teils beschützt. Dieses Verhalten kann auf Dauer nicht gut gehen, weil Kinder unter derartigen Voraussetzungen höchstens eine gesteigerte Abneigung zu ihren Halbgeschwistern aufbauen. Sie fühlen sich irgendwann als Fremdkörper und versuchen durch über-steigerte Anhänglichkeit zu ihrem Elternteil , sich den ande-ren gegenüber einen Vorteil zu verschaffen, was wiederum die anderen verständlicherweise zu ähnlichen Reaktionen ani-miert. Irgendwann hat sich die Situation derart hochge-schaukelt, dass eine Eskalation die logische Folge darstellt. Trotzdem gingen wir in gewisser Hinsicht von einer gütlichen Einigung aus, da schließlich beide Elternteile zumindest vom Alter her über den erforderlichen Weitblick verfügen sollten.

Marius musste in der Zwischenzeit sein heißgeliebtes Fuß-ballspiel aus gesundheitlichen Gründen an den Nagel hängen. Spätestens bei seiner zweiten schwerwiegenden Verletzung an der Kniescheibe und der daraufhin notwendig gewordenen Operation kam bei ihm die Einsicht, dass bei weiterer Aus-übung seines Hobbys bleibende körperliche Einschränkungen vorprogrammiert waren. Trotzdem wurden die bisherigen Kontakte so gut es ging weiterhin gepflegt. Mit zunehmender Zeit schliefen jedoch auch hier die meisten Beziehungen zu-mindest in ihrer Intensität ein, zumal die Jungs an einem Punkt angelangt waren, wo Mädels ins Spiel kamen, für die man eine Menge Zeit investieren musste. Nach mehreren kurzen Liebschaften wurde uns dann die zukünftige Schwiegertochter vorgestellt- Nina, ein überaus hübsches und nettes Wesen, wohlerzogen und anfänglich verständlicherweise etwas zurückhaltend. Trotz aller Flausen in dem Alter sollte uns das Gefühl nicht trügen, dass der Junge die Liebe fürs Leben gefunden hatte. In ihrem Elternhaus herrschte ein ziemlich strenges Regiment, was mich an meine Jugend erinnerte. Obwohl zeitlich und erziehungstechnisch gesehen dazwischen Welten lagen, waren doch die eine oder andere Parallele deutlich zu erkennen. Die Beziehung hatte nun schon einige Monate Bestand und immer noch beharrten die Eltern auf pünktliches allabendliches Erscheinen zu einer Zeit, wo manche 17-jährige den Aufstand geprobt hätte. Wir waren in dieser Hinsicht wesentlich toleranter und konnten deshalb nicht wirklich diese schroffen Entscheidungen der Eltern nachvollziehen, die offenbar keine Widerrede oder Einwände duldeten. Auch wenn sich Eltern gerade bei heranwachsenden Töchtern Sorgen um deren Umgang machten, fanden wir keine Rechtfertigung für dieses Handeln. Vielleicht würde eine Einladung der Eltern dazu führen, dass sie ihre Tochter in einer grundsoliden Umgebung und Familie wussten und beruhigter mit der Situation umgehen konnten. Die gemeinsame Grillfete lief eigentlich recht harmonisch ab, wenn man zu diesem Zeitpunkt überhaupt von Harmonie reden konnte. Spätestens ab diesem Zeitpunkt sollte es aber für ihre Eltern keinen Grund mehr geben, das Verhältnis der Jungverliebten mit Sorge zu betrachten. Doch was eine gegenseitige Übernachtung betraf, war es einerseits das gemeinsame Kinderzimmer, das sich die junge Frau mit ihrer kleineren Schwester teilen musste und andererseits die nach wie vor sture Einstellung der Eltern, die diesen Wunsch der beiden zum Scheitern brachten. Immerhin hatten wir das Thema von einem gemeinsamen Wochenende in Belgien auf den Tisch gebracht und zu unserem Erstaunen keine Ablehnung erfahren müssen. Zu fünft, also meine Tochter mit ihrem Neuen, mein Sohn mit Freundin und ich wollten wir noch einmal die Wallonie unsicher machen.

Peggy wollte sich an diesen Tagen um unsere Enkel und die Hunde kümmern, zumal ihr das Interesse an einem Wiedersehen mit unserer ausländischen Heimat fehlte. Nina war von dem Vorhaben total begeistert, als sie von den unzähligen Einkaufsmöglichkeiten erfuhr und auch Birte stand die Freude ins Gesicht geschrieben. Also buchte ich nach dem Einverständnis der Eltern entsprechende Zimmer, überwies die geforderten Anzahlungen und zählte wie die anderen die Tage bis zur Abreise. Nina und Marius sparten sich durch eine Nebenbeschäftigung einen soliden Geldbetrag an, der am besagten Wochenende gnadenlos auf den Kopf gehauen werden sollte. Vierzehn Tage vorher entsprachen die Eltern erstaunlicherweise Ninas Wunsch, bei uns übernachten zu dürfen. Als Nina am nächsten Tag um die Mittagszeit mit total rotgeweinten Augen ins Wohnzimmer kam, konnten wir uns ausrechnen, was passiert war. Der Vater hatte sie am Telefon regelrecht fertig gemacht und ihr deutlich zu verstehen gegeben, dass sie umgehend zu Hause zu erscheinen hatte. Den geplanten Ausflug nach Belgien hatte er komplett gestrichen und zusätzlich wurde im gleichen Atemzug ein länger dauernder Hausarrest angekündigt. So kann man mit einer 17jährigen, die nichts Verbotenes getan hatte, unmöglich verfahren. Als auch zahlreiche Beteuerungen am Telefon keinen Stimmungswechsel hervorriefen, boten wir ihr an, bis zur geplanten Reise bei uns zu bleiben, um aus der Schusslinie zu gelangen. In diesem Zusammenhang erfuhren wir dann auch von ihr, dass sie in der Vergangenheit in gleichartigen Situationen öfters körperlicher Gewalt ausgesetzt war.

Die Eltern machte Ninas Entscheidung, vorerst bei uns zu bleiben umso wütender und in den nächsten Tagen erschien eine uns fremde männliche Person auf unserem Grundstück, die uns unter Gewaltandrohung nötigte, uns aus der Angelegenheit heraus zu halten da uns dies nichts anginge und das Kind umgehend seinen Eltern zuzuführen wäre. Davon unbeeindruckt forderten wir ein sofortiges Verschwinden und verwiesen auf die Möglichkeit einer polizeilichen Inanspruchnahme. Tatsächlich klingelten ein paar Tage später drei Beamte der Kriminalpolizei an unserer Tür und teilten uns mit, dass wir nicht berechtigt wären, dem Mädchen entgegen den Wünschen ihrer Eltern Unterkunft zu gewähren. Unsere Hinweise auf die Gesamtsituation zeigte bei den Beamten keinerlei Reaktion und man wollte das Mädel notfalls unter Polizeigeleit nach Hause bringen. Wie wir erst später erfuhren, handelte es sich bei einem der Beamten um einen Bekannten des Vaters, der uns in großkotziger Manier Angst einjagen wollte bzw. sollte. Damit stand für uns der nächste Schritt fest: der Gang zum Jugendamt. Dort wurde uns von der zuständigen Sachbearbeiterin mitgeteilt, dass aufgrund der fast erreichten Volljährigkeit Nina ein Aufenthaltsbestimmungsrecht ausüben konnte, wovon sie auch unverzüglich Gebrauch machte. Die darauf folgenden Drohungen aus dem Elternhaus, dass man sie spätestens an der Grenze verhaften lassen würde, riefen bei uns nur ein müdes Lächeln hervor, obwohl das Mädchen immer weiter verunsichert wurde. Dummerweise hatte sie nicht mit der jetzigen Entwicklung der Geschehnisse gerechnet und deshalb den größten Teil ihres gesparten Geldes zu Hause deponiert. Dennoch schafften wir es zusammen mit Birte, sie mit den nötigen finanziellen Mitteln und auch mit einigen Kleidungsstücken auszustatten, da sich ihre eigenen ebenfalls zum größten Teil in der elterlichen Wohnung befanden. Der Telefonterror durch Ninas Eltern hielt in der Zwischenzeit unvermindert an, was uns aber in der Meinung bestärkte, richtig gehandelt zu haben.

Das Wochenende in Belgien wurde dann trotzdem ein voller Erfolg. Nach unserer Rückkehr wurde noch am gleichen Tag eine Grillfete veranstaltet, zu der etliche gemeinsame Freunde von Marius und Nina eingeladen waren. In den nächsten Wochen erlebten wir eine fast unnatürliche Ruhe, die nur hin und wieder durch obligatorische Anrufe der Verwandtschaft des Mädels unterbrochen wurde. Mittlerweile hatte Nina dem Einwohnermeldeamt unsere Adresse als ihren neuen Wohnsitz mitgeteilt und auf Anraten des Jugendamtes die Zahlung des jetzt ihr zustehenden Kindergeldes beantragt, welches ihr nach den üblichen Bearbeitungszeiten schließlich auch zugesprochen wurde, obwohl ihre Eltern alles men-schenmögliche daran setzten, ihren Anspruch darauf hinaus zu zögern.

Neben ihrem Schulbesuch sorgte sie noch für ein kleines Zubrot in Form eines 400 Euro Jobs, damit sie sich allmählich wieder vernünftig einkleiden konnte. Die Herausgabe ihrer persönlichen Gegenstände wurde immer noch von den Eltern blockiert. Sie hatten mittlerweile auch einen Rechtsanwalt eingeschaltet, um ihre Tochter weiter zu diskreditieren. Die einzigen Verwandten, die noch zu ihr standen, waren ihre Großeltern väterlicherseits, die zum Rest der Sippe ebenfalls ein gespaltenes Verhältnis hatten und weitab im hohen Norden lebten. Sehr nette Leute, wie man schon beim ersten Besuch feststellen konnte, denen vom Rest der Familie in der Vergan-genheit auch übel mitgespielt wurde.

Nachdem Nina nun fortwährend an ihrer Arbeitsstelle von den Eltern und Großeltern mütterlicherseits gemobbt wurde, beschloss sie, den Job an den Nagel zu hängen und sich aus-schließlich auf den bevorstehenden Schulabschluss zu kon-zentrieren. Bei einer Heimfahrt von der Schule kam es dann zu einem Unfall, bei dem die Ärmste so unglücklich vom Fahrrad stürzte und langwierige Verletzungen davontrug. Mit diesen Unfallfolgen nahm der Behördenirrsinn seinen Lauf!

Weil der Schulweg unfallrechtlich durch die zuständige Berufsgenossenschaft bzw. die Unfallkasse des Bundeslandes abgesichert ist, wurden von deren Seite Einschränkungen be-züglich der ärztlichen Folgeversorgung vorgeschrieben. Mit anderen Worten war eine Behandlung durch den Hausarzt untersagt. Die Praxis des für die Behandlung zugelassenen Arztes befand sich in einer Entfernung von einigen Kilo-metern. Somit wurden zwei Fragen aufgeworfen: Wie sind die anberaumten Termine in logistischer Hinsicht zu bewältigen und noch viel wichtiger war die finanzielle Regelung. Von der schmalen Unterstützung zum Lebensunterhalt war es kaum zumutbar, für sämtliche Fahrkosten in Vorleistung zu treten. Es stand eben nicht rund um die Uhr jemand parat, um die Fahrten übernehmen zu können und bei der Vielzahl der anfänglichen Termine war die jeweilige Inanspruchnahme eines Taxis hinsichtlich der finanziellen Möglichkeiten ebenfalls nicht gegeben. Obwohl wir unter Hinweis auf diese Umstände mehrere Anfragen an die zuständige Unfallkasse richteten, wurde, wenn wir überhaupt eine Antwort erhielten, abschlägig entschieden. Ein zwischenzeitig eingeschalteter Rechtsanwalt erreichte auch nicht den erhofften Durchbruch. Der behandelnde Durchgangsarzt in direkter Nähe des Krankenhauses verweigerte teilweise eine Behandlung unter dem Vorwand, dass im anliegenden Krankenhaus genügend Fachpersonal zur Verfügung stünde und er für eine länger andauernde Weiterbehandlung keine Zeit hätte. Servicewüste Deutschland ! Um den versäumten Schulunterricht nachzuholen, baten wir um Adressen von Nachhilfepersonal. Wieder keine Reaktion seitens der Unfallkasse. Selbst schriftliche Beschwerden gegen die offensichtlich unfähige und überaus arrogante Sachbearbeiterin verliefen im Sande. Es wurden wo immer es möglich war, dem eigentlichen Unfallopfer Steine in den Weg gelegt. Die Unfallkasse bezweifelte zudem mittlerweile die Richtigkeit der Patientenangaben, weil auch hier Ninas Eltern bewusst falsche Informationen gestreut hatten. Von einer Unterstützung, wie es das Gesetz eigentlich vorsieht, konnte keine Rede mehr sein. Auch der Antrag auf Schmerzensgeld zog sich in seiner Bearbeitung endlos hin. Es waren jetzt mittlerweile mehr als zwei Jahre vergangen, bis sich eine Einigung mit der gegnerischen Versicherung abzeichnete. Das Ergebnis war allerdings keineswegs zufriedenstellend. Wegen dieses Ärgernisses gerieten die niederträchtigen Aktivitäten von Ninas Eltern größtenteils in den Hintergrund. Hatte sie damals den Tatsachen entsprechend zur Aussage gegeben, dass sie in der Vergangenheit vor Verlassen des Elternhauses körperlich misshandelt worden war, setzten die eigenen Eltern sie mit einer Gegenanzeige wegen Verleumdung unter Druck. Die vorgerichtliche Anhörung endete mit einer Einstellung des Verfahrens, wodurch trotzdem noch keine Ruhe eintreten sollte. Immer wieder wurde von der Familie versucht, ihr zukünftiges Leben zu zerstören, wozu Rufmord in Reinkultur betrieben wurde. Wer allerdings keine Zeugen für diese Straftat benennen kann, steht in unserem Land auf verlorenem Posten. In überhöhtem Maße engagierte sich Birtes neuer Lover Michael bei Aussagen vor der Polizei, wohl nur um seine vorgetäuschte Loyalität und soziale Einstellung zur Schau zu stellen. Ein bald schon gern gesehener Gast in allen Amtsstuben, weil er ständig die Arbeitsweise des jeweiligen Sachbearbeiters kritisierte. Nach diesen ersten nervenaufreibenden Geschehnissen beruhigte sich die Lage wieder, wobei man sich nie auf der sicheren Seite wähnte, wann und in welcher Form der nächste Akt aufgeführt würde.

Unser Bedarf an unangenehmen Zeitgenossen und negativen Erlebnissen war mehr als gedeckt. Wir trafen uns mit der Familie - oder dem, was davon übrig geblieben war - und prognostizierten uns eine ruhigere Zukunft, weil ja die Talsohle nun endgültig unserer Meinung nach durchschritten wäre. Ein ganz normales Leben mit abwechselnden unbeschwerten Besuchen und einem Streben nach Harmonie, die in den letzten Jahren sehr zu wünschen übrig gelassen hatte. Bis auf alltägliche nebensächliche Lappalien verlief unser Leben zunächst in geordneten Bahnen. Innerlich beunruhigte mich jedoch zusehends das Verhalten von Birtes Gefährten. Eine unübersehbare Dominanz mit Außenwirkung machte sich mehr und mehr breit. Durch Birtes passives Verhalten in seinem Handeln bestärkt ließ er uns das eine oder andere Mal wissen, was für ein toller Hecht er doch in der Vergangenheit gewesen war. Der Mann war also wie ich schon vor geraumer Zeit vermutete mit Vorsicht zu genießen. So wurden die von ihm selbst erzählten Episoden bei geringster Kritik und Nachfrage von mir sofort wieder abgewiegelt, da sie seinen Aussagen zufolge als Jugendsünden zu betrachten seien. In uns festigte sich immer stärker die dunkle Ahnung: Dieser Mensch zeigte deutlich psychopathische Wesenszüge! Auch jetzt noch bewahrten wir offiziell Gelassenheit und harrten der Dinge, die noch kommen würden. Bei einigen Verfehlungen unserer Enkelkinder verstand er es wiederum, sich als großer Erzieher in Szene zu setzen, wobei dies überheblich mit den selbstverständlichen Pflichten eines " Ziehvaters " begründet wurde. Birte zeigte sich von seinen Auftritten völlig beeindruckt, zumal sie in der Vergangenheit ständig bewiesen hatte, jedem Ärger wegen ihrer Feigheit aus dem Weg zu gehen. Obwohl sie genau wusste, dass ich diese Sichtweise keinesfalls guthieß, änderte sich nichts an ihrer Einstellung. Jetzt war wieder jemand da, der ihr die unangenehmen Dinge abnehmen sollte.

Die Fußball - WM stand vor der Tür und jeder freute sich auf gemeinsame Nachmittage oder Abende, um die Spiele der deutschen Nationalelf zu verfolgen. Bei entsprechend schönem Wetter wurde der Fernseher in den Außenbereich verlagert, um bei einem kühlen Bier auf der Terrasse im Garten unsere Mannschaft lautstark anzufeuern. Die enger gewordenen Kontakte zur Familie taten zumindest uns sehr gut und darüber vergaßen wir vielleicht auch etwas die Rücksichtnahme auf die Privatsphäre unserer Tochter. Aber wenn keine Einwände gegen unsere häufigen Besuche laut wurden, mussten wir ruhigen Gewissens davon ausgehen, dass wir nicht als Störfaktor empfunden wurden.

Schon im Vorfeld stellte sich in Gesprächen heraus, dass die finanzielle Lage bei den beiden - zumindest auf absehbare Zeit - nicht unbedingt rosig war. Wie es dann meistens zusätzlich vorkommt, werden zum eh knappen Etat Neuanschaffungen von Haushaltsgeräten oder ähnlichem notwendig, für die man keine Rücklagen gebildet hat. In diesem Sinne zeigte der Fernseher unserer Tochter zunehmend Ausfälle und ich bot mich an, die Vorfinanzierung für ein neues Gerät zu übernehmen, die in erträglichen Raten an mich abgetragen werden könne. Da wir im Gegensatz zu ihr als jahrelange Kunden eines bekannten Versandhauses eine entsprechende Ratenzahlung in Anspruch nehmen konnten, war es mir keine weitere Überlegung wert, den Kindern meine Hilfe anzubieten. Michael setzte natürlich sofort wieder Maßstäbe. Ein Flachbildschirm - größer als unser eigener - musste her. Da von Birte kein Einspruch zu erkennen war, willigte ich ein und bestellte das gewünschte Gerät. Alles war in Ordnung und jeder war glücklich - bis auf Peggy! Sie war der Ansicht, dass man ein großzügiges Angebot nicht ausreizen sollte. Und damit würde sie wieder einmal wie so oft Recht behalten. Ich selbst war zu diesem Zeitpunkt zu sehr ein Gutmensch, als dass ich im Verhalten irgendeines Beteiligten auch nur annäherungsweise eine böse Ansicht vermutete.Trotz meiner selbstgefühlten Menschenkenntnis sollte ich ein weiteres Mal enttäuscht werden.

Irgendwann ergab sich aus einem Gespräch heraus, dass Birte die monatlichen Belastungen für Haus und Nebenkosten über den Kopf wuchsen. Sie war zusammen mit ihrem mittlerweile geschiedenen Mann immer noch Eigentümer der Immobilie und auch Michael war mit seinem Latein zur weiteren Finanzierung am Ende. Mir kam der Gedanke, die obere Wohnung zu vermieten, um dadurch einen Teil der Belastungen aufzufangen. Da das Gebäude jedoch bei weitem nicht den heutigen umweltgerechten Anforderungen entsprach, war es schwer, unter Berücksichtigung der Erfordernisse einen pflegeleichten und dennoch solventen Mieter zu finden. Aus der Not heraus machte Peggy plötzlich den Vorschlag, meine Mutter als Mieter zu gewinnen. Obwohl wir in der Vergangenheit schon öfters den Versuch gestartet hatten, sie zu einem Umzug zu ihrer Familie zu überreden, war dies jedes Mal im Keim erstickt worden. Sie konnte sich nicht aus ihrem vertrauten Umfeld lösen, besser gesagt: Sie wollte nicht! Wenn auch jegliche Logik gegen ihre Ansichten sprach, war es letztendlich immer noch ihre Entscheidung. Trotzdem unternahmen wir jetzt einen letzten Versuch und siehe da: Nach entsprechenden Argumenten schien Mutter tatsächlich bereit, ihr bisheriges Leben hinter sich zu lassen, um näher bei uns und der restlichen Familie wohnen zu können. Von meinem Bruder hatte sie bis dahin eh kaum eine nennenswerte Unterstützung erhalten. Auch ihre zweite Schwiegertochter hielt es äußerst selten für notwendig, sich um sie zu kümmern. Bei unserer räumlichen Nähe war immer jemand für sie erreichbar und Einkäufe oder Arztbesuche konnten mit einem der vier vorhandenen Fahrzeuge problemlos erledigt werden. Da sie vor Jahren meinem Bruder und mir eine Generalvollmacht ausgestellt und Online Banking beantragt hatte, sollten zukünftige Geschäftsvorfälle ebenfalls schnell vom PC erledigt werden können.

Stressfrei geht nicht

Dass für die Durchführung eines perfekten Umzugs gewisse logistische Prozesse erforderlich sind, ist kein Geheimnis. Angefangen mit der Auflistung des Mobiliars über Terminabsprache mit einem Spediteur, dem Säubern der Wohnung, Bestellung eines Sperrmüllcontainers bis hin zu den Meldeformalitäten bedarf es einer sorgfältigen Planung. Hatten wir ja schon bei Opas Umzug erlebt. In der eigenen Wohnung Anzahl und Maße der Möbel zu ermitteln stellt für sich gesehen kein allzu großes Problem dar. Hat man aber für diese vorbereitenden Maßnahmen eine Strecke von 100 Kilometern zu bewältigen, erhält die anfängliche Euphorie schon einen gewissen Dämpfer. Wohl oder übel nimmt man sich kurze Zwangsurlaube, um nicht in den Genuss täglichen Feierabendverkehrs zu kommen. Also ging es früh morgens auf die Autobahn, um in allererster Linie so viel wie möglich an einem Tag abzuarbeiten. Mit Schreibmaterial und Zollstock bewaffnet, machten wir (Peggy, Birte, Michael und ich) Zimmer für Zimmer eine komplette Bestandsaufnahme, um das Gesamtvolumen der anzumeldenden Lademeter zu ermitteln. Da meine Mutter als Einzelperson bis zum letzten Tag in einer viel zu großen und mit schweren Eichenmöbeln bestückten Wohnung residierte, summierte sich die Aufstellung zu einer recht ansehnlichen Liste, wo man von einem preisgünstigen Umzug nicht mehr sprechen konnte. Den finanziellen Mitteln meiner Mutter Rechnung tragend, planten wir, einen möglichst großen Teil in Eigenregie zu transportieren. Eigentlich war es den vollmundigen Versprechungen Michaels zufolge kein Problem, die Kosten für einen Umzug in Grenzen zu halten. Waren doch schon von seiner Seite Absprachen mit etlichen seiner guten Bekannten getroffen, die allesamt ohne Bezahlung ihre Hilfe anbieten würden. Allerdings handelte es sich hier wieder nur um blosse Schaumschlägerei. Diese Aussage erwies sich wieder einmal mehr als ein Griff in die sogenannte Kloschüssel. Aus der entstandenen Not heraus ließ ich mein eigenes Organisationstalent wieder aufblühen. Einen passenden Anhänger zu mieten und selbst in die Hände zu spucken, war immer noch wesentlich kostengünstiger als die Profis zu beauftragen. Wenn man dann auch noch das Glück hat, kostenlose Umzugskartons zu ergattern, ist das die halbe Miete. Von meiner Mutter wusste ich, dass sich bereits Interessenten für eine Nachvermietung eingefunden hatten. Anfänglich sollten sämtliche Möbelstücke, für die keine Verwendung mehr bestand, in der Wohnung verbleiben und von den Nachmietern übernommen werden. Inwieweit Mutter uns aufgrund ihres durch jahrelangen Alkohol- und Medikamentenmissbrauchs getrübten Verstandes mit Fehlinformationen versorgte, offenbarte sich uns erst später. Während wir bei der nächsten Tour die ersten Kartons packten, rannte Mutter planlos vor unseren Füssen herum und jammerte ständig, dass sie nach dem Einpacken nichts mehr in der Wohnung hätte. Um in Ruhe arbeiten zu können, gaben wir ihr zur Aufgabe, ihre Kleidungsstücke auf ein gesundes Maß zu reduzieren, weil im zukünftigen Schlafzimmer neben dem XXL- Bett, diversen Kommoden und anderem Krimskrams beim besten Willen der Platz für zwei 6-türige Kleiderschränke nicht mehr ausreichte. Was in den Schubladen ihrer zahlreichen Schränke alles zum Vorschein kam und jahrzehntelang gehütet worden war, hätte mehrere Stände auf dem Flohmarkt füllen können. Auch jetzt wollte sie sich nur schweren Herzens von Stücken trennen, die allein schon aufgrund ihres Zustandes nicht einmal einen Schrotthändler hinter dem Ofen vorgelockt hätten. Am späten Nachmittag war der Anhänger bis unters Dach vollgestopft mit Kartons und kleineren Möbelstücken. Bis zur nächsten Tour bat ich meine Mutter, sich mit der Wohnungsverwaltung in Verbindung zu setzen, um sich bestätigen zu lassen, was in der Wohnung verbleiben konnte.

Ein paar Tage später beim Ortstermin auf das Restmobiliar angesprochen, wusste sie nichts von einer Absprache mit Nachmietern, die sich wohl auch anders entschieden hätten. Es wären so viele Interessenten zu einer Wohnungsbesichtigung erschienen, was sie gänzlich verwirrt habe. Tatsächlich sollte es keine anderen Interessenten gegeben haben und die Absprache mit der ersten Familie hatte eigentlich immer noch Bestand. Zum Zeitpunkt der Umzugsvorbereitungen wäre diese Information sicherlich von Vorteil gewesen. Im Nebel herum zu stochern, war absolut nicht mein Ding; aber wen sollte man in der Firma an einem Samstag erreichen. Also kam Plan B zum Tragen. Ich bestellte einen möglichst großen Container, um den ganzen Unrat zu entsorgen weil ich auch keinen Bock mehr auf weitere Nachforschungen hatte. Mein Bruder indes hielt sich aus dem ganzen Geschehen vornehmlich heraus.. Die einzige Unterstützung, die ich hierzu bei einem Anruf von ihm erhielt, war der Tipp, im Internet nach einer Entsorgungsfirma zu suchen. Was für ein helles Köpfchen! Das war mir auch schon selbst eingefallen. Auf die Idee zu kommen, sich vielleicht in einem Anfall unendlicher Güte für eine Stunde ans Telefon zu setzen um aus den Inseraten der örtlichen Zeitung ein paar Gespräche mit den offerierenden Firmen zu tätigen, schien ihm offenbar zu aufwändig als dafür seine kostbare Zeit zu verplempern. Bei den eigentlichen Arbeiten vor Ort glänzte er selbstverständlich ebenfalls durch Abwesenheit, die von meiner Mutter mal wieder mit seiner unglaublich stressigen Berufstätigkeit entschuldigt wurde. Wollte es sich die gute Frau eigentlich nicht eingestehen, dass sie jahrzehntelang einen faulen Sack großgezogen hatte?

Nachdem wir in der Wohnung bei insgesamt vier Touren fast 50% des Umzugsgutes abgefahren hatten, sollten bei der eigentlich letzten Fuhre die Kellerräume und die Kellerbar als abschließendes Projekt in Angriff genommen werden. An diesem Tag war auch der Container bestellt und mit Genehmigung durch das Ordnungsamt direkt in einer Absperrung vor dem Haus aufgestellt worden. Um weiteren Stress mit meiner Mutter zu vermeiden, holten wir sie eine Woche vorher schon zu uns bzw. zu Birte, wo sie vorab ihre neue schon teilmöblierte Wohnung in aller Ruhe begutachten konnte.

Was sich in den Kellerräumen seit unendlicher Zeit an unnützem Kram angesammelt hatte, trieb uns beim bloßen Anblick den Schweiß auf die Stirn. Von alten Einmachgläsern mit dicken Staubschichten bis hin zu zahlreichen Elektrogeräten, die ordentlich mit Aufklebern " Kaputt " gekennzeichnet waren, war für jeden Geschmack etwas dabei. In einer geräumten Wohnung haben natürlich auch Gardinen und Vorhänge nichts mehr zu suchen. Von den Maßen her waren diese auch in der neuen Wohnung nicht mehr zu gebrauchen. Bei 3 1/2meter hohen Decken ist das Abhängen ein zweifelhaftes Vergnügen, wenn man zur Unterstützung lediglich einen kleinen Stufentritt zur Verfügung hat. Der Container war dann bis zum Bersten gefüllt, ohne dass noch Kellerschränke und die gesamte Kellerbar darin Platz gefunden hätten. Hier plante ich frecherweise meinen Bruder zu einem späteren Zeitpunkt ein, der auch mit Hilfe einiger Bekannter seiner Mutter etwas Gutes tun konnte. Als ich ihm die erfreuliche Nachricht am Telefon mitteilen wollte, wurde mir jedoch umgehend der Wind aus den Segeln genommen. Die Familie, die sich bei meiner Mutter als Nachmieter vorgestellt hatte, war damit einverstanden, dass sämtliche Kellerräume einschließlich der Bar in ihrem ursprünglichen Zustand gerne von ihnen übernommen werden wollten. Sie mussten wohl am Tage der Containerbestückung am Haus vorbeigefahren sein und hatten mit Erschrecken festgestellt, dass die guten Sachen demnächst auf der Müllkippe lagen. Tolle Wurst - meine Mutter wusste angeblich nichts davon. Hier kam zum ersten Mal der Gedanke in mir auf, dass vielleicht eine beginnende Demenz die Ursache für ihre Vergesslichkeit war. Allerdings konnte es vielleicht auch nur am allgemeinen Umzugstrubel liegen.

Bei einer der ersten Touren hatte ich vorsorglich sämtliche Unterlagen und Ordner mit zu uns genommen, damit nicht irgendwelche wichtigen Dokumente verloren gingen. War gar nicht so einfach. In den Ordnern, die mein Vater seinerzeit akribisch wie ein Finanzbeamter angelegt und geführt hatte, sah es aus wie Kraut und Rüben. Der größte Teil war eine in etlichen Schubladen verteilte lose Schüttung. Scheinbar war meine Mutter schon seit geraumer Zeit mit der ganzen Situation überlastet, denn ein Großteil der Post lag noch ungeöffnet verteilt in dem Chaos. Nach etlichen Wochen hatte ich endlich wieder Grund in die Aktenlage bekommen und die Anzahl der Ordner war fast auf die Hälfte geschrumpft.

Das Umzugsunternehmen war schließlich bestellt und für den Termin wollte ich meinem Bruder die Wohnungsschlüssel zuschicken, damit er in dieser Zeit dem Spediteur die Tür öffnen und den Umzug hätte überwachen können. Bei meinem Anruf erhielt ich nur die knappe Ansage, dass er an diesem Tage keinen Urlaub nehmen könnte und auch seine Frau für diese Tätigkeit keine Zeit hätte, zumal es seinem kleinen Sohn bei der ganzen Sache doch zu langweilig werden würde. Auf seine bisherige Abwesenheit bei unseren Umzugsvorbereitungen erklärte er in einem kurzen Satz, dass er sich von mir nicht zu irgendwelchen blödsinnigen Terminen einplanen ließe, zumal er Mutter nicht zu dem Umzug geraten habe. " Da bist Du baff " sagt der Norddeutsche und außer einem freundlichen: " Arschloch " brachte ich auch kein Wort mehr heraus. Meine Mutter, später zu Hause auf seine Reaktion angesprochen, nahm den Penner wieder in Schutz, so dass mir langsam der Kragen platzte. Also konnte ich mit Peggy frühmorgens wieder ins Auto steigen, um für drei Stunden Aufsicht und einem kilometerlangen Stau bei der Rückfahrt meinen Urlaubstag zu genießen. Das steigerte den Hass auf meinen Bruder noch eine klitzekleine Idee mehr. Aber auch dieser Tag sollte irgendwie enden und nachdem der Spediteur sein Geld kassiert hatte, machten wir es uns auf der Terrasse gemütlich, um vom ganzen Stress abzuschalten. Selbst die Bezahlung des Spediteurs barg in sich ungeahnte Probleme, weil Mutter ein Tageslimit mit ihrer Bank vereinbart hatte und ich bei einer fremden Filiale nur diesen Höchstbetrag abheben konnte. Eine Barauszahlung war aufgrund der Bankstatuten auch nicht möglich. So erklärte sich wohl oder übel Michael bereit, mit seinem Geld leihweise aus der Klemme zu helfen. Wieder ein geschickter Schachzug von ihm, wenn ich auch heute noch nicht wirklich nachvollziehen kann, woher er zu diesem plötzlichen Reichtum gekommen war.

Bei der seinerzeitigen Durchsicht und Zuordnung der Dokumente entdeckte ich zahlreiche Ungereimtheiten, von denen ich wahrscheinlich unter anderen Umständen nie Kenntnis erlangt hätte. So differierte zum Beispiel die Höhe der Hinterlassenschaft meines Vaters damals um einen beträchtlichen fünfstelligen Betrag zur mir vorgegaukelten Endsumme, die sich aufgrund der ganzen Unordnung und Unvollständigkeit nur ansatzweise erahnen und vage nur zum Teil nachvollziehen ließ. Mir erklärte es aber die eine oder andere Anschaffung meines Bruders, über die in der Vergangenheit nie ein Wort verloren worden war. Außerdem stellte ich fest, dass zum damaligen Zeitpunkt ohne eine Absprache oder Information mein Bruder alle Geschicke lenkte. Eine entsprechende Vollmacht hatte Mutter ihm damals ebenfalls ausgestellt, wohl angesichts der Ereignisse, die auf sie einstürmten und denen sie allein nicht gewachsen war. Nach jetzt mehr als 16 Jahren waren natürlich auch keinerlei zahlungsbegründende Unterlagen mehr vorhanden. Die waren meiner Vermutung nach wohlweislich dem Schredder zum Opfer gefallen. Offizielle Nachforschungen wären aufgrund der bereits verstrichenen Zeit nicht mehr durchführbar gewesen und so versuchte ich, meine Mutter vorsichtig mit der Angelegenheit zu konfrontieren und ihr einige Informationen aus den Rippen leiern. Trotz mehrerer Anläufe sah sie sich jedoch nicht in der Lage, irgendwelche realistischen Aussagen zu treffen. Wortloses Kopfschütteln, gesenkter Blick und Achselzucken waren ihre einzige Reaktion mit dem anschließenden, sich immer wiederholenden Satz: " Keine Ahnung - weg ist weg. " Das war zwar dürftig aber für mich eine gewisse Bestätigung meiner Vermutungen, dass hier vor etlichen Jahren nicht immer alles im Sinne der Familie abgelaufen war. Was soll`s ; schließlich war es ihr Geld und sie konnte darüber ohne Erklärung frei verfügen, wobei ich kein Problem damit hatte, wenn sie einem anderen Familienmitglied in einer Notsituation ausgeholfen hatte. Etwas Ehrlichkeit hätte ich aber trotzdem von ihr erwartet statt jetzt die Unwissende zu spielen, weil ihr vielleicht die eine oder andere Handlung heute peinlich erschien. Auch beim Rest meiner Familie wurde bei einigen Debatten darüber in höchstem Maße Unverständnis über das Verhalten meiner

Mutter laut, wobei sich in diesem Zusammenhang jeder an die fürsorgliche Unterstützung meines Bruders allein in der letzten Zeit erinnerte. Vielleicht hätte ich die ganze Sache auf sich beruhen lassen sollen, denn es würde sich noch einmal zeigen, dass selbst die engste Familie nicht unbedingt immer in Details eingeweiht werden sollte. Was mich trotzdem mehr als nur aufregte, war die Tatsache, dass ein nicht unerheblicher Teil der Hinterlassenschaft meines Vaters nicht mehr dem eigentlichen Zweck der zukünftigen Altersvorsorge diente, sondern für einen höchstwahrscheinlich angenehmen Lebenswandel und der Raffgier meines Bruders zweckentfremdet wurde.

Lange Diskussionen brachten in meinen Augen kein Licht mehr ins Dunkel und ewige Spekulationen machten die Sache auch nicht besser. Wir hatten noch einiges in Angriff zu nehmen, um ihre jetzige Wohnung gemütlich zu gestalten. Während der Vorbereitungen zu ihrem Umzug hatten sich Birte und Michael dazu bereit erklärt, die Wohnung meiner Mutter umfassend zu renovieren. Dazu mussten Mutters Ersparnisse herhalten, womit sie vorab einverstanden war. Bis zu ihrem endgültigen Einzug waren viele der Arbeiten erledigt und der Feinschliff konnte beginnen. Die Bilder und Lampen wurden aufgehängt und da wie bereits erwähnt ihre alten Gardinen und Vorhänge nicht über die passenden Maße verfügten, sollten neue, moderne Teile ihr Heim verschönern. Am Ende hatte sie eine richtig ansprechende Puppenstube, die auf ihre Bedürfnisse zugeschnitten war. Was damals schon mehrfach auffiel, war die Tatsache, dass sie immer wieder über höhere Bargeldbeträge verfügte, von deren Herkunft niemand einen blassen Schimmer hatte. Obwohl ich ihr mehrfach erklärte, dass ich die Kosten der täglichen Besorgungen mit einer EC-Karte begleichen würde, kam immer wieder die Frage, wie viel sie dafür bezahlen müsse. Nach einiger Zeit äußerte sie den Wunsch, bei Bedarf ihre Einkäufe eigenständig zu erledigen. Unseren Vorschlag, aufgrund ihrer eingeschränkten Bewegungsfähigkeit einen Rollator zu besorgen, lehnte sie erst ab, erklärte sich dann zu dessen Benutzung einverstanden.

Das Angebot, an unserem Familienleben teilhaben zu können, wurde von ihr nie wirklich angenommen. Sie wollte nach eigener Aussage niemandem zur Last fallen. Da waren auch alle Beteuerungen umsonst, dass sie bei uns mit zur Familie gehören würde. Sie wollte tatsächlich ihr Einsiedlerleben fortführen. Mit dieser Einstellung hätte sie auch in ihrer alten vertrauten Umgebung weiterleben können. Wir unternahmen mehrfach noch Versuche, sie zu Altentreffen in unserer Kirchengemeinde zu fahren. Dort hätte sie mit Gleichgesinnten ein paar nette Stunden verbringen können. Auch dieses Angebot wurde von ihr empört mit hysterisch wirkenden Äußerungen abgelehnt. Des Menschen Wille ist sein Himmelreich und es sollte nicht unsere Aufgabe sein, ihren ausgewählten Lebensstil mit Gewalt umzukrempeln. Sie sollte sich lediglich wohl fühlen. Das tat sie indem sie Tag für Tag in ihrer Wohnung hockte und sich Kreuzworträtseln und dem Fernsehprogramm hingab. Die einzigen Unterbrechungen in ihrem grauen Alltag waren die der gemeinsamen Mahlzeit mittags bei Birte, für die ein monatlicher Obolus entrichtet wurde. Da wir zu dieser Zeit noch einen regen Kontakt zu Birte und Michael hatten, konnten wir bei etlichen Besuchen miterleben, dass Mutter wie in einer Pension unter lauter Fremden am Tisch auf ihr Essen wartete, um sofort danach mit einem " Danke schön, es war sehr lecker " wieder in ihre Gemächer zu verschwinden. Wie konnte man nur so einen Tagesablauf als befriedigend ansehen?

Zu unserem Erstaunen ließ sie jedoch kurze Zeit später den Kontakt zu einer ehemaligen Schulfreundin wieder aufleben. Diese wohnte in der Nachbargemeinde und besuchte sie zumindest anfangs einige Male. Auch sie bestätigte unsere Vermutung, dass bei meiner Mutter nicht nur leichte demente Züge zu erkennen wären.

Michael hatte mittlerweile seine Ausbildung beendet und konnte zunächst eine Teilzeitstelle vermittelt bekommen. Aufgrund der damit verbundenen Kontakte stellte sich eine Bekannte aus dem gleichen Pflegedienst abends bei uns vor, um uns ihre unabhängige und fachlich adäquate Meinung mitzuteilen. Diese entsprach in allen Punkten unseren Vermutungen und ihrer Ansicht nach würden wir bei einer eingehenden Untersuchung durch einen Spezialisten die Gewissheit über den tatsächlichen Geisteszustand meiner Mutter erhalten.

Beim angesetzten Termin zeichnete sich meine Mutter durch gesteigerte Aggressivität Peggy gegenüber schon im Wartezimmer aus. Eine Wesensart, die man ihr überhaupt nicht zugetraut hätte. Nachdem sie dann längere Zeit mit dem Arzt im Sprechzimmer ein Vier- Augen- Gespräch geführt hatte, wurde Peggy schließlich dazu gerufen und meine Mutter drehte jetzt vollständig auf. Sie wüsste überhaupt nicht, warum sie zu einem solchen Gespräch mitgeschleift worden wäre und wie man doch sehen könne, fühlte sie sich nach eigenen Worten völlig jeder Situation gewachsen. Sollte ihre Vergesslichkeit und ihre depressive Verhaltensweise die ganze Zeit nur gespielt gewesen sein? Damit hätte sie glatt den Oscar verdient. Kaum aus der Praxis heraus, verfiel sie schlagartig wieder in ihre gewohnte Lethargie und setzte ihr Gütezeichen, das gekünstelte Grinsen auf. In diesem Moment musste ich mich wirklich beherrschen, ihr nicht nach Strich und Faden die Meinung zu geigen. Eins war uns jetzt jedoch klar geworden: diese Frau war ab sofort mit höchster Vorsicht zu genießen. Ihre Launen änderten sich jetzt beinahe täglich. Während sie noch heute für die Fürsorge der Familie unendlich dankbar schien, forderte sie am nächsten Tag sämtliche Dokumente von mir zurück, weil sie nach Aussage des Arztes und ihrer eigenen Einschätzung zufolge selbst in der Lage wäre, ihre Geschäfte zu führen. Irgendwann platzte mir dann der Kragen und in lauterem Ton herrschte ich sie an, dass sie ihren Kram selbst machen sollte, damit in kurzer Zeit alles wieder wie vor meiner Übernahme aussah, nämlich Chaos pur. Dieser Tonfall schien sie wachgerüttelt zu haben. Sofort lenkte sie ein und lobte plötzlich meine bisherigen Leistungen, mit denen sie rundum sehr zufrieden war. Also blieb es zunächst bei der bisherigen Konstellation. Allerdings häuften sich nun ihre geistigen Ausfälle. Mal war es der Herd, den sie vergessen hatte auszuschalten, mal funktionierte ihre Waschmaschine nicht mehr, weil sie Kleidungsstücke in die Waschmittelzufuhr gestopft, falsche Bedientasten betätigt oder einfach den Stecker abgezogen hatte, was aber im Nachhinein von ihr vehement abgestritten wurde. Dabei hatten wir ihr etliche Male angeboten, ihre Kleidung bei uns mit zu waschen. Ein anderes Mal behauptete sie, wir hätten Geld gestohlen, dass sie vor dem Einkaufen noch im Portemonnaie gehabt hätte. Als wir ihr zeigten, dass nach dem Einkauf mehr Geld als von ihr behauptet noch in der Geldbörse war, kam sie wieder in echte Erklärungsnöte. Jetzt musste sie sich wieder einer ihrer bekannten Entschuldigungen bedienen „ Das tut mir leid". Den Satz konnte ich mittlerweile schon rückwärts auf der Luftpumpe pfeifen. Als dann eines Tages ihre Waschmaschine tatsächlich die Dienste versagte, kam in mir ein mulmiges Gefühl auf. Man kennt es ja zu Genüge.

Ein Unglück kommt selten allein. Meist sind es dann noch mehrere Anschaffungen, die plötzlich notwendig werden und mit denen man einfach nicht gerechnet hat. So sollte es auch in diesem Falle sein. Bei einem Zahnarztbesuch stellte sich heraus, dass ihre Prothese erneuert werden musste. Als weiteres Highlight teilte sie uns mit, durch ihre Brille nicht mehr deutlich sehen zu können. Die Versprechung Michaels, mit ihr gemeinsam den Arztbesuch zu erledigen, erwies sich aus dieses mal als hohle Phrase. Da sie immer nur allerbeste Ware für sich beanspruchte, würden diese Anschaffungen ihren finanziellen Rahmen sprengen. Woher also nehmen und nicht stehlen? Zwar wäre für die Beschaffung des Zahnersatzes eine Ratenzahlung möglich gewesen aber aufgrund ihres Alters benötigte sie dafür einen Bürgen. Dafür wollte ich mich beim besten Willen nicht zur Verfügung stellen, hatte sie doch in der Vergangenheit häufiger ihr gestörtes Verhältnis zur Familie unter Beweis gestellt. Also kalkulierte ich mit ihren Lebensversicherungen, wovon ich einen Teil vorzeitig ablöste, um die erforderlichen Anschaffungen möglich zu machen. Dann rückte ihr Geburtstag näher und wir hatten schon öfter in den letzten Wochen zufällig bemerkt, dass sie heimlich mit meinem Bruder telefonierte. Wer telefoniert schon mit seinem

Sohn heimlich, wenn er nichts zu verbergen hat? Jedes Mal, wenn wir sie in ihrer Wohnung besuchten, stand sie im äußersten Winkel des Vorratsraumes und hatte die Tür angelehnt, um dann bei unserem Eintreten das Gespräch sofort ohne Grußworte zu beenden. Jedenfalls zeigte sie ihre Wertschätzung uns gegenüber noch einige Tage vor ihrer geplanten Geburtstagsfeier. Wir hatten uns darauf verständigt, eine schöne Kaffeetafel herzurichten und abends dann ein außergewöhnliches Dinner zu bereiten. Auf den geplanten Ablauf angesprochen, war Ihr Wunsch allerdings, einen Nachmittag mit ihrer Freundin und einem ehemaligen Schulkameraden aus Essen verbringen zu wollen. Wir könnten ja dann am Tag darauf gratulieren. Damit zeigte sie erneut, was ihr eine intakte Familie bedeutete. Eine Frechheit den Menschen gegenüber, die sich für sie den Arsch aufgerissen hatten und jetzt kaltlächelnd abserviert wurden. Meine Wut kannte in diesem Moment keine Grenzen und so bekam sie das bereits gekaufte Geschenk von mir vor die Füße geworfen. Zu der besagten Feier ließ sich von uns natürlich niemand blicken. Niemand? Birte und Michael schon. Die beiden begründeten ihr Verhalten damit, dass sie eventuell etwas über die heimlichen Telefonate mit meinem Bruder herausbekommen könnten. Neuigkeiten wurden allerdings wie ich hätte voraussagen können nicht bekannt. Nach ein paar Tagen war für meine Mutter der Zwischenfall vergessen. Ohne eine Entschuldigung über ihr Verhalten tat sie, als hätte nie ein derartiges Vorkommnis stattgefunden. Also legten wir diesen Vorfall ebenfalls in der untersten Schublade ab und luden zu Peggys Geburtstagsfeier ein, die ein paar Tage später geplant war.

Den Abend konnten wir wirklich als gelungen bezeichnen. Umso erstaunter waren wir, als meine Mutter uns ein paar Tage später auf mein Drängen nach ihren häufigen Telefonaten eröffnete, dass sie sich überhaupt nicht wohl in unserer Gesellschaft und der neuen Umgebung fühle und mein Bruder schon nach einer neuen Wohnung in Essen suchte. So ein hinterfotziges Frauenzimmer. Uns gaukelte sie die heile Welt vor und hinter unserem Rücken verbreitete sie wahrscheinlich auch noch die größten Lügen. Dann bekräftigte Mutter wieder einmal ihren Anspruch auf eigenständige Führung ihrer Unterlagen. Obwohl sie jederzeit hätte in alle Akten Einsicht nehmen können, hatte ich das Theater endgültig satt und übergab ihr zumindest den Ordner mit ihren heißgeliebten Kontoauszügen und sämtlichen Rechnungsbelegen, damit sie nachvollziehen konnte, wofür in den letzten Monaten ihr Geld verwendet wurde. Das ewige Hin und Her wollte ich nicht mehr in dieser Form hinnehmen. Sollte sie von mir aus damit machen, was sie wollte. Die wichtigen Unterlagen wie Versicherungspolicen und ähnliches hielt ich noch zurück. Sollten diese verloren gehen, was bei Mutter nicht verwunderlich gewesen wäre, hätte ich wieder die ganzen Laufereien gehabt, um die Dokumente zu vervollständigen.

In diesen Tagen meldete sich zum ersten Mal nach Mutters Umzug mein Bruder telefonisch auch bei uns. Nach ein paar klärenden Worten und meiner Entschuldigung für einige Vorkommnisse in der Vergangenheit kam er dann gleich auf den Punkt. Ich teilte ihm auf Wunsch die aktuellen Kontostände meiner Mutter mit, damit er wegen der Kosten des Rückumzugs und der notwendigen Renovierungsarbeiten in der neuen Wohnung planen konnte. Den Mietvertrag wollte er mir von der Wohnungsgesellschaft vorbereitet zuschicken, damit meine Mutter nur noch unterschreiben müsse. Ich wusste zwar nicht, wie sie in Essen allein den Alltag bewältigen wollte, aber wenn es ihr seligster Wunsch war, auf die Familie zu verzichten, wollten wir ihr auf keinen Fall im Wege stehen. Die Nachricht von ihren Plänen schlug bei Birte und Michael wie eine Bombe ein. Hatte sie doch auf lange Zeit die Mieteinnahmen für die Bedienung der Hypotheken eingeplant, standen sie erst mal wieder der ganzen Situation ziemlich ratlos gegenüber. Aber da gab es ja noch unseren Sohn Marius. Der hatte sein Zimmer in unserem Haus, in dem auch seit geraumer Zeit Nina wohnte. Den beiden wurde nun schmackhaft gemacht, in die freiwerdende Wohnung meiner Mutter einzuziehen. Da Nina für die Dauer ihrer Schulausbildung staatliche Unterstützung- also Sozialhilfe erhielt, unterbreiteten Birte und Michael das Angebot, ihr die Wohnung zu vermieten und für eine weiterführende Unterstützung durch das Sozialamt die Anzahl und Größe der Räume vorschriftenkonform schriftlich zu reduzieren. Einen verbleibenden Restbetrag sollte Marius aus eigener Tasche bezahlen; dafür hätten die beiden dann eine komplette Wohnung für sich. Ohne meine berechtigten Zweifel an diesem Sozialhilfebetrug gehört zu haben, entschied sich Marius wie selbstverständlich gegen den Vorschlag. Er wollte, was ich ihm hoch anrechnete, mit eigenem Geld auf eigenen Füssen stehen und nicht als krimineller Bittsteller, wenn auch nur indirekt, in Erscheinung treten. Sollte es dann halt länger dauern, bis man sich den Traum vom eigenen Heim erfüllen konnte. Seine Entscheidung löste bei Birte und Michael eine erste tiefe Ablehnung gegen unsere Familie aus, weil man von ihrer Seite vermutete, daß wir als Eltern wieder hinter der ganzen Sache steckten. Schon nach kurzer Zeit erhielten wir von ihr bzw. Michael eine Aufstellung von Kosten, die meine Mutter noch vor ihrem Auszug zu begleichen hätte. Da wagten es die beiden doch tatsächlich, die Arbeitsstunden der vorangegangenen Wohnungsrenovierung einzufordern. Dabei hatte meine Mutter schon sämtliche Arbeitsmaterialien aus eigener Tasche bezahlt. Ein anderer Mieter wäre in die heruntergekommene Wohnung im Rohzustand niemals eingezogen. Daneben machten sie noch die Kosten für ein demoliertes Fenster und die verschlissenen Bremsen, bedingt durch die Umzugsfahrten, geltend. Wenn wir bis dahin dachten, unsere Tochter einigermaßen zu kennen, setzte dieses Verhalten ganz neue Maßstäbe. Auf meine Erklärung hin, dass ich alleine über eine solche Forderung nicht entscheiden könne und meinen Bruder mit ins Boot holen würde, bekam ich von Michael nur die Antwort: " Ich bekomme mein Geld, so oder so! " Das wollten wir erst einmal sehen. Ab sofort hieß er für mich nur noch " Psycho " und der Name sollte zukünftig noch für Qualität bürgen.

Nur einen Tag später bekam ich von diesem Arsch die besagte Kostenaufstellung überreicht - mit der Unterschrift meiner Mutter. Die beiden mussten sie wohl dermaßen unter

Druck gesetzt haben, dass sie aus Angst vor Repressalien kopflos unterschrieben hatte. Auf meine Vorwürfe, mich vor einer solchen Dummheit um Rat zu fragen, bedauerte sie wie immer ihr Handeln mit dem üblichen abgedroschenen Spruch:" Das wollte ich nicht." und bat mich die Sache wieder für sie richten. Nach telefonischer Absprache mit meinem Bruder einigten wir uns auf einen weitaus geringen Teilbetrag, der von mir am nächsten Tag auf das Konto dieser beiden Gierhälse überwiesen wurde. Das Verhältnis zu unserer Tochter war dadurch auf den Nullpunkt abgekühlt, schien die beiden letztendlich aber nicht zu stören. Man hatte ja wenn auch nur zum Teil seinen Willen bekommen. Die Spirale drehte sich weiter. Ich erhielt den Mietvertrag von meinem Bruder, den meine Mutter nach der Rückkehr von ihrer Freundin, von der sie für ein paar Tage abgeholt worden war, unterschreiben sollte. Abends stand dann die sogenannte Freundin vor unserer Tür und teilte uns die Absicht meiner Mutter mit, in ihre Nachbarstadt zu ziehen, um dort in einer betreuten Wohnanlage untergebracht zu werden. Gleichzeitig forderte sie in ihrem Namen sofort sämtliche Unterlagen, die ich ihr aushändigen sollte. Mutter selbst saß im Auto der Freundin und wollte angeblich nichts mehr von uns wissen. Wer sie jetzt in welchem Umfang manipuliert hatte, interessierte mich überhaupt nicht, aber die Unterlagen würde ich nur meiner Mutter persönlich aushändigen. Also konnte die gute Frau wieder unverrichteter Dinge abziehen und wir warteten auf irgendeine Reaktion meiner Mutter in den nächsten Tagen, die jedoch trotz ihrer angeblichen Entschlossenheit nicht erfolgte.

Mein Bruder war nach meiner Information über die neue Lage ebenfalls geplättet und wollte Mutter auch ins Gewissen reden, dass man nicht von heute auf morgen und nach Lust und Laune in solchen Angelegenheiten einfach seine ursprünglichen Entscheidungen über den Haufen wirft. Komischerweise schien seine Ansprache einen bleibenden Eindruck bei ihr hinterlassen zu haben, denn schon zwei Tage später bat meine Mutter mich telefonisch, die Kündigung rückgängig zu machen. Sie wollte nun doch lieber bei uns wohnen bleiben.

Wenn diese Person nicht dement war, wollte ich Meier heißen! Auf die schriftliche Rücknahme der Kündigung reagierte
Birte oder eher der Psycho natürlich wie erwartet. Sie wollten
augenscheinlich die Rücknahme nicht akzeptieren, wobei es
sich dabei ganz offensichtlich um reine Provokation handelte.
Kein anderer Mensch wäre zu diesen Konditionen in deren
Wohnung eingezogen, das wussten die beiden auch nur zu gut.
Ihr Erfindungsreichtum zur Erschließung neuer Geldquellen
war jedoch enorm. Nach fünf Monaten fanden sie doch plötzlich heraus, dass meine Mutter eigentlich den doppelten Betrag für die monatliche Verpflegung zahlen müsse, wobei
diese grundsätzlich aus einer Mahlzeit am Tag und dann auch
noch häufig aus Dosenfraß bestand. Also nahmen wir uns der
Sache an, kauften meiner Mutter eine Mikrowelle, die idioten-
sicher wie für sie gemacht zu bedienen war und versorgten sie
mit Fertiggerichten. Die alte Mikrowelle hatte sie aufgrund
des schwierigen Handlings in den vergangenen Jahren nicht
ein einziges Mal benutzt. Mit dieser Reaktion hatten Birte und
ihr Psycho anscheinend nicht gerechnet. War ihnen jetzt aus
Habgier noch eine Einnahmequelle durch die Lappen gegangen.

Niedertracht in Vollendung

W ie unterbindet man am einfachsten den Kommunikationsfluss innerhalb der Familie? Man bedient sich der technischen Möglichkeiten einer sogenannten Fritz-Box und blockiert so unerwünschte ein- und ausgehende Telefonate. Persönlicher Kontakt kann recht einfach durch ein Hausverbot ausgeschlossen werden. Vereint man diese beiden Komponenten, kann man sich ziemlich sicher sein, dass jemand von jeglichem Geschehen ausgegrenzt und krankhafte Kontrollsucht über eine Person zum Kinderspiel wird. Zusätzlich verbreitet man noch einige Verleumdungen, was dem Bestreben hilft, einen verhassten Menschen in Misskredit zu bringen. Wer solche Verhaltensweisen vom Hörensagen kennt, mag schon verständnislos den Kopf schütteln. Innerhalb seiner eigenen Familie mit derart asozialen Methoden konfrontiert zu werden, führt zwangsläufig zum Zweifel am gesunden Menschenverstand.

Birte erwies sich jetzt bei der Durchsetzung ihrer Interessen als überaus ideenreich. Umfangreiche Unterstützung wenn nicht sogar Anleitung verdankte sie ihrem Psycho, der nach der gespielten Schönwetterperiode ebenfalls ohne Gewissensbisse zu seinem wahren Mr. Hyde - Ego mutierte. Wer von beiden für welche Aktion auch immer verantwortlich zeichnete, konnten wir ab diesem Zeitpunkt nur noch vage vermuten. Vielleicht entstanden die meisten der perfiden Machenschaften auch in Teamarbeit. Die Tatsache, von seinem eigenen Kind wie Dreck behandelt zu werden, bescherte uns manche schlaflose Nacht, in der wir über mögliche Erziehungsfehler grübelten. Doch zu welchen Spekulationen wir uns auch immer hinreißen ließen, es war einfach keine Ursache erkennbar. Fast zeitgleich wurden unsere Rufnummer in der Telefonanlage geblockt und uns Hausverbot erteilt, das sich in erster Linie auf die Wohnung meiner Mutter bezog. Somit konnten keine unangenehmen Fragen mehr gestellt werden und die Gefahr, dass meine Mutter durch ihr Verhalten den Plan der beiden durchkreuzen könnte, indem sie sich uns anvertraute, war ebenfalls ausgeschlossen. Es liegt offen auf der Hand, dass die beiden diese Zeit für sich nutzten, um meine eh leichtgläubige Mutter vollends zu manipulieren. Vielleicht hatte sie sich bislang deshalb nicht getraut, mit uns Kontakt aufzunehmen, weil sie massiv unter Druck gesetzt wurde.

Das Hausverbot war nach einer angeblich speziellen Rechtsprechung derart formuliert, dass bei einer Zuwiderhandlung notfalls zur Durchsetzung auch körperliche Gewalt angewendet werden dürfte. In früheren Jahren hätte der Psycho den Satz nicht ganz ausgesprochen, um sich einer umfangreichen kieferchirurgischen Behandlung zu unterziehen, aber heute sah ich es unter meinem Niveau an, mir an einem solchen asozialen Element die Finger schmutzig zu machen. Aufgrund dieser Drohung war ich geneigt, anwaltliche Hilfe in Anspruch zu nehmen. Wenn aber unterm Strich Aussage gegen Aussage steht, wäre das eigentliche Ziel verfehlt worden.

Insgeheim hoffte ich natürlich auf eine Reaktion meiner Mutter. Hätte sie einmal den Mumm besessen, ihre eigene Meinung zu vertreten und das Gespräch mit mir zu suchen, wäre Allen so manches erspart geblieben. Aber sie hockte sich weiter in ihr Schneckenhäuschen und ließ den lieben Gott einen alten Mann sein. Kein Hinterfragen der Situation und der ihr vermutlich geschilderten Lügen über meine Person. Das soll eine Mutter sein, der ihr eigener Sohn völlig egal ist? Sie hatte wie üblich einfach keine Lust, sich mit irgendetwas außer ihren Interessen auseinander zu setzen. Da konnte man ihr das Blaue vom Himmel herunterlügen. Wenn es sich dann auch noch gut anhörte, war sie bestens zufrieden. Auch Birte war ihr gesamtes Leben ein Feigling und ließ ihre Probleme welcher Art auch immer durch andere Personen erledigen. Die Tatsache bestärkte unsere Meinung, dass in erster Linie der Psycho sämtliche Fäden zog. Bemerkenswert war jedoch ihre offensichtliche Einstellung, ihn nicht von seiner Handlungsweise abzuhalten. Lieber verriet sie ihre eigene Familie, als diesen Penner vor die Tür zu setzen und eine Aussprache mit uns zu führen. Ob sie unter Druck handelte oder es einfach nur eine Art von Genugtuung für sie war, uns psychischen Schaden zuzufügen, hielt ich in dem Moment für nicht diskussionswürdig. Nach dem Versuch einer elektronischen Kontaktaufnahme, in der ich das Verhalten der beiden vorsichtig ausgedrückt bemängelte, hagelte es von der anderen Seite in der Rückantwort Vorwürfe über ein unangemessenes Verhalten meiner Mutter gegenüber und einer ungerechtfertigten Bereicherung ihrer Ersparnisse. Das war doch wohl der Gipfel. Abgesehen davon, dass es die beiden absolut nichts anging, wie ich die bisherigen Geschäfte meiner Mutter führte, waren diese Anschuldigungen schon Grund für eine Verleumdungsklage. Meine penible Aktenführung konnte jederzeit das Gegenteil beweisen, deshalb reagierte ich zunächst mit Gelassenheit. Schließlich hatte meine Mutter mit den ihr ausgehändigten Unterlagen auch den Beweis dafür. Die wenigen Male, in der Birte oder sonstwer mit ihrem Wissen und in ihrem Auftrag die Bankkarte benutzt hatte, stellten für mich keinen Anlass für eine Überprüfung der Einzelfälle dar. Dachte ich zumindest damals. Als ich mit meinem Bruder zu Weihnachten Grüße an die restliche Familie austauschte, wurde ich von ihm in Kenntnis gesetzt, dass meine Mutter zusammen mit ihrer Schulfreundin ihre Bankverbindung ändern wollte. Aus Angst vor einem Zugriff durch falsche fürsorgliche Personen auf ihr wenn auch nur kleines Barvermögen würde eine rechtzeitige Sicherstellung des Großteils dessen als ratsam erscheinen lassen. Obwohl er mir schriftlich sein Einverständnis als zweiter Bevollmächtigter erteilen wollte, lehnte ich diese Regelung ab. Schließlich konnte ich meine Mutter nicht von diesem geplanten Schritt in Kenntnis setzen, wenn sie ihn überhaupt verstanden hätte. Vielmehr sah ich darin eine Gefahr, Probleme wegen unzulässiger Bereicherung zu bekommen. Diesen Ratten musste man mittlerweile jede erdenkliche Niederträchtigkeit unterstellen. Also überwies ich noch zum Jahresende die Miete für den kommenden Monat, diesmal jedoch in voller Höhe. In der Vergangenheit wurde auf Wunsch unserer Tochter und ihres Psychos immer nur ein Teilbetrag überwiesen und der Rest inklusive der Bewirtungskosten bar ausgezahlt. Das hatte sich sowieso erledigt und in einer stillen Stunde erklärte ich mir den bisher unwesentlichen Grund dafür selbst. In einem früheren Gespräch machten die beiden eine Andeutung über beantragtes Wohngeld. Jetzt wurde für mich ein Schuh daraus. Um in den Genuss von öffentlichen Leistungen zu kommen, durften die monatlichen Mieteinnahmen nicht zu hoch ausfallen, was auf den Kontoauszügen hätte nachgewiesen werden können. Also gaben die beiden wohl nur die geminderte Miete als Einnahme an und die restliche Barauszahlung tauchte nirgends auf. Fein eingefädelt und wegen der fehlenden Unterschriften über den Erhalt des Bargeldes für mich nicht anzeigefähig. Da hatte ich mich in meinem sonstigen Handeln lieber einmal mehr als nötig abgesichert und nur weil sich die Vorgänge innerhalb der Familie abspielten, habe ich mich ohne große Überlegungen überrumpeln lassen.

Bei einem Besuch meines Bruders im Januar des folgenden Jahres, den er vorwiegend dazu nutzte, um nach Mutter zu sehen, wollte er mit den beiden Ratten noch einmal über die Beilegung des Streits eine Unterredung führen. Über den Ausgang dieses Gesprächs erhielt ich von ihm jedoch in den darauffolgenden Tagen keinerlei Informationen, so dass ich davon ausgehen konnte, dass der gewünschte Erfolg ausgeblieben war.

Ein paar Tage später erhielten wir Post von einer ortsansässigen Anwaltskanzlei. Laut beigefügter Beauftragung mit eigenhändiger Unterschrift meiner Mutter wurde ich aufgefordert, sämtliche Unterlagen inklusive der mir seinerzeit erteilten und jetzt von ihr widerrufenen Vollmacht unverzüglich in der Kanzlei abzugeben. Gleichzeitig sollte ich präzise Auskünfte über die bisher getätigten Geschäfte geben. Was war jetzt in sie gefahren? Wir hatten sie noch rechtzeitig über das erteilte Hausverbot und die manipulierte Telefonanlage damals unterrichten können. War das bei ihr schon wieder in Vergessenheit geraten oder war sie mittlerweile dermaßen von den beiden Ratten gesteuert, dass sie diesen Schritt wählte? Konnte sie nicht die wenigen Meter zu unserem Haus bewältigen und sich vernünftig mit uns zu unterhalten, um sich ein klares Bild zu verschaffen? Als ich meinen Bruder von diesem Schreiben in Kenntnis setzte, erfuhr ich, dass auch ihm die Vollmacht entzogen worden war. Im Gegensatz zu mir schien ihn der Vorfall aber weniger aus der Ruhe zu bringen. Das machte eben den Unterschied zwischen uns aus.

Mit sämtlich verbliebenen Unterlagen machte ich mich auf den Weg zur besagten Kanzlei und überreichte zudem eine Erklärung, dass sämtliche Kontoauszüge und Rechnungsbelege bereits vor einiger Zeit meiner Mutter persönlich übergeben worden waren. Zudem machte ich die gewünschten Angaben zu den von mir durchgeführten Besorgungen im Namen und Sinne meiner Mutter. Damit sollten es die beiden Ratten geschafft haben, das Heft vollständig in die Hand zu nehmen und über Mutter die absolute Kontrolle erlangt zu haben. Dass sie sich mit dieser Entwicklung immer noch nicht zufrieden geben würden, bestätigte sich ein paar Tage später, als auch Marius ein Schreiben derselben Kanzlei erhielt. Darin wurde er aufgefordert, den ihm vor zwei Jahren gewährten Kredit für einen Autokauf sofort zurück zu zahlen. Meine Mutter hätte den Darlehensvertrag gekündigt und verlangte ihr Geld in einer Summe zurück. Mein Hass auf die beiden Ratten stieg jetzt allmählich ins Unermessliche. Dabei war es Birte, die im Glashaus saß und mit Steinen warf. Hatte sie vergessen, daß sie vor Jahren den ihr von meiner Mutter gewährten Kredit für eine neue Küche durch Sturheit und Ignoranz zu einem Großteil nicht getilgt hatte?

Marius angesprochener Darlehensvertrag bestand seinerzeit aus einer fernmündlichen Vereinbarung, dass Marius in monatlichen zumutbaren Raten nach seiner Ausbildung die Summe zurückzahlen könne. Da meine Mutter ihre Bankverbindung ohne unser Wissen geändert hatte, war uns eine terminlich vereinbarte Rückzahlung nicht möglich, obwohl ich sie aufgrund der Vorkommnisse per Postbrief mehr als einmal um Angabe ihres neuen Kontos gebeten aber keine Antwort erhalten hatte. Hier zeigen sich wieder die Vorzüge einer absoluten Kontrolle. Man fängt einfach Briefe ab, stellt die

Schuldner als zahlungsunwillig dar und bauscht die ganze Angelegenheit noch theatralisch auf. Schon kann man auf neue Einnahmequellen hoffen, für die man nicht einen Finger krümmen muss. In einem weiteren anwaltlichen Schreiben wurde meinem Sohn angeboten, die halbe Summe zuzüglich der Anwaltskosten und den restlichen Betrag in Raten zu begleichen. Für ihn, der gerade seine Ausbildung beendet hatte und nicht über entsprechende Rücklagen verfügte, stellte diese Forderung immer noch eine unzumutbare Härte dar. Auch ich sah keine Veranlassung, für diese unverschämte Forderung einen Kredit aufzunehmen. Hier müssen die beiden niederträchtigen Miststücke bei Mutter ganze Arbeit geleistet haben, um sie zu einer derartigen Forderung überreden zu können. Dass sie definitiv als die eigentlichen Drahtzieher anzusehen waren, ergründete sich mir, als ich sie einige Male mit meiner Mutter im Auto Richtung Kanzlei fahren sah. Obwohl Marius nicht über eine entsprechende Rechtschutzversicherung verfügte, blieb ihm nichts anderes übrig, als auf eigene Kosten seinerseits einen Rechtsbeistand mit der Vertretung seiner Interessen zu beauftragen. Obwohl durch seine beauftragte Anwältin beweisunterstützend mehrere Schriftstücke auf seine Zahlungswilligkeit übermittelt wurden, ignorierte die Gegenseite sämtliche Vorschläge zur Bereinigung des Sachverhaltes. Mutter bzw. die sie vertretenden Personen hatten es überaus eilig, Geld zu beschaffen. Im Widerspruch dazu standen die zeitlichen Abstände, in denen ihr Anwalt taktierte. Es dauerte oftmals Monate, bis die Gegenpartei auf die Vorschläge zu einer außergerichtlichen Einigung reagierte. In jedem Fall sollte der Wille meiner Mutter bzw. derjenigen, die das Geld unberechtigterweise letztendlich für sich beanspruchten nötigenfalls gerichtlich durchgesetzt werden. Um diesen Forderungen möglichst schnell entsprechen und damit die Vorwürfe der Zahlungsunwilligkeit entkräften zu können, nahm Marius nach seinem eigentlichen Feierabend einen zusätzlichen Job an. Sein größter Fehler, wie sich später herausstellen sollte. Sein guter Wille wurde vom Gesetzgeber in der Form bestraft, dass er nun aufgrund seines Gesamteinkommens keine Ansprüche auf Gerichtskostenbeihilfe geltend machen konnte.

Da konnte man schon mit der Zunge schnalzen: Eine Frau, die in ihrem Leben nichts auf die Reihe bekam, nur ihrem Gatten hörig war und die Entscheidungsfreudigkeit und das Urteilsvermögen eines Zombies besaß, verklagte jetzt ihren eigenen Sohn und ihren Enkel wegen falscher Verdächtigungen. Mein Bruder war in meinen Augen ebenfalls zu einem Widerling herangereift. An seiner Zurückhaltung oder besser gesagt Ignoranz konnte man zweifelsfrei feststellen, dass er eine gehörige Portion negativer Gene von Mutter abbekommen hatte. Es drängte sich mittlerweile der begründete Verdacht auf, dass auch er mit den eigentlichen Drahtziehern unter einer Decke steckte, was sich zu einem späteren Zeitpunkt auch bewahrheitete.

Auch bei den mir zu Last gelegten Vorwürfen ließ sich der gegnerische Anwalt Zeit, diese auf mein Verlangen hin zu konkretisieren. In der nunmehr über zwei Jahre schleppend verlaufenden Angelegenheit erhielt ich jeweils in halbjährlichem Turnus himmelschreiende Unterstellungen, die bis zum heutigen Tage auch nicht annähernd nachvollziehbar sind. So war der mir ursprünglich mitgeteilte Gesamtbetrag - bis auf den Cent ausgerechnet - auf mein Hinterfragen zur Zusammensetzung im nächsten Schreiben bereits auf den dreifachen Wert gestiegen. Eine Kuriosität, die nicht zu erklären ist. Die Gegenseite machte es sich einfach. Die mir übersandten Kopien der Kontoauszüge waren allesamt bis auf die monatlichen Mietüberweisungen markiert, wozu ich dann Stellung beziehen sollte. Das war also die Taktik der zeitlichen Verzögerung! Man versuchte, die Zeit und ein schwindendes Erinnerungsvermögen gegen mich arbeiten zu lassen. Wer jetzt der Meinung ist, dass der Gipfel der Frechheiten erreicht war, sollte sich wieder einmal gründlich getäuscht sehen. Scheinbar nagte es am Ego der beiden Ratten, nicht im vorgesehenen Tempo an ihr erhofftes Ziel zu kommen. Irgendwann bekamen wir in aller Heimlichkeit Besuch von unserer mittlerweile 16-jährigen Enkeltochter. Endlich konnten wir einige Details erfahren, die für unser zukünftiges Denken und Handeln von Wichtigkeit waren. So war unseren Enkeln ausdrücklich jeder Kontakt zu uns unter Strafandrohung verboten worden. Dass der damals 12- jährige Mike sich aus Angst vor Repressalien nicht traute, den Kontakt mit uns zu suchen, war verständlich. Unsere Enkeltochter Madeleine hatte jedenfalls von den dort herrschenden Verhältnissen zunehmend die Faxen dicke. Auch auf die Gefahr hin, bei uns gesehen zu werden und dadurch massiven Ärger vor allem mit dem asozialen Penner zu bekommen, wollte sie in absehbarer Zeit ihr Zuhause verlassen.

Wie wir es schon vermuteten, führte der Psycho inzwischen die alleinige Herrschaft in der Familie und kontrollierte im Stil eines Diktators das tägliche Geschehen. Dafür hatte er bei seinem Minijob ja auch die notwendige Zeit. Wir einigten uns darauf, das Jugendamt einzuschalten, um diesen unzumutbaren Zuständen ein Ende zu bereiten. Immerhin war Madeleine aufgrund ihres Alters rechtlich gesehen befähigt, selbst ein Aufenthaltsbestimmungsrecht auszuüben. Die geschilderten Gegebenheiten veranlassten die Mitarbeiter des Amtes zu sofortigem Handeln. Es gingen allerdings einem gewünschten Auszug aus der elterlichen Wohnung noch einige Gespräche mit den Beteiligten voraus. Dabei offenbarte unsere Tochter Birte, die zu den Terminen ausnahmslos in Begleitung ihres Psychopathen erschien, eine absolute Abneigung gegen ihr Kind. Während er auch dort seinen absoluten Herrscherrang mit angestrebter Ordnung begründete, ließ es sich Birte nicht nehmen, in harmonischem Einklang mit diesem Psychopathen ihr eigenes Kind bei jeder Gelegenheit bösartig zu denunzieren und zu verleumden. Nach mehreren Gesprächen mit dem Jugendamt in unseren Räumlichkeiten sollte Madeleine zunächst in einer Pflegefamilie untergebracht werden. Dies sollte eine Prüfung darstellen, weil aus der Erfahrung des Jugendamtes heraus bekannt wäre, dass Heranwachsende in gewissen familiären Situationen übertrieben reagieren würden und eine gewünschte Trennung vom Elternhaus in vielen Fällen lediglich eine Trotzreaktion darstellte. Ein fortwährender

Kontakt zu uns wurde außerdem auch weiterhin befürwortet. Die Aufnahme in der Pflegefamilie sollte eine gewisse Herausforderung darstellen. Handelte es sich bei diesen Leuten um Spätaussiedler, was mich zu keinem voreiligen Urteil bewegen sollte, kümmerte man sich tatsächlich um das Kind nur beiläufig. Regelmäßige Mahlzeiten und eingehende Betreuung waren Fehlanzeige. Dafür kassierte die Familie für ihre Zurückhaltung eine Menge Geld - Geld des deutschen Steuerzahlers.

An Madeleines Willen änderte sich jedoch auch nach dieser Zeit nichts, ihrem Elternhaus den Rücken kehren zu wollen. Sie durfte ein freistehendes Zimmer in unserem Haus beziehen und sollte endlich von den psychischen Belastungen gezeichnet zur Ruhe kommen. Die eigentlichen Bezugspersonen machten ihr das Leben jetzt erst recht schwer, statt in sich zu gehen - allen voran Birte - um über begangene erzieherische Fehler nachzudenken. Es regierte eine Selbstherrlichkeit, die Birte von ihrem Psycho inzwischen übernommen hatte. Nur wenige Tage nach Madeleines Einzug bei uns bekamen wir telefonisch den dringenden Rat des Psychos, unsere Enkeltochter zur Rückkehr zu bewegen, weil sonst meinem Arbeitgeber einige dunkle Geheimnisse über meine Person eröffnet würden. Es dauerte gefühlsmäßig keine Minute, wonach ein Facharzt bei diesem asozialen Penner einen Hörsturz hätte diagnostizieren können. Die Frechheit dieser Ratten nahm immer größere Dimensionen an. Madeleine sollte von diesen Zwischenfällen nichts erfahren, damit sie unvorbelastet irgendwann den Versuch zu einem Neuanfang in ein harmonischeres Zusammenleben mit ihrer Mutter starten könne. Schließlich bewegten wir uns in einer Grauzone, wo niemand beweisen konnte, wer explizit für die Androhungen verantwortlich zeichnete. Für ein solches Vorhaben hatte es allerdings oberste Priorität, dass dem dahergelaufenen Penner endlich die Grenzen für sein bisheriges Handeln aufgezeigt würden. Dieser Impuls konnte nur von unserer Tochter ausgehen und darin sah ich die größten Schwierigkeiten. Sie, die sich fast klaglos seit mehr als zwei Jahren herumkommandieren ließ, war für mich ganz offensichtlich nicht in der Lage und vielleicht auch nicht Willens, irgendetwas an der Situation zu ändern. Welche Gründe dafür verantwortlich zeichneten, liegen für uns bis heute im Dunkeln. Es zeichnete sich aber schon jetzt deutlich ab, dass man mit künftigen positiven Entwicklungen von Birtes Seite nicht rechnen durfte. So wurden Madeleine nur aufgrund des Hinweises, das Jugendamt zu unterrichten, dringend benötigte Kleidungsstücke ausgehändigt. Ein monatliches Taschengeld wie in der Vergangenheit üblich wurde ihr mit der Begründung verwehrt, sie solle sich erst von uns fernhalten. Dennoch hofften wir für Madeleine, dass mit einem späteren Rückumzug sich die Dinge langsam wieder normalisierten.

Der bevorstehende Schulabschluss von Madeleine warf seine Schatten voraus. Nach einem Dankgottesdienst sollte in einem Nobelhotel die eigentliche Abschlussfeier stattfinden. Ihr Wunsch war eine gemeinsame Teilnahme nur mit ihrer Mutter, um sich auf diesem Wege langsam wieder anzunähern. Der Psycho machte deswegen wieder mal ein Fass auf und muss schon zu Hause ordentlich gewütet haben. Jedenfalls konnten wir nach der Abfahrt von Birte und Madeleine sehen, wie er in sein Auto sprang und mit quietschenden Reifen davonjagte. Für mich der Grund, ebenfalls hinterher zu fahren, um nach dem Rechten zu sehen. Sollte er sich wagen, eine der beiden in der Öffentlichkeit zu bedrängen, hätte er mit äußerst schmerzhaften Konsequenzen zu rechnen. Als ich mit meiner Frau den Parkplatz vor der Kirche erreichte, saßen die beiden mit verheulten Augen noch im Auto. Es müssen sich unglaubliche Szenen abgespielt haben, was mich veranlasste, dem Kerl eine ordentliche Abreibung zu versprechen. Wieder war Birte zu feige, um in dieser Situation zu ihrer Familie zu halten. Sie wehrte sich vehement gegen mein angebliches Einmischen in ihr Leben. Gleichzeitig schämte sie sich, mit ihrer Tochter den Gottesdienst zu besuchen, da es sich mittlerweile herumgesprochen hatte, welchen familiären Verhältnissen Madeleine bei ihrer Mutter ausgesetzt war. Dem Lehrpersonal erschien das Verhalten unserer Enkeltochter schon seit einiger Zeit Kopfzerbrechen zu bereiten und irgendwann schilderte sie die Zustände, die dort herrschten. Birte ignorierte natürlich sämtliche vorgeschlagenen Gesprächstermine, womit sie wie bisher jedem Problem, dass vor allen Dingen sie sich auf ihre Fahnen zu schreiben hatte, aus dem Weg ging. Was für ein jämmerliches Verhalten - aber für uns nichts Neues. Nach wie vor konnten wir absolut nicht begreifen, was sie noch von diesem Penner wollte. Auch von uns angebotene Gespräche zur Klärung der familiären Streitigkeiten schlug sie ohne Begründung aus. Schließlich gab sie sich doch einen Ruck und nahm mit ihrem Kind an den Feierlichkeiten teil, so dass wir einigermaßen beruhigt nach Hause fahren konnten. Es stellte sich im Nachhinein jedoch heraus, dass sie nach dem Gottesdienst ihre Tochter vor der Kirche einfach stehen ließ und sich aus dem Staub machte. Das hätte ich eher wissen müssen; ich hätte sie mitgeschleift und vor versammelter Mannschaft sofern überhaupt noch möglich bis auf die Knochen blamiert. Der Tag war für Madeleine natürlich total im Eimer. Wir hätten zwar für den Notfall einspringen können, waren aber von ihr aus Scham nicht informiert worden. Für mich war der endgültige Grundstein für das Scheitern einer künftig harmonischen Beziehung gelegt. War ihr wieder einmal das Zusammenleben mit diesem Penner wichtiger als das Glück des eigenen Kindes.

Nach etwa drei Monaten und einigen Zwiegesprächen zwischen Mutter und Tochter sollte die Vergangenheit dann doch begraben werden und man wollte einen Neuanfang wagen. Sehr optimistisch sahen wir die Bemühungen nicht, konnte unserer Meinung nach keine gravierende Umkehr in den Köpfen der beiden Ratten stattgefunden haben. Trotzdem ermutigten wir Madeleine zum Sprung ins kalte Wasser. Ein nicht zu unterschätzender Nebeneffekt war in der Hoffnung begründet, einige Informationen über die bisherigen und künftig geplanten Machenschaften dieser beiden in Erfahrung zu bringen. Erstes positives Signal des Neuanfangs war die Tatsache, dass sich Madeleine mit ihrer Forderung, uns künftig jederzeit besuchen könne, durchsetzte. Das hatte natürlich auch zur Folge, dass Informationen Mangelware bleiben würden. Im Vordergrund sollte aber die Normalisierung des Mutter- Kind- Verhältnisses stehen. Zunächst schien auch alles auf der richtigen Schiene zu laufen bis auf die Tatsache, dass der Penner immer wieder versuchte, der Familie seinen Stempel aufzudrücken. Zudem wurden wir mit erstaunlich vielen Informationen versorgt, die aber höchstens Grund zu noch größerem Hass lieferten und uns teilweise an der Richtigkeit zweifeln ließen. Allerdings entsprach die Mehrheit der Informationen den Tatsachen, wie wir es von den beiden Ratten erwartet hatten. So wurden wir beispielsweise gewahr, dass unserem jüngeren Enkelsohn Mike weiterhin der Kontakt zu uns mit der Begründung untersagt wurde, dass wir einen schlechten Einfluss auf ihn ausüben würden. Auf seine weiteren Fragen erhielt er nur die Drohung, bei Zuwiderhandlung einen Rausschmiss in Kauf nehmen zu müssen. Zusätzlich wurde ihm ständig suggeriert, dass man mit asozialen Dreckschweinen nichts zu tun haben wolle. Das Tabu, Kinder nicht in einen Streit zwischen Erwachsenen mit einzubeziehen, kannten die beiden anscheinend nicht. Aber wir wussten jetzt, auf welchem geistigen Niveau die Ratten sich mittlerweile bewegten. Auch wenn die Rückkehr unserer Enkeltochter zu ihrer Mutter nicht ausschließlich von uns befürwortet wurde, sollten unseres Erachtens die früheren Drohungen gegen uns eigentlich hinfällig geworden sein. Weit gefehlt!

Ich erhielt eines Morgens eine telefonische Anordnung von einem Diziplinarvorgesetzten, zum Rapport vorstellig zu werden. Nach dem üblichen " Wie - geht - es " Geplänkel überreichte er mir einen anonymen Brief, in dem ich des Diebstahls von Firmeneigentum beschuldigt wurde. Man wies darin auch auf meine Verkaufsaktivitäten bei einer Internetplattform hin, wo diese Artikel wieder aufgetaucht waren. Die Verkäufe konnte ich ruhigen Gewissens bestätigen und der Vorwurf des Diebstahls konnte durch meine Kaufquittungen bis ins letzte Detail widerlegt werden, da es sich um ausgesondertes Material gehandelt hatte, dass den Mitarbeitern gegen Bezahlung angeboten wurde. Der Versuch jedoch, mich durch derartige Verleumdungen in Misskredit zu bringen, konnte nur aus der Feder dieser beiden Ratten stammen, denn welcher Außenstehende sollte sonst derartige Einzelheiten gewusst und ein Interesse an einer solchen Aktion haben? Nachdem ich meine Vermutungen über den bzw. die Urheber mit ausführlichen Informationen zur Sache geäußert hatte, wurde mir versichert, dass die Angelegenheit ad acta gelegt würde und als abgeschlossen gelte. Es blieben trotzdem Zweifel, ob nicht weitere Aktionen folgen würden. Sollten die beiden, da der gewünschte Erfolg meiner möglichen Entlassung ausgeblieben war, sich neue Schweinereien ausdenken, um vielleicht meine Frau bei ihrer Dienststelle in der gleichen Art und Weise zu denunzieren? Aber da gab es vielleicht noch eine kleine Hemmschwelle. Birte war in derselben Firma mit einem Minijob beschäftigt und hatte bei einem solchen Vorgehen damit zu rechnen, dass wir uns ebenfalls zu einer gleichen niederträchtigen Tat hinreißen lassen würden. Welche Szenarien auch immer eintreten könnten - unsere Nerven waren eh über Gebühr in Mitleidenschaft gezogen und wir einigten uns nach endlosen Diskussionen darauf, nicht mit ständigen Spekulationen unser eigenes Leben zu erschweren. Leichter gesagt als getan! Die Feindseligkeiten gegen unsere Familie hatten weiterhin Bestand. Erschwerend hinzu kam das schnell wieder abkühlende Verhältnis unserer Tochter zu ihrem Kind.

Anfänglich noch als Vertrauensverhältnis zwischen Freundinnen deklariert, wurde sie mit sämtlichen Einzelheiten der fortwährenden intimen Beziehungen ihrer Mutter konfrontiert und diese schien auf ihr Verhalten auch noch stolz zu sein. Wir merkten an ihrer zunehmenden Verschlossenheit, dass da etwas nicht stimmte und nach einiger Zeit erzählte sie uns schweren Herzens bei einem Besuch von den Eskapaden ihrer Mutter. Da betrog sie den Penner mit dem gleichen Typen, mit dem sie schon ihre Ehe zerstörte und erzählte es dem eigenen Kind, als wäre es das Normalste der Welt. Obwohl sie wusste, wie der selbsternannte Ziehvater ihrer Kinder bei Kenntnis darauf reagieren würde, schien ihre krankhafte Hoffnung sie zu bestärken, mit dieser Internetbekanntschaft eine neues finanziell sorgenfreies Leben beginnen zu können. Für uns war spätestens jetzt der Zeitpunkt gekommen, ihrem Treiben ein Ende zu setzen. Nicht um des Gehörnten willen, sondern der Tatsache Rechnung zu tragen, dass sie sich wie eine erwachsene normale Frau und Mutter zu benehmen hatte. Ein weiterer Anlass war der Unfall unseres Enkelsohnes Mike, der sich wie wir später erfuhren, beim Sporttraining einen Armbruch zugezogen hatte. Statt ihrem Kind Trost zu spenden, lag sie mit ihrem Internettypen kilometerweit entfernt in irgendeinem Hotelbett und besaß dann noch die Frechheit, für einen ersten Beistand ihres Kindes eine hiesige Freundin zu beauftragen. Erst nachdem ihre Bedürfnisse befriedigt waren, setzte sie sich in ihr Auto, um sich dann heimlich mit Madeleine zu treffen, dieser im Vertrauen alles haarklein zu erzählen und vor Betreten des Krankenhauses noch schnell auf dem dunklen Parkplatz einen Kleidungswechsel vorzunehmen.

Davon sollte der Penner umgehend erfahren. Uns war es mittlerweile egal, wie Birte aus dieser Nummer wieder herauskam. Es war ein unmögliches Verhalten, das sie ihren Kindern gegenüber an den Tag legte. Es ergab sich auch bald die Möglichkeit, ihn über den Gartenzaun hinweg ziemlich oberflächlich auf einige Ungereimtheiten in seiner Beziehung aufmerksam zu machen und schon abends brauchte man kein Richtmikrofon mehr, um einen handfesten und lautstarken Familienstreit auch noch aus einiger Entfernung mithören zu können. Dass sich der Hass unserer Tochter dadurch höchstens noch steigerte, weil sie unter Umständen von ihrem Penner malträtiert worden war, spielte für uns mittlerweile keine Rolle mehr. Diese Aktion sollte vornehmlich einen Denkanstoß bewirken, dass sie nicht mit jedem umspringen konnte, wie es ihr gerade gefiel. Vor allem nicht mit den Menschen, die es immer gut mit ihr meinten und Hilfe anboten. Es dauerte auch nicht allzu lange, bis Madeleine wieder zu uns zurückzog, weil sie den inzwischen eskalierenden Zuständen in ihrem Elternhaus nervlich nicht mehr gewachsen war. Diesmal sollten jedoch Nägel mit Köpfen gemacht werden. Als erstes erkundigten wir uns bei den Behörden, wie eine Umschreibung des Kindergeldes zu beantragen wäre. Danach meldete sich unsere Enkeltochter auf unseren Wohnsitz um, eine der wichtigen Voraussetzungen war erfüllt. Bis endlich der Bewilligungsbescheid bei uns eintraf, waren drei Monate ins Land gegangen. Den beiden Ratten standen somit ab sofort noch weniger Mittel zur Verfügung, aber wer sein Kind derart niederträchtig behandelt, sollte nicht auch noch eine staatliche Unterstützung als Belohnung kassieren.

Bis auf einige nervende Schreiben des Anwalts meiner Mutter verliefen die nächsten Monate verhältnismäßig ruhig. Man wollte sich auf keinen unserer Vorschläge einlassen und beharrte weiterhin auf eine sofortige Rückzahlung der geliehenen Summe. In meinem Falle hielt man es nicht einmal für nötig, mir die geforderten Unterlagen zur Klärung des Streits zukommen zu lassen. Gewohntermaßen konnte man nach seinem Antwortschreiben wieder jedes Mal ein halbes Jahr von der Geschichte Abstand gewinnen, weil der gute Anwalt entweder völlig überlastet war oder bislang die gewünschten Beweise für seine Forderung fehlten und die Fallakte dann erst mal wieder zuunterst gekehrt wurde.

Im Laufe der Zeit hatten wir schon manche haarsträubende Aktion der beiden Ratten kennengelernt. Was dann aber an einem Freitagmittag zu meinem Dienstschluss passierte, brachte mich völlig aus der Fassung. Als ziemlich letzter der Belegschaft wollte ich gerade in mein Auto steigen um das beginnende Wochenende zu genießen, als der Penner mit quietschenden Reifen neben mir auf dem Parkplatz hielt und mich in ruhigem Ton um ein kurzes Gespräch bat. Das Überraschungsmoment hatte er wirklich auf seiner Seite. Nachdem er sich in aller Form und äußerst glaubhaft für seine Fehler entschuldigt hatte, überreichte er mir zwei leere Bögen Papier, die lediglich die Unterschrift meiner Mutter trugen. Ich wüsste schon, wie ich sie verwenden könne, lautete seine Erklärung. Glaubte er tatsächlich, dass ich daraus Verzichtserklärungen fertigen würde? Jedenfalls war mir jetzt ein Beweis an die Hand gegeben worden, womit ich jederzeit nötigenfalls anhand der darauf befindlichen Fingerabdrücke die Glaubwürdigkeit dieser Person in Zweifel ziehen könnte. Weiterhin bot er mir an, bei weiteren Gesprächen die ganze Situation nach und nach aufzuklären um wieder ein friedliches Zusammenleben möglich zu machen. Konnten wir aufgrund der vereinzelten Kontakte unserer Enkeltochter zu ihrer Mutter einige seiner Aussagen auf den Prüfstand stellen, war ich gespannt auf seine weiteren Ausführungen. Seiner Behauptung nach steckte Birte hinter den ganzen Anfeindungen. Eine Ausfertigung des anonymen Briefes an meinen Arbeitgeber hatte ich übrigens mittlerweile auch. Madeleine fand ihn rein zufällig auf dem Küchentisch unserer Tochter. Ob er wissentlich dort abgelegt wurde, von wem und mit welchem Hintergedanken, sollte mich nicht unbedingt interessieren. Aber ich hatte mit meiner ursprünglichen Vermutung Recht behalten. Auch von ihm geschilderte Einzelheiten konnten durch Madeleine explizit bestätigt werden. Hatten wir dem Kerl letztendlich größtenteils Unrecht getan? Seltsamerweise wurden seine sporadischen Besuche immer vor Birte geheim gehalten, bis er an einem Abend mitten im Gespräch einen Anruf von seiner Tochter erhielt und übereilt losstürzte. Grund dafür waren Birtes Ausraster , die angeblich gerade das Mobiliar in der gemeinsamen Wohnung zerlegte. Ein etwas später eintreffender Polizeiwagen bestätigte uns, dass es tatsächlich einen Vorfall gegeben hatte. Dass eine sexuelle Nötigung und körperliche Gewalt die Ursache für diesen Einsatz waren, erfuhren wir erst ein paar Tage später. Ebenso die Tatsache, dass ein Verlassen des Psychos aus der gemeinsamen Wohnung auf Bitten unserer Tochter von der Polizei angeordnet wurde. Aber auch nach diesem Schauspiel beruhigten sich die Gemüter nach einiger Zeit und bald fanden drüben wieder die üblichen Gemeinsamkeiten statt.

Nur am Rande erfuhren wir, dass sich Birte eine eigene Wohnung gesucht hatte. Sollte sie es tatsächlich geschafft haben, die Beziehung zu diesem Penner zu beenden? Dann zahlte sie einen hohen Preis dafür, den ich beim besten Willen nicht nachvollziehen konnte. Das Haus, was noch zur Hälfte ihr gehörte, sollte diesem Arschloch überlassen werden? Zu unserem Schwiegersohn hatten wir auch keinen regelmäßigen Kontakt mehr, um diesen Fragen auf den Grund zu gehen. Es erschien jedoch unmöglich, dass der Penner mit eigenen Mitteln die Finanzierung fortsetzen könnte, zumal jetzt das Einkommen meiner Tochter wegfiel. Aber da war ja noch Mutter. Spekulativ unterstellte ich eine mögliche Mieterhöhung und einen entsprechenden Anstieg der " Betreuungskosten ". Allein der Gedanke, dass dieser Psychopath, der es geschafft hatte, die ganze Familie auseinander zu bringen, sich jetzt auch noch als großer Betreuer meiner Mutter aufspielte, ließen den Hass der letzten Zeit nicht kleiner werden. Wie dämlich oder ignorant musste mein Bruder sein, der jetzt scheinbar die Geschicke unserer Mutter lenkte, dass er sich ohne großes Nachdenken auf solche Spielchen einließ? Ganz einfach - es war Bequemlichkeit, sich nicht selbst um seine Mutter kümmern zu müssen. Hatte er sich noch in der Vergangenheit über gewisse Unregelmäßigkeiten empört, die auf Psychos Handeln basierten, schien er ihm jetzt bedenkenlos zu vertrauen. Wie dem auch sei, Birte zog tatsächlich aus und erhielt von ihrem Penner noch tatkräftige Unterstützung. War eh nicht viel, was sie aus dem Haus schleppte. Als ich erfuhr, dass der von mir vorfinanzierte Fernseher bei dem Penner im Haus verblieb, bekam ich wieder einmal Mordgedanken. Zahlte dieses asoziale Arschloch keinen müden Cent und protzte dafür mit dem Besitz dieses Gerätes vor seinen anderen asozialen Kumpanen. Meine Tochter hatte sich lieber für ein Laptop entschieden und sich einen neuen   Fernseher gekauft. Auch in der folgenden Zeit sollte es ihr nach Aussagen Madeleines zufolge nicht gerade schlecht gehen. Auf ihrer Facebookseite wurde jedenfalls nur von neuen Tattoos und Partys gepostet. Deswegen war ich umso erstaunter, als mir im Februar des vergangenen Jahres bei der Durchsicht meiner Kontoauszüge auffiel, dass Birte die monatliche Rate für den Fernseher nicht überwiesen hatte. Auf meine Anfrage per Email teilte sie mir mit, dass es sich um ein Versehen handeln würde, weil der Dauerauftrag angeblich mit dem falschen Enddatum eingesetzt war. Als auch im nächsten Monat kein

Zahlungseingang zu verzeichnen war, erhielt ich zur Ausrede, dass sie nicht täglich ihre Abbuchungen kontrolliere und sich umgehend mit der Bank in Verbindung setze. Weil auch daraufhin nichts weiter geschah, bot ich ihr in einer weiteren Mail an, die ohnehin geringe Ratenhöhe ihren Verhältnissen und einer damit verbundenen längeren Laufzeit anzupassen. Damit war für Birte der Zeitpunkt gekommen, den Kopf wieder in den Sand zu stecken und überhaupt nicht mehr zu antworten. So waren mit mir allerdings keine Probleme zu lösen. Ich beauftragte einen Rechtsbeistand mit der Einlassung, dass ich auch weiterhin finanzielle Engpässe großzügig berücksichtigen würde. Wenn die Birte gesetzten Termine zur Äußerung überhaupt wahrgenommen wurden, dann erhielt mein Rechtsbeistand eine Antwort grundsätzlich erst nach Ablauf der Frist. Ihre Ausreden wurden immer abenteuerlicher. Wenn es zunächst ein Rabatt war, den ich angeblich vergessen hatte zu berücksichtigen, wurde plötzlich im nächsten Schreiben die Ratenhöhe angezweifelt. Die Unverschämtheit gipfelte dann in der Mitteilung, dass Birte laut eigener Aussage über keinerlei Einkünfte verfüge, von staatlicher Unterstützung lebe und seit einiger Zeit ein Pfändungsschutzkonto habe einrichten lassen. Nach neuestem Stand der Dinge kümmert sich jetzt ein Gerichtsvollzieher um die Angelegenheit. Allein für ihre Lügen und die Dreistigkeit, mit der sie auch hier zu Werke ging, hätte ich ihr mit ruhigem Gewissen den Hals umdrehen können, dem Kind, das man mit Liebe großgezogen und für das man sich über Gebühr den Arsch aufgerissen hatte.

Anfangs schien sich das Verhältnis zu dem Penner wirklich zu normalisieren. Wir stellten zwar keine überschwänglichen Kontakte her, aber man respektierte sich und grüßte im Vorbeigehen. Wenn es dabei bleiben würde, konnten wir ganz gut mit diesem Zustand umgehen. Mit der Zeit verfiel er jedoch wieder in seine alten Gewohnheiten. Ignorant gegenüber allgemeinen Ruhezeiten und provokant mit musikalischer Beschallung ließen ahnen, unsere Schmerzgrenze austesten zu wollen. Aus den gegenseitigen oft tagelangen Besuche zwischen ihm und Birte konnten wir schließen, dass Birte noch

194

immer in einer suspekten Beziehung zu dem Penner stehen musste. So kam es dann auch zum ersten von uns angeforderten Eingreifen der Polizei am Tage des Geburtstages von Birte, den sie mit ihrem Penner und zahlreichen Bekannten in ihrem ehemaligen Haus bzw. im Garten feierte. Da keine unserer Hinweise auf nächtliche Ruhestörung zum Erfolg führten, sollten sich die Ordnungshüter um eine Regelung kümmern. Zukünftig benötigten die Beamten nur den Hinweis auf die Adresse des Penners und rückten in regelmäßigen Abständen aus. Die Situation eskalierte dann am Silvestertag, als abends komischerweise die komplette Weihnachtsbeleuchtung am Nebenhaus ausgeschaltet blieb. Den Grund sollten wir noch weit vor dem Jahreswechsel erfahren. Mit den Hunden im Garten, wurden wir mit Leuchtspurmunition beschossen, die in unmittelbarer Nähe unserer Haustür explodierte. Da das Nebenhaus in völliger Dunkelheit lag, konnte man nur schemenhaft Gestalten durch den Garten huschen sehen. Auf unsere Hinweise, die Polizei zu informieren, folgten lediglich weitere Schüsse. Die Beamten nahmen dann nach ihrem Eintreffen in unserem Garten selbst die Sache in Augenschein und wurden ebenfalls beschossen. Nachdem das Wort " Anzeige " gefallen war, machten sie sich auf den Weg nach drüben. Mit welchen Folgen der oder die Verursacher zu rechnen hatten, blieb ungewiss. Jedenfalls vermuteten wir nebenher, dass es sich bei dem Täter auch um unseren Enkelsohn Mike gehandelt haben könnte. Womöglich war er von den Erwachsenen dazu aufgehetzt worden. Das wäre den beiden Ratten zumindest zuzutrauen gewesen.

An dieser Stelle kehre ich noch einmal ins vergangene Jahr zurück. Meine Mutter glich seit ihrer Klagebeauftragung einem Phantom. Lediglich die allmorgendliche Shoppingtour zum nahegelegenen Supermarkt gab uns die Gewissheit, dass sie noch lebte. Ansonsten war sie wie vom Erdboden verschluckt. Um etwas zu ihrer eigenen Einstellung der uns gemachten Vorwürfe zu erfahren, hätte es wahrscheinlich ausgereicht, sie bei einer der Shoppingtouren abzufangen. Ich wollte aber keineswegs den Eindruck einer Einflussnahme erwecken, denn wer weiß, wie sich die Frau verhalten hätte, wäre ich aus dem Auto gesprungen und hätte sie auf offener Straße im Beisein von Passanten zur Rede gestellt. Eine Möglichkeit zur Kontaktaufnahme ergab sich irgendwann von selbst. Peggy, die sich mit unseren Hunden auf ihren morgendlichen Rundgang begab, traf sie rein zufällig in unmittelbarer Nähe unseres Hauses. Meine Mutter, keuchend auf dem Rückweg vom Shoppen, hatte nun keine Chance mehr, die Straßenseite zu wechseln und ließ sich scheinbar bereitwillig und aus der Not heraus auf ein ruhiges Gespräch ein. Offensichtlich war sie völlig überrascht, dass wir anwaltlich verklagt wurden. Warum und wann sie dazu ihre Unterschrift gegeben hatte, konnte sie nicht erklären. Jedenfalls reagierte sie zustimmend auf Peggys Vorschlag, in Ruhe darüber zu reden. Marius solle doch das Geld zurückzahlen, wie ihm die finanziellen Möglichkeiten den Spielraum dazu ließen. Auf die Frage allerdings, wer denn momentan ihre Geschäfte führen würde, konnte oder wollte sie keine Antwort finden. Aus unserer Vermutung wurde schon einige Tage später Gewissheit. Eine Mail meines Bruders lag in meinem Postfach, worin er sich brüskierte, dass wir die Frechheit besäßen, unsere Mutter zu belästigen. Dieses würde er uns als Bevollmächtigter auf das Schärfste untersagen. Des Weiteren wäre bei unserer Mutter schon vor einigen Monaten ärztlicherseits eine Demenz festgestellt worden. Hört, hört! Damit wäre es ganz einfach, vor Gericht seine eigenen Forderungen durchzusetzen, ohne dass Mutter als Zeugin geladen würde und sich in gewissen Situationen verplappern könnte. Zudem könnte er gleichzeitig seinem verhassten Bruder eine Lektion erteilen. Allerdings ist der ärztliche Nachweis, den ich mittlerweile von der Gegenpartei zur Kenntnisnahme gefordert hatte, bis heute nicht bei mir eingetroffen. Auch dem Gericht wurde für einen demnächst festgesetzten Anhörungstermin darüber noch keine Mitteilung gemacht. Für wie blöde hält uns das Arschloch eigentlich? Meine Mutter war jedenfalls bei einem weiteren zufälligen Treffen auf der Straße wie ausgewechselt. Mit den Worten, dass mein Bruder ihr verboten hätte, mit uns zu sprechen, wechselte sie die Straßenseite und ging weiter ihres Weges. Offensichtlicher kann man eine Manipulation nicht zu erkennen geben. Mein Bruder soll sich auf jeden Fall ganz warm anziehen, denn wer am Ende mit seinem miesen Charakter und seiner Geldgier auf die Schnauze fällt, würde die Zukunft noch zeigen.

Wie sich mein eigener Fall weiter entwickelt, steht noch in den Sternen. Ich bin mir aber sicher, dass meine große Stunde noch kommen wird, weil bekanntlich jeder und allen voran die beiden Ratten und auch mein Bruder mindestens eine Leiche im Keller haben.

Marius hat in den letzten Tagen seine Gerichtsverhandlung hinter sich gebracht. Zu den bereits erwarteten Kosten einer Rückzahlung wurden ihm auch noch die entstandenen Anwaltskosten beider Parteien aufgebürdet. Meine Mutter glänzte aufgrund ihrer angeblich zeitweise auftretenden Demenz durch Abwesenheit, während mein Bruder mit offensichtlich erschlichener Generalvollmacht das große Regiment führte. Dass es sich auch Birte mit ihrem Psycho nicht nehmen ließ, als Prozessbeobachter ihren eigenen Bruder mit verächtlich lächelndem Blick und im Auftreten einer Schlampe bzw. eines Penners, charakterlich wie kleidungsmässig gegenüber zu treten, um offensichtlich Verbundenheit zu meinem nichtsnutzigen Bruder zur Schau zu stellen, hat in mir auch die letzte vorhandene Hoffnung auf eine Besserung unserer familiären Beziehung absterben lassen. Ich empfinde nur noch abgrundtiefen Hass gegen sie, die über dreißig Jahre hinweg wie ich meine jegliche Zuneigung und Unterstützung von ihren Eltern erfahren durfte.

Das große Finale

Wer an dieser Stelle meint, unsere Tochter und ihr asozialer Weggefährte hätten sich jetzt mit dem Ergebnis ihrer Intrigen zufrieden gegeben, der täuscht sich gewaltig. Nicht genug damit, seine eigene Familie wissentlich durch Verleumdungen in den Schmutz gezogen zu haben, schien für diese beiden Widerlinge der Gipfel ihres Handelns noch lange nicht erklommen zu sein.

Meine noch offen stehende Forderung zur Begleichung ihrer Schulden bezüglich des von mir finanzierten Fernsehgerätes wurde in zahllosen weiteren Lügen immer wieder aufs Neue in Frage gestellt. Dabei verhielten sich die beiden äußerst erfindungsreich. Die finanzielle Situation unserer Tochter ließ es einfach nicht zu, die ursprünglich vereinbarten Raten zu bedienen. Natürlich war es wichtiger, einen Kredit für die Anschaffung neuer Möbel aufzunehmen, als die alten Schulden zu tilgen. Selbst bei der eidesstattlichen Versicherung wurden daher wissentlich falsche Angaben gemacht, um eine Rückzahlung zu umgehen.

Irgendwann wurden auch mir diese Frechheiten zuviel und als letztes Druckmittel sollte mit der Zwangsversteigerung von Birtes Haus, an dem sie noch Miteigentümerin war, gedroht werden. Obwohl mir derartige Maßnahmen üblicherweise widerstrebten, hielt ich es für die einzige Möglichkeit, diese Ratten in ihre Grenzen zu weisen. Hintergrund war natürlich auch die Tatsache, dass der geplante Mietkauf von Michael folglich ins Wasser fallen würde. Schon allein dafür beschlich mich eine gewisse Genugtuung. Man sollte annehmen, dass sich die Gegenpartei spätestens jetzt ernsthafte Gedanken über ihr weiteres Vorgehen machen würde.

Weit gefehlt! Offensichtlich waren die beiden von ihrem Handeln derart überzeugt, dass sie weiter in die Offensive gingen und zahllose Einschüchterungsversuche unternahmen. Man wollte eindrucksvoll beweisen, dass wir ihnen und ihrem Handeln hilflos ausgeliefert seien. Was von uns zunächst als zufällige Lärmbelästigung registriert wurde, steigerte sich nach unserer anfänglichen Ignoranz zu einer festen Größe im Tagesablauf der beiden Ratten. Begannen diese Provokationen mit dem Ab- und Wiederaufbau einer Fertiggarage zu den vorgeschriebenen Ruhezeiten, folgten in immer kürzeren Abständen stundenlange Mäharbeiten mit dem Rasentrecker, wobei sich die beiden Psychos mittlerweile Unterstützung aus ihrem asozialen Umfeld zunutze machten. Wer diese Leute waren oder in welchem Verhältnis sie zu den beiden Widerlingen standen, ist bis zum heutigen Tage ungewiss. Fest steht für mich jedoch, dass im Vorfeld einige Lügen über uns verbreitet wurden. Ansonsten ist es absolut nicht nachvollziehbar, das sich Außenstehende auf derartige Machenschaften ohne ein Hinterfragen der Situation einlassen. Was offensichtlich schien, war der beschränkte geistige Horizont dieser Leute. Ungewiss, welchen Belästigungen wir zukünftig noch ausgesetzt werden sollten, informierte ich mich beim zuständigen Ordnungsamt über Möglichkeiten, diesem Treiben Einhalt zu gebieten. Man versicherte mir, sich um die Angelegenheit zu kümmern, indem man die Störer schriftlich auf ihre allgemeinen Pflichten hinsichtlich des Nachbarrechtsgesetzes hinweisen wollte. Dieses Schreiben hinterließ tatsächlich eine gewisse Wirkung - allerdings nicht wie wir uns erhofft hatten. Ab sofort wurden sämtliche Ruhestörungen in die dafür vorgesehenen Zeiten verlagert und zwar ohne eine Pause. Sehr beliebt wurde auch die musikalische Beschallung. Die Lautsprecher in Richtung unseres Grundstückes platziert dröhnten stundenlang, wenn man sich zu Einkäufen oder anderen auswärtigen Tätigkeiten aus dem Staub machte. Der Einsatz einer Rüttelplatte für die Ebnung der Garageneinfahrt verdarb auch schon ab und zu das Verlangen, nach Feierabend bei herrlichem Sommerwetter auf der Terrasse zu sitzen. Dann wieder glich der nachbarschaftliche Garten einer Kfz- Werkstatt, weil über Wochen mehrere nicht zuzuordnende Autos das gesamte Areal schmückten und mit Hingabe daran gehämmert und gewerkelt wurde, um die Autos in präzisen Zeitabständen auf dem Rasen hin und her zu fahren. Nachdem wir einige Male auf Anraten des Ordnungsamtes die Polizei bemühen mussten, kehrte kurzfristig Ruhe ein.

Dass die beiden Ratten am Rande des Existenzminimums lebten wie immer selbst dargestellt, konnte von mir zu keinem Zeitpunkt nachvollzogen werden. Lautstarke häufige Grillfeiern bis spät in die Nacht überzeugten vom Gegenteil. Die jetzt ständig herbei gerufenen Polizisten fühlten sich auf dem Nachbargrundstück fast schon heimisch. Die erhoffte Wirkung stellte sich trotz all dieser Umstände nicht wirklich ein. Die mittlerweile fast unerträglichen Ruhestörungen - ich nenne es beginnender Psychoterror - gipfelten überwiegend in den Momenten, wenn der asoziale Besuch der beiden ebenfalls anwesend war. Man erhoffte sich auf diese Weise Zeugen, die beim Eintreffen der Polizei unsere Beschwerden widerlegen sollten. Da dieser Plan jedoch ein ums andere Mal in die Hose ging weil auch beim Eintreffen der Beamten die Lärmbelästigungen noch in vollem Umfange stattfanden, war die Glaubwürdigkeit dieser Leute auf dem Nullpunkt angelangt. Die Folge waren weitere Übergriffe nach dem Verlassen der Beamten. Man zog es zunächst vor, einige Feuerwerkskörper - sog. Vogelschreck, wie sie nach Neueinsaaten in der Landwirtschaft gegen Raben und andere Vögel eingesetzt werden - auf unser Grundstück zu schießen. Jede Detonation ließ uns selbst im Haus noch zusammenschrecken. Aufgrund dieser Hartnäckigkeit wurden die Beamten dann mehrere Male in einer einzigen Nacht von uns bemüht.

Nach einigen Tagen trügerischer Ruhe wurden wir an einem frühen Nachmittag wieder auf den Boden der Tatsachen zurück geholt. Michael und Birte freuten sich wie kleine Kinder, als deren asozialer dicker Kumpel mit einem Bagger in deren Garten mit Erdarbeiten begann. Irgendwann zu der Zeit, als wir noch Kontakt zu ihnen hatten, fiel von ihrer Seite die Bemerkung, dass man zu dem bereits vorhandenen Gartenteich einen zweiten anlegen wollte. Was aufgrund der ständigen Mittellosigkeit eigentlich zum Scheitern verurteilt war, sollte wohl jetzt Wirklichkeit werden. Zur Realisierung dieses Projektes würde eine erhebliche Zeitspanne von Nöten sein, denn in den ganzen Jahren hatte sich niemand um den Garten gekümmert sodass dieser einer Mondlandschaft mit integrierten Müllhalden glich. Wir konnten nur vage vermuten, dass in meinem Urlaub von Ruhe und Entspannung wieder keine Rede sein konnte. Solange bei diesen Lärmbelästigungen die Ruhezeiten eingehalten würden, hatten wir keine Möglichkeit zur Beschwerde. Aber auch jetzt fühlten sich diese asozialen Elemente bewogen, trotz aller vorangegangenen Belehrungen sich über jegliche Ordnung hinweg zu setzen. Entweder wurde der Bagger zur Mittagszeit oder in den Abendstunden in Betrieb genommen was wiederum mehrere Anrufe bei der Polizei zur Folge hatte. Dass man sich über unser Verhalten in hohem Maße mokierte, zeigte eine weitere Reaktion, als meine Frau Peggy mit unseren Hunden im Garten spielte. Einer dieser berüchtigten Vogelschreck explodierte in ihrer unmittelbaren Nähe. Man hätte normalerweise von grobem Unfug reden können, hätten diese Ratten nicht allzu genau gewusst, dass Peggy seit einer Jahre zurückliegenden Operation mit einem künstlichen Trommelfell und einer damit einhergehenden Schädigung des Gleichgewichtsorgans zu kämpfen hatte. Jetzt war für uns der Tatbestand einer vorsätzlichen Körperverletzung erfüllt. Umgehend setzten wir uns ins Auto und fuhren zur Polizeiwache, um dort Anzeige zu erstatten. Was wir jedoch dort vom dienst habenden Beamten zu hören bekamen, ließ uns am so genannten Rechtstaat zweifeln: Solange keine eindeutig nachweisbare Schädigung eingetreten wäre, hätten wir keine Möglichkeit, rechtliche Schritte zu unternehmen. Andererseits erhielten wir jedoch den Rat, unser Haus zu verkaufen und einfach wegzuziehen oder über unseren Anwalt eine Unterlassungsklage beim Amtsgericht zu erwirken. Das muss man sich auf der Zunge zergehen lassen: Man wird von asozialen Elementen tyrannisiert und soll dann zur Belohnung noch das Feld räumen! Ohne große Überlegungen entschieden wir uns für die zweite Möglichkeit und vereinbarten einen Termin mit unserem Rechtsbeistand. Für diese Unterlassungsverfügung hatten wir in der Vergangenheit reichlich Beweismaterial gesammelt, was mit den Einsatzprotokollen der Polizei übereinstimmte. Weiterhin sollte unser Rechtsbeistand zur Erfüllung unserer anderen Forderung jetzt endgültig die Zwangsversteigerung einleiten, sollte weiterhin aus fadenscheinigen Ausreden eine Rückzahlung unseres Geldes nicht umgehend erfolgen.

In den darauf folgenden Tagen trieben die beiden Ratten ihr Unwesen auf die Spitze. War es zunächst ein Notstromaggregat, das sich ab Mitternacht bis in die frühen Morgenstunden für jeweils ein paar Minuten ein- und ausschaltete, hielten uns tagsüber zahlreiche Flaschenwürfe auf unser Grundstück in Bewegung, weil wir verhindern wollten, dass sich unsere Hunde durch die herumliegenden Scherben verletzen könnten. Mittlerweile musste man diesem Pack unterstellen, auch vielleicht Giftköder zum Einsatz zu bringen, was dann die beiden allerdings am Kreuze bereuen würden. Auch die nächsten Tage gestalteten sich wie die vorausgegangenen. Drohgebärden am Gartenzaun waren inzwischen die Regel geworden, konnten uns aber in keiner Weise irgendwie beeindrucken. Das war typisch für den Psycho! Bekannterweise litt er unter Kontrollsucht, die nur von seinem krankhaft narzisstischen Trieb übertroffen wurde. In unseren Augen hatte er sich jedoch schrittweise zu einem armseligen Würstchen degradiert.

Es kam der Tag, an dem uns Abschrift des Schreiben unseres Rechtsbeistandes an die beiden Ratten erreichte. Folglich sollten sie am gleichen Tage von unserem weiteren Vorgehensplan erfahren. Eine Reaktion ließ dann auch nicht lange auf sich warten! Peggy ging etwa eine Stunde später mit den Hunden auf dem gegenüberliegenden Feldweg wie gewohnt eine Runde spazieren, kam jedoch schon nach wenigen Minuten kreidebleich zurück und erzählte, dass der Psycho mit quietschenden Reifen auf sie zugefahren wäre und sie sich mit den Hunden nur durch einen Sprung ins angrenzende Feld in Sicherheit bringen konnte. Der Penner hatte nach ihrer Aussage den blanken Hass in den Augen stehen und raste dann in die entgegen gesetzte Richtung davon. Offensichtlich hatte er dafür nicht sein eigenes Auto benutzt. Durch das Kennzeichen und den Zeitpunkt können wir weiteres belastendes Material gegen diesen Irren zusammentragen, es sei denn, der eigentliche Besitzer macht sich in diesem Zusammenhang wissentlich mitschuldig. Es bleibt abzuwarten, welche Überraschungen noch auf uns zukommen. Vielleicht entsteht aus den Ereignissen der kommenden Jahre ja noch eine Fortsetzungsgeschichte.

Schlußakkord

Hier und heute lasse ich meine Schilderungen enden. Ich bin mittlerweile an einem Punkt angekommen, der mich zukünftig die Welt mit kritischeren Augen betrachten lässt. Meine bisherige Einstellung, in jedem Menschen vorrangig das Positive zu sehen, hat sich durch das Verhalten meiner Familie insbesondere und auch anderer Personen, die in negativer Hinsicht mein Leben beeinflusst haben, grundlegend geändert. Im Gegensatz zu den fremden außenstehenden Personen hatte ich zumindest von meinen Blutsverwandten ein ehrliches und respektvolles Miteinander erwartet.

Meinungsverschiedenheiten, wie sie überall auf der Welt vorkommen, sollten durch sachliche Diskussionen und Verständnis seinem Gegenüber zu einer intensiveren Bindung der Parteien eines Streits führen. Die Natur sieht es eigentlich nicht vor, dass Neid und Hass ständige Begleiter während unseres kurzen Aufenthaltes auf diesem Planeten sind. Ausschlaggebend hierfür ist allerdings unsere angeborene Intelligenz, denn jedes andere Lebewesen reagiert auf welche Situation auch immer mit seinem Instinkt, der zwar gewisse Bedürfnisse zu befriedigen versucht aber emotionalem Verhalten keinen Platz bietet. Diese Lebensweise zu verinnerlichen und zu praktizieren sollte für jeden von uns an allererster Stelle stehen. Auch ich muss mir im Nachhinein betrachtet einige Male den Vorwurf gefallen lassen, verschiedenen Konfliktmomenten mit der falschen Reaktion begegnet zu sein. Doch wer ohne Sünde ist, der werfe den ersten Stein!

Solange man sich jedoch lernwillig zeigt, bei dem ist noch nicht Hopfen und Malz verloren, wie ein Sprichwort besagt. Grundstein für ein harmonisches Miteinander ist und bleibt für mich folglich die Einsicht, Fehler begangen zu haben und die Größe, sich dafür entschuldigen zu können. Leider habe ich diese Attribute in meiner Familie größtenteils vermisst. Denjenigen jedoch, die mich mit ihrer Treue und Liebe, ihrem aufrichtigen Charakter und ihrer Verbundenheit durch die schweren Momente meines Lebens begleitet haben, sei an dieser Stelle ein besonderer Dank gewidmet, wenn dies auch nur annähernd meine Gefühle zu ihnen widerspiegelt. Den Übrigen hoffe ich, wird vielleicht irgendwann ihr Fehlverhalten bewusst. Vielleicht musste alles so kommen, um den wahren Charakter der Menschen kennen zu lernen, die mir am Herzen lagen und denen ich ein solches Verhalten niemals zugetraut hätte.

Meine Mutter wird sich charakterlich nicht mehr verändern. Sie hat schon vor unzähligen Jahren den Moment verpasst, sich ihrer Familie gegenüber als eine wahre Mutter auszuzeichnen. Für mich steht fest, dass sie in früheren Jahren ihre negativen Seiten sehr gut verbergen konnte. Daher sehe ich an ihrem jetzigen Verhalten, dass durch die beginnende Demenz diese Fähigkeit nach und nach aus den Angeln gehoben wurde. Es heißt schließlich nicht umsonst, dass jemand seinen wahren Charakter vielleicht verschleiern kann, eine Demenz ihn aber ungewollt ans Tageslicht befördert.

Meinen Bruder ordne ich größtenteils der gleichen Kategorie Mensch wie meine Mutter zu. Der Altersunterschied zwischen uns beiden kann nicht den Ausschlag für derart konträre Lebenseinstellungen gegeben haben, hatten wir doch im Erwachsenenalter durchaus einige gemeinsame Interessen. Ich denke, dass ihm wie meiner Mutter auch ganz einfach die Aufrichtigkeit seinen Mitmenschen gegenüber fehlt.

Meiner Schwägerin als letzte im Bunde der Ratten war offensichtlich der angeheiratete Reichtum zu Kopf gestiegen, der ihr Leben komplett umkrempelte. Man sagt nicht umsonst, dass Geld den Charakter verdirbt. Auf ein selbst erreichtes Lebensziel ohne fremde Hilfe voller Stolz zurück zu blicken, ist menschlich nachvollziehbar und verdient Respekt und Hochachtung. Wer sich aber mit fremden Federn schmückt, besitzt nicht das Recht, redliche Menschen wie Versager zu behandeln. Von der Raffgier möchte ich erst gar nicht reden. Komischerweise haben derartige Zerwürfnisse auch ihre guten Seiten. Wenn auch die Erfahrung noch so bitter erscheint, bin ich in gewisser Weise froh darüber, von diesen Menschen nicht weiter hintergangen und enttäuscht zu werden. Das Leben ist nicht mehr wie früher! Man sieht aus dem Fenster zum Nachbarhaus und weis, dass dort verhasste Menschen wohnen, die eigentlich zur Familie gehören.

Unser Enkel Mike ist mittlerweile von seiner Mutter und dem Penner dermassen manipuliert worden, daß er seine eigene Schwester seit Neuestem auf offener Straße mit den übelsten Schimpfwörtern tituliert und uns in diversen SMS´en als Ex- Großeltern bezeichnet. Vielleicht wird auch er sich mit zunehmendem Alter auf eine eigenständige Einschätzung der ganzen Situation besinnen können und feststellen, daß er vorsätzlich in eine Scheinwelt gelockt wurde. Es würde mich trotz aller Vorkommnisse auch für ihn freuen, wenn er eine gewisse Einsicht erlangen würde.

Über Birte möchte ich an dieser Stelle keine großen Worte verlieren. Ihr Verhalten der letzten Jahre sind für Peggy und mich Grund genug, sie als unser Kind nicht mehr zu akzeptieren.

Was die Zukunft sonst noch für Überraschungen für mich bereithält? Ich weiß es nicht, was vielleicht auch einen Vorteil darstellt. Also werde ich mich nicht dem Lauf der Dinge in den Weg stellen und weiterhin die für mich bereitgehaltenen Herausforderungen versuchen, entsprechend zu begegnen. Ich wünsche mir nur, dass ich mit meiner Frau Peggy, meinem Sohn Marius und seiner Verlobten Nina sowie unserer Enkeltochter Madeleine, die demnächst den Versuch startet, auf eigenen Beinen zu stehen, weiterhin noch einige harmonische Jahre in liebevollem Umgang miteinander verbringen kann. Auf jeden Fall wünsche ich diesen geliebten Menschen für die Zukunft ein sorgenfreies und zufriedenes Leben nach ihren Vorstellungen. Sie haben es sich wirklich verdient. Mich mit diesen Menschen umgeben zu dürfen, lässt sämtliche negativen Erlebnisse nebensächlich erscheinen. Unerträglich würde mir die Erkenntnis erscheinen, irgendwann endgültigen Abschied von dieser Welt mit dem Gefühl nehmen zu müssen, niemandem etwas bedeutet zu haben.

Zeitfracht Medien GmbH
Ferdinand-Jühlke-Straße 7
99095 Erfurt, Deutschland
produktsicherheit@kolibri360.de